RACING – DEUTSCHE AUSGABE

KYLIE GILMORE

Racing: © 2022 by Kylie Gilmore

Übersetzt von: Katrin Dolle und Anna Drago

Coverdesign: Michele Catalano Creative

Herausgegeben von: Extra Fancy Books

ISBN-13: 978-1-64658-123-8

1

Eve

Ich bin kurz davor, Tante zu werden! Meine ältere Schwester Jenna hat gerade jetzt, in dieser Minute, ihre Wehen. Wenn es nur Teleportationsgeräte gäbe, dann würde ich in einer Nanosekunde von L.A. nach Summerdale teleportieren! Schön wär's! Der früheste Flug, den ich nach New York bekommen konnte, geht morgen Nachmittag. Bis dahin sollte das Baby da sein. Wir wissen nicht, ob es ein Junge oder ein Mädchen ist. Sie wollte sich überraschen lassen.

Ich parke meinen silbernen Prius in der Nähe des Babyladens Stork Rave. Ich bin schon Hunderte von Malen hier vorbeigekommen. Nicht einmal hatte ich einen Grund reinzugehen. Ich habe null Erfahrung mit Babys. Alle meine Freunde sind Singles oder verheiratet ohne Kinder.

Ich bin ganz kribbelig vor Energie, als ich den Bürgersteig hinuntergehe und an Jenna in den Wehen denke, mit all dem Schmerz und dem Warten. Sie hat mir gesagt, dass es beim ersten Baby normalerweise am längsten dauert, bis es da ist. Sie ist jetzt seit einer Stunde im Krankenhaus und hatte schon Stunden davor Wehen zu Hause. Ich bin hyperfokussiert, seit sie angerufen hat, um mir zu sagen, dass es jetzt wirklich losgeht. Ich habe meinen Flug gebucht, gepackt, meinem Chef eine E-Mail geschickt, dass es endlich Zeit für die freie Woche ist, die er mir versprochen hat, und jetzt bin ich im Babyladen für ein Willkommensgeschenk.

Ich ziehe die Tür zu Stork Rave auf und bin gleich überwältigt von all dem Baby-Kram. Das Geschäft ist größer, als ich es von der Ladenfront aus bemerkt habe, geht noch tief nach hinten, mit einer Reihe Babykleidung nach der anderen. Es gibt auch ein Untergeschoss. Viele schwangere Frauen hier drinnen mit ihren hingebungsvollen Ehemännern, die sich nach Kinderbetten, Wickeltischen, Kleidung und so Windeldingern umsehen. Was *ist* das für ein Ding? Sieht aus wie ein Mülleimer aus dem Weltraum. Braucht man einen speziellen Mülleimer für Windeln?

Ich fühle mich auffällig in meinem Hemdkleid mit Gürtel, ohne nennenswerte Wölbung, und gehe zu der Kleidung auf meiner rechten Seite. Wow! Eine riesige Kluft zwischen den Geschlechtern. Die Mädchenseite wird von viel zu viel Rosa dominiert. Jenna würde das nicht gefallen, oder? Tatsächlich weiß ich es nicht. Sie ist meine ältere Schwester, aber ich habe sie erst kürzlich wieder kennengelernt. Wir wurden vor zwei Jahren wiedervereint, nachdem wir uns seit unserer Kindheit nicht mehr gesehen hatten, die Folge der chaotischen Scheidung unserer Eltern. Der Richter hat uns vor Gericht aufgefordert zu entscheiden, bei wem wir leben wollen. Jenna wählte Mom; ich wählte Dad. Als Kind habe ich mich geweigert, Mom und Jenna zu besuchen. Ich fühlte mich, als hätte ich eine Seite gewählt, und Jenna hatte sich gegen mich entschieden. Ich war neun.

Jenna und ich hatten als Erwachsene viel aufzuholen, was nicht einfach war, da wir an entgegengesetzten Enden des Landes leben. Wir haben durch wöchentliche Telefonate und tägliche SMS-Nachrichten den Kontakt gehalten sowie ein paar Besuche hin und her. Ich freue mich, sagen zu können, dass ich mich ihr wieder nahe fühle, obwohl ich ihren persönlichen Geschmack für die Garderobe ihres Babys nicht kenne.

„Kann ich Ihnen helfen?", fragt eine fröhliche Verkäuferin. Sie wirft einen verstohlenen Blick auf meinen flachen Bauch und lächelt mich vage an. „Ist die Mom hier registriert?"

„Nein. Ich sehe mich nur um, danke." Ich schlendere lässig zum nächsten Abschnitt und finde mich umgeben von riesig aussehenden BHs, Stilleinlagen, Cremes und monströsen Saugdingern. Ah, Milchpumpen. Das sieht schmerzhaft aus.

Ich weiß einfach nicht, was ich für ein neues Baby kaufen soll. Ich gehe nach unten, wo es weitere Ausrüstung gibt – Autositze, Kinderwagen und Laufstühle. Natürlich brauche ich etwas, das in mein Gepäck passt.

Oh! Da ist ein süßer kleiner Plüschball! Ein graues Stofftier sitzt an der gegenüberliegenden Wand. Jemand muss seine Meinung über den Kauf geändert haben, oder vielleicht ist es aus einem Regal in der Nähe gefallen. Ich sollte sowas für Jennas Baby besorgen.

Ich trete näher. „Ah!" Ich schlage mir eine Hand vor den Mund. Es hat sich bewegt!

Meine Augen kleben an dem Ding, während ich näher heranschleiche. „Irgendwelche Mitarbeiter in der Nähe?", rufe ich. „Hier drin ist was Pelziges und Lebendiges." Was, wenn es eine Ratte ist? Jemand sollte das Ding definitiv hier rausholen. Aber dann höre ich ein Geräusch, einen winzigen Schrei wie ein Baby.

Ich gehe hinüber und schaue nach unten. Es ist ein winziges graues Kätzchen. *Aww!* Es sieht mich mit grünen Augen an und stößt wieder seinen Babyschrei aus. Es ist nicht ganz ein Miau, es ist schrill, als würde es nach seiner Mama rufen.

Ich hebe es hoch, und es klettert an meine Schulter und knetet mich durch den Baumwollstoff meines Kleides. *Autsch!* Ich halte es hoch und entferne vorsichtig seine Krallen vom Stoff. „Wie bist du denn hier reingekommen?"

„Ich wusste gar nicht, dass sie hier Kätzchen zur Adoption anbieten", sagt eine tiefe Stimme. „Scheint, als würde mich meine Arbeit verfolgen."

Ich drehe mich um und sehe in die strahlenden himmelblauen Augen eines wunderschönen Mannes. Mein Atem stockt mir in der Kehle. Er ist wahrscheinlich Anfang dreißig,

größer als ich, was immer nett für eine Frau von eins achtzig
ist. Winzige Lachfältchen federn sich aus den Augenwinkeln.
Ich habe reichlich gutaussehende Männer in L.A. gesehen,
hauptsächlich Schauspieler, aber dieser Mann hat etwas
anderes an sich. Eine Wärme in seinem Blick. Seine blauen
Augen stehen im Kontrast zu seinen kurzen dunklen Haaren
und seiner gebräunten Haut. Hohe Wangenknochen, ein
quadratischer Kiefer mit einem Hauch von Stoppeln. Er *muss*
ein Model sein. Er trägt lässig ein weißes T-Shirt, das seine
breiten Schultern und die Kurven seines Bizeps betont. Seine
verblasste Jeans passt perfekt zu seinen langen Beinen.

Mir ist kaum bewusst, dass die Kätzchenkrallen erneut
meine Schulter kneten. Eine Röte kriecht mir den Hals hinauf,
während der Mann die Distanz zwischen uns überwindet.
Meine Atmung beschleunigt sich, mein Herz pumpt kräftig.
Es ist, als wäre ich gelaufen, nur ohne den ganzen Schweiß.

Er setzt ein charmantes Lächeln auf, seine Zähne blitzen
weiß gegen seine Haut. „Ist das der neue Trend in L.A.? Mit
der Katze einkaufen?"

Ich blinzele ein paarmal verwirrt. „Ich habe sie gerade erst
gefunden." Meine Stimme klingt schrill, und ich bemühe
mich, sie wieder normal zu machen. „Ich weiß nicht, woher
sie kommt."

„Darf ich?", fragt er und deutet auf das Kätzchen. „Ich bin
Tierarzt."

Ich atme beruhigend durch und übergebe sie. Kein Model.
Vielleicht sollte ich mir eine Katze besorgen, nur um diesen
Tierarzt zu besuchen. Schade, dass in meinem Appartement-
gebäude keine Haustiere erlaubt sind. Ich würde mir gerne
Luft zufächeln, aber ich halte meine Hände an der Seite.

Er inspiziert ihren Unterbauch und überprüft ihre Zähne,
bevor er dem Kätzchen sanft den Kopf streichelt. „Es ist ein
Junge. Wahrscheinlich neun Wochen alt. Vielleicht ist er aus
der Gasse reingekommen, und seine Mutter und der Rest
seines Wurfs sind in der Nähe, oder er kommt aus jemandes
Haus. Er sieht nicht unterernährt aus, also vermute ich, dass
jemand sich um ihn kümmert."

Diese tiefe Stimme stellt etwas mit mir an und reibt an meinem Innersten. Ich könnte ihm zuhören, wenn er ein Wörterbuch rezitiert. Normalerweise bin ich nicht wie ein Teenager, der sich mit seinem langjährigen Schwarm konfrontiert sieht. Mir wurde gesagt, dass ich cool, sogar eher eisig rüberkomme. Ich vermute, das hat mehr mit meinem blonden Haar, den blassblauen Augen und meinem zurückhaltenden Wesen zu tun als mit meiner wahren Natur. Leidenschaft und Drama brennen durch mich direkt auf die Seiten meiner Drehbücher. Ich bin Fernsehautorin für eine tolle einstündige Dramedy-Show, *Irreverent*, über eine Mehrgenerationenfamilie. Ich habe auch einige fantastische Drehbücher, die unverkauft auf meinem Laptop liegen.

Er gibt mir das Kätzchen zurück, seine langen Finger streifen seitlich meine Hand und senden mir einen elektrischen Schauer durch den Arm. Ich streichle das kleine graue Kätzchen an einer Wange und versuche, die Empfindungen zu ignorieren, die durch mich toben. „Hast du dich verlaufen?"

Das Kätzchen schnurrt, sein kleiner Körper vibriert, während es seinen Kopf gegen meine Hand lehnt.

„Sie haben magische Hände", sagt der wunderschöne Tierarzt.

Mein Verstand rast. Es ist selten, dass ich mich sofort zu einem Typen hingezogen fühle. Soll ich ihn auf einen Drink einladen oder so? Ich frage mich, ob er von hier ist. Die Wahrheit ist, ein Teil von mir sehnt sich nach jemandem, mit dem ich mein Leben teilen kann, und ein Teil von mir hat Angst, eine ernsthafte Beziehung anzustreben. Ich stecke fest, was eine extrem frustrierende Situation ist. Ich gebe Jenna die Schuld. Ihre Ehe ist stark und glücklich, und sie hat mir klargemacht, dass, wenn sie das haben kann, nachdem sie das gleiche Trauma mit der Scheidung unserer Eltern erlitten hat wie ich, es vielleicht auch für mich passieren könnte.

Und was habe ich nach dieser großen Erkenntnis gemacht? Bin ausgeflippt und habe die Dating-App von meinem Handy gelöscht. Wenn ich direkt zu dem springen könnte, was Jenna und Eli haben, wäre das eine Sache. Aber die ganze holprige Reise, um diesen seltenen Treffer zu finden, macht mir Angst. Alles, was ich kannte, sind nicht zusammenpassende Menschen, Streitereien, die dazu führen, dass jemand geht, und Verlassenheit. Nicht für mich. Glaube ich. Ich war in den letzten sechs Monaten so hin- und hergerissen wegen dieser Sehnsucht tief in mir.

Will ich wirklich einen Mann in meinem Leben, oder will ich einfach hin und wieder guten Sex? Es ist lange her, seit ich das eine oder andere hatte.

Sehen Sie, ich habe eine Geschichte mit schlechten Entscheidungen in Beziehungen seit ich Anfang zwanzig war, einschließlich einer gescheiterten Ehe – eine Kombination aus meinem geringen Selbstwertgefühl und meiner Sucht nach Schmerzmitteln seit meiner Knieoperation. Ich bin jetzt, mit neunundzwanzig, sauber, mit nur einem gelegentlichen Drink und nie Drogen. Jahrelange Therapien haben mich an einen Ort gebracht, an dem ich höhere Standards dabei habe, mit wem ich zusammen sein will.

Komm schon, Eve. Du triffst nie so einen Mann, wenn du deinen Tag nur so verbringst. Bei meiner langen Arbeit im Büro der Fernsehautoren und dem Schreiben eines weiteren abendfüllenden Drehbuchs in meiner Freizeit, sind meine Kollegen die einzigen Leute, die ich je sehe. Acht Männer, drei Frauen. Die Jungs sind mittlerweile wie Brüder für mich. Ich weiß, wie ihre Rülpser riechen.

Gah! Ich weiß, ich muss mich dazu drängen, offen für neue Leute zu sein, wenn ich jemals nicht mehr festsitzen will. Und heute habe ich jemanden getroffen, keine App erforderlich. *Sag doch was!*

Er ist so nah, dass ich die dünne dunkelblaue Linie am Rand seiner himmelblauen Pupillen sehen kann, die von dicken dunklen Wimpern umrahmt sind. Sein sauberer Duft wäscht über mich, frische Seife und etwas Vertrautes, wie das Meer. Vielleicht sein Aftershave. Es ist köstlich.

Er streichelt das Kätzchen mit einem Finger unter dem Kinn, und das Kätzchen räkelt sich unter seiner Berührung und schließt die Augen in Glückseligkeit. „Ich bin Dominic."

Mein Atem stockt. „Eve." Ich bin seltsam versucht, die Hand zu heben und die Stoppeln an seinem Kiefer zu berühren.

„Oh, Frankie!", sagt eine Mitarbeiterin des Geschäfts und eilt auf uns zu. Auf ihrem Namensschild steht Connie. „Tut mir leid! Ich hatte ihn hinten bei mir, während ich zu Mittag gegessen habe, und er muss entkommen sein. Wo haben Sie ihn gefunden?"

Ich reiche ihr das Kätzchen. „Er hing hier hinten im Laden rum."

Sie kuschelt ihn eng an sich. „Ich konnte es nicht ertragen, den ganzen Tag von ihm getrennt zu sein. Mein Boss sagte, es sei in Ordnung. Ich habe ihn erst letzte Woche bekommen."

„Geheimnis gelöst", sagt Dominic.

Mein Blick trifft seinen, eine Frage hängt zwischen uns in der Luft. Ist das das Ende oder der Anfang? Mein Mund ist trocken, mein Bauch seltsam schwerelos, wie wenn ich zu schnell über einen Bremshügel holpere. Ein Moment der Schwerelosigkeit, ein Ansturm der Aufregung.

„Ich sollte –", beginnt er.

Ich unterbreche ihn, als ich merke, dass er gehen will und dass das eine „Endszene" ist, wie wir in der Branche sagen. „Ich werde dann mal nach oben gehen." Ich zeige auf die obere Ebene. Manchmal geht meine Fantasie mit mir durch, wenn ich gedacht habe, das wäre der Anfang von etwas. Mein Leben ist voller gewöhnlicher Momente, die ich verschönere, um sie außergewöhnlich zu machen. Ich wette, wenn ich meine beste Freundin nach ihrer Meinung über Dominic fragte, würde sie nicht denken, dass er so wunderschön wie ein Model ist. Sie würde wahrscheinlich sagen, dass er sie an den Typen von nebenan erinnert. Ist alles meine Fantasie, verstärkt durch meine sechsmonatige Trockenzeit.

Er wirft mir ein kleines Lächeln zu, Lachfältchen tanzen an den Winkeln dieser strahlendblauen Augen. Mein Magen flattert. Er *ist* so umwerfend! Ich drehe mich um und gehe schnell zur Treppe, ein bisschen ernüchtert. Es kommt nicht oft vor, dass ich einen so schönen Mann treffe. Und einen Tierarzt! Er liebt Tiere, also bedeutet das, er ist ein guter Kerl mit einer sanften Hand. Vielleicht hätte ich ihn um eine Verabredung bitten sollen. Obwohl es durchaus möglich ist, dass er nur am Wohlergehen eines streunenden Kätzchens interessiert war und nicht an mir.

Sobald ich die obere Etage erreicht habe, finde ich die Kuscheltierabteilung und suche eine süße Giraffe aus. Hübsch und geschlechtsneutral. Es könnte ein Giraffenjunge oder -mädchen sein – wir werden es nie wissen – mit einem schönen langen Hals, an dem sich das Baby festhalten kann. Ich nehme zumindest an, das würde ein Baby mit einer Stofftiergiraffe machen. Entweder das oder darauf herumkauen.

Ich bringe die Giraffe zur Kasse. Der Kunde vor mir geht, und ich trete vor. „Hi!"

Die Kassiererin, eine muntere Rothaarige, lächelt strahlend. Ihr Namensschild sagt Melody. „Hallo, möchten Sie eine Geschenktüte?"

„Das wäre großartig!" Ich greife in meine Handtasche, um meinen Geldbeutel rauszuholen, aber sie ist nicht da. *Scheiße!* Ich habe gerade meine kleinere Reisehandtasche gepackt, um sicher zu sein, dass alles reinpasst, und ich dachte, ich hätte das Wesentliche für meine Einkaufstour zurück in diese Handtasche gesteckt. Wie konnte ich meinen Geldbeutel vergessen? Mir wird klar, dass ich einen kleineren Geldbeutel genommen habe, damit er in die kleinere Reisehandtasche passt. In größeren Geldbeutel, der auf meinem Küchentisch liegt, ist nur eine Handvoll unnötiger Gutscheine. Ich versuche, mit leichtem Gepäck zu reisen, damit ich nichts aufgeben und mich um die Gepäckausgabe kümmern muss. Ich bin nur eine Woche weg. Das war die längste Zeit, die ich von der Arbeit freibekommen konnte, und da hatte ich noch Glück. Wir sind mitten in der Staffel.

Ich durchsuche meinen großen Geldbeutel nach Münzen und komme auf zwei Dollar und 53 Cent. Das wird nicht reichen. Ich hole mein Handy raus. Ich habe meiner Smartphone-App nie eine Kreditkarte hinzugefügt. Vielleicht könnte ich meine Bank-App als Debitkarte verwenden? Ich klicke auf die Bank-App und werde zur Eingabe meines Kennworts aufgefordert. Ich speichere nie Passwörter auf meinem Handy, weil mein Freund meinte, das solle man besser nicht tun, wegen der Hacker. Ich weiß nicht, ob das stimmt, aber ich wünschte, ich hätte nicht auf ihn gehört, weil ich mich nicht an das Passwort erinnern kann. Das ist so peinlich!

Melody, die Kassiererin, gibt mir eine große Geschenktüte. Der Kopf der Giraffe ragt oben heraus.

Ich schenke ihr ein Lächeln. „Es tut mir so leid. Ich habe anscheinend meinen Geldbeutel vergessen. Können Sie das für mich zurücklegen? Ich muss nach Hause fahren, um Geld zu holen. Bin in einer Stunde zurück."

„Ich mach' das schon", sagt eine tiefe Stimme hinter mir. Gänsehaut breitet sich auf meinen Armen aus.

Ich drehe mich zu Dominic um. „Das müssen Sie wirklich nicht."

„Hey, ich bin für alle Tiere da, auch für die ausgestopften. Außerdem habe ich auch eine." Er legt seine Stoffgiraffe auf den Tresen, zusammen mit einem blauen Paisley-Beutel, in dem man dem Bild nach, als Mutter sein Baby wie ein Känguru tragen soll. Ich habe Bauch- und Rückentragen für Babys gesehen, aber keine Beutel.

Plötzlich kommt mir der Gedanke, dass der Typ, auf den ich Lust habe, diese Sachen für *seine Frau und sein Kind* kauft. Meine Lust kühlt sofort ab. Ich würde mich nie auf einen verheirateten Mann einlassen. Diese Gelübde sollten heilig sein. Zu viele Menschen werden verletzt, wenn sie auf die leichte Schulter genommen werden. Er trägt keinen Ehering, aber das bedeutet nicht immer, dass ein Mann Single ist.

„Ist schon okay", sage ich. „Ich fahre nach Hause, um meinen Geldbeutel zu holen. Bin gleich wieder da."

Ich gehe raus und fühle mich ein wenig schwindlig. Es ist einfach eine Erleichterung, aus einem Laden zu kommen, in den ich eindeutig nicht hineingehöre. Ich sage mir, dass ich an einem guten Ort in meinem Leben angekommen bin, mit meinem Traumjob – dieses Jahr wurde ich zum Story Editor befördert –, und ich habe eine schöne Wohnung in North Hollywood ohne Mitbewohner. Was kann man daran nicht mögen?

Ich komme bis zum Ende des Blocks, bleibe stehen und stelle fest, dass ich in die falsche Richtung gehe. Dieser Laden hat mich ganz verwirrt.

Ich kehre um und gehe auf mein Auto zu, als Dominic aus dem Laden tritt und zwei Geschenktüten mit Giraffen-Köpfen hält.

„Gut, dass Sie noch da sind", sagt er. „Ihre Giraffe wartet. Lassen Sie mich raten, die ist für eine Babyparty, und Sie wissen das Geschlecht nicht, also haben Sie sich für ein geschlechtsneutrales Produkt entschieden."

Ich gehe zu ihm. „Ist Ihnen aufgefallen, dass die Kleidung da drinnen enorm geschlechtsspezifisch ist?"

„Schwer zu übersehen."

Sein köstlicher Duft lässt mich fast wieder schwindlig werden. *Ganz ruhig! Er ist vermutlich verheiratet.* „Meine Schwester hat gerade die Wehen. Das ist ein Begrüßungsgeschenk fürs Baby."

Er reicht mir die Geschenktüte. „Meine ist für einen Freund, dessen Frau gerade ein Baby bekommen hat."

Mein Herz schlägt schneller, ein Hoffnungsschimmer schlüpft hindurch. „Sie sehen aus, als wären Sie verheiratet. Ich hätte gedacht, dass das für Ihre Frau ist."

„Wirklich?" Er hält inne, betrachtet meinen Gesichtsausdruck, seine hellblauen Augen sind voller Intelligenz. „Versuchen Sie herauszufinden, ob ich Single bin?"

Mist! Eine seltene Röte kriecht meinen Hals hoch. Ich tue gelassen. „Klar."

„Ja. Sie?"

„Ja."

Er hält meinen Blick einen langen Moment. „Nun, es war *wirklich* schön, Sie kennengelernt zu haben. Leider fliege ich morgen nach Hause. Ich bin wegen einer Veterinärkonferenz hier und habe meinen Aufenthalt verlängert, um meinen Freund zu besuchen; ansonsten würde ich Sie auf ein Getränk der warmen oder kalten Sorte einladen. Grüne Smoothies scheinen hier der Hit zu sein."

Meine Lippen krümmen sich nach oben, die Hoffnung erblüht. Dominic könnte mir helfen, die Frage zu beantworten, mit der ich gekämpft habe: Vermisse ich einfach Sex oder einen Mann in meinem Leben? Niemand wird verletzt, weil wir beide wissen, dass es nur für eine Nacht ist.

Er lächelt zurück, ein warmes Lächeln, das sich an meinem ganzen Körper wie Sonnenschein anfühlt. „Mir gefällt wirklich, wie Sie mich ansehen."

Diesmal gebe ich der Versuchung nach, hebe eine Hand und streichle seinen Kiefer. Ich blicke hoch in schwelende blaue Augen.

Er hebt mein Gesicht zu seinem, so nah, dass sein Atem über meine Lippen streicht. „Sind Sie glücklich, dass ich für eine Nacht hier bin, oder dass ich Sie auf einen Drink ausführen will?"

„Ja."

Er lässt ein Lächeln aufblitzen, bevor er den Kopf senkt, seine Lippen streifen meine Schläfe. Er sieht mir in die Augen, sieht mich prüfend an, ein Lächeln spielt über seine Lippen, bevor er sich wieder vorbeugt und mir einen Kuss über Wange und Kiefer gibt.

Ich bewege mich auf ihn zu, als er sich zurückzieht, meine Lippen treffen auf seine, ein Ruck geht bei dem Kontakt durch mich. Er übernimmt die Führung, legt meinen Kiefer in eine große Hand, seine Küsse eine sanfte Zärtlichkeit, eine Erkundung. *Oh ja!* Das ist die Art Mann, der sich Zeit nehmen wird. Das Verlangen entfaltet sich tief in meinem Bauch. Meine Finger streichen durch das weiche Haar in seinem Nacken, halten ihn an mich, fast überschwänglich vom köstlichen Gefühl rauer Stoppeln und samtiger Lippen.

Er unterbricht den Kuss, sein Daumen streichelt über meine Unterlippe. „Ich muss jetzt zu meinem Freund gehen. Heute Abend?"

Ich nicke und packe dann seinen Kopf, verlange mehr. Er lächelt gegen meine Lippen, sein kräftiger Arm legt sich um meine Taille und hält mich an ihn. Sein Kuss ist hungrig, anspruchsvoll, verspricht mehr. Meine Beine werden schwach, und ich klammere mich an seine Schultern. Ich höre leise das Geräusch von Tüten, die auf den Bürgersteig fallen.

Er hebt seinen Kopf und sieht so benommen aus, wie ich mich fühle. „Wollen wir uns in der Bar in meinem Hotel treffen?"

Ich beiße mir auf die Unterlippe und überlege vorzuschlagen, dass wir den Drink auslassen und in sein Zimmer gehen könnten. Ist das zu forsch? Die Lust ist im Moment auf einem Allzeithoch. Ich weiß, was ich will, und das ist *kein* Drink.

Er tritt zurück und gibt mir die Geschenktüte mit meiner Giraffe. „Kein Druck." Er rattert den Namen seines Hotels herunter, nicht weit vom Kongresszentrum entfernt. „Ich geb' dir auch meine Nummer."

Ich lächle und bin entschlossen, diese Zeit mit ihm so unkompliziert wie möglich zu halten. Nur so wird auch sicher niemand verletzt. „Nicht nötig. Ich kenne das Haus."

Er nimmt seine Tüte vom Bürgersteig und neigt den Kopf. „Wenn ich dich nicht wiedersehe: Ich habe unsere gemeinsame Zeit sehr genossen!"

Ich sehe ihm hinterher, ein wenig überrascht von seiner Süße. Moment mal, er glaubt nicht, dass ich ihn heute Abend treffe. Wie kann er mir das nach dem sinnlichsten Kuss meines Lebens nicht glauben?

„Ich auch!", rufe ich ihm hinterher. „Wir sehen uns um acht Uhr an der Hotelbar!"

Er dreht sich um, lächelt und schickt einen Adrenalinschub durch mich. „Okay, Miss ... ich kenne nicht mal deinen Nachnamen."

„Keine Nachnamen. Ich sehe dich dann um acht."

„Sagen wir sieben."

Mein Magen flattert. „Dann sieben."

„Wenn du mich weiter so ansiehst, werde ich nicht

aufhören können, dich zu küssen, und zwar genau hier auf diesem Bürgersteig."

Ich lache. „Geh! Da draußen ist ein Baby, das in diesen Beutel gestopft werden muss, den du gekauft hast."

Mit einem letzten Lächeln hebt er zum Abschied eine Hand und geht zu seinem Auto, einem roten Ford Mustang. *Schöner Mietwagen!*

Ich ziehe die Tür zu meinem Auto auf, steige ein und sitze einen Moment lang da, in meinem Kopf dreht sich alles. Ich habe einen Typen getroffen, der mein Herz rasen lässt und mein Inneres auf den Kopf stellt. Das wäre eine nette erste Begegnung in einer romantischen Komödie. Nur schade, dass ich die nicht schreibe. Ich konnte nie an das Happy End glauben.

Trotzdem ... ich lächle breit, mein Magen schlägt einen Purzelbaum, während ich an Dominic denke. Ich kann den heutigen Abend kaum erwarten.

2

Dominic

Eine schöne Frau, die ein Kätzchen kuschelt, ist Katzenminze für einen Tierarzt, aber es war mehr als das. Es war die Art, wie sie mich angesehen hat, als wäre sie wild auf mich, als wäre ich jemand Wichtiges. Es hat mir das Gefühl gegeben, ein Mann zu sein und nicht ein geschiedener Mann, für den die Leute Mitleid haben, wenn sie hören, wie meine Ex-Frau mich verarscht hat. Ich hatte in den drei Jahren seit unserer Scheidung keine Beziehung. Ich habe den Glauben verloren, dass es eine gute Frau gibt, auf die man sich auf lange Sicht verlassen kann.

Das Seltsame ist, Eve schien mir so vertraut zu sein, es ist etwas an ihrem Gesicht. Ich bin nicht sicher, warum. Sie ist wunderschön – groß, mit dunkelblonden Haaren bis zum Kinn, scharfen Wangenknochen und üppigen Lippen. Vielleicht habe ich sie in einer Modelwerbung oder im Fernsehen gesehen. Alles ist möglich in L.A. Alles, was ich weiß, ist: Ich kann den heutigen Abend kaum erwarten.

Ich hoffe nur, dass sie auch kommt. Sie hat dafür gesorgt, ein bisschen Abstand zu schaffen, hat nicht mal meine Nummer haben wollen. Ich frage mich, ob sie auch eine bittere Scheidung hinter sich hat. Meine Ex-Frau Lexi hat mich wegen eines reichen Investmentbankers verlassen, der zufällig der Ex-Mann ihrer Schwester ist. Es wird noch schlimmer. An dem Tag, als sie gegangen ist, hat sie mir mitgeteilt, sie sei von *ihm* schwanger. Ich war geschockt und habe keine Fragen gestellt, habe mich nur verabschiedet. Ich beiße die Zähne aufeinander, wenn ich nur darüber nachdenke. Sie hat unsere Ehe und ihre Familie in die Luft gejagt. Ihre Schwester war natürlich außer sich.

Wenn der heutige Abend mit Eve passiert, ist das nur sexy Spaß, und vielleicht ist das das Beste. Wir beide sind uns einig, also wird niemand verletzt. In meinem Leben ist eine Menge los, und ich habe wenig Freizeit, mit der Tierarztpraxis, die ich übernommen habe, und dem Tierheim, das ich auch noch nebenan eröffnet habe.

Ich klingele an der Tür des Ranch-Stil-Hauses meines Freundes mit einem gepflegten Garten in einem schönen Viertel von L.A. Die Tür öffnet sich, und da steht Brian, ein Typ, den ich bei meiner Zeit bei den Marines kennengelernt habe. Er sieht gut aus, gebräunt und fit. Sein blondes Haar ist immer noch militärisch kurz geschnitten.

„Dr. Russo", sagt er mit einer aufgesetzt förmlichen Stimme.

„Ja, ja. Herzlichen Glückwunsch, Mann!" Ich reiche ihm die Geschenktüte mit dem Babykram. Er nimmt sie und zieht mich in eine einarmige Kumpel-Umarmung.

„Schön, dich zu sehen, Dom. Das Baby macht gerade ein Nickerchen."

Ich trete ein. Seine Frau Connie begrüßt mich herzlich und gibt mir einen Kuss auf die Wange. Sie ist eine zierliche mexikanische Amerikanerin mit langen dunkelbraunen Haaren und dunkelbraunen Augen. Sie hat Brian kennengelernt, als er nach seinem Militärdienst das College in L.A. begonnen hat. „Danke, dass du den ganzen Weg hergekommen bist."

Ich hebe eine Schulter. „Ich wünschte, ich könnte es öfter hier rausschaffen. Ich war wegen einer Veterinärkonferenz in der Stadt."

„Kann man es glauben, dieser Typ?", sagt Brian und zuckt

mit dem Daumen in meine Richtung. „Von den Marines in die Veterinärschule. Wer hätte das gedacht?"

„Und du bist von den Marines nach Hollywood gegangen", sage ich. „Wer hätte das gedacht?"

Er lacht. „Ich bin Kameramann, kein Filmstar. Wie geht's dem Knie? Du solltest dich besser setzen." Er deutet auf ein bequem aussehendes grünes Sofa im Wohnzimmer.

„Mein Knie ist in Ordnung." Ich wurde aus medizinischen Gründen von den Marines entlassen, nachdem ich mir das Knie rausgesprengt hatte, oder ich sollte sagen, ein Schrapnell hat es getan. Ich kann ganz gut darauf laufen, aber zu meiner Kampfform bei den Marines konnte ich nicht zurückgelangen. „Ich wünschte, ich hätte bei dir und den Jungs bleiben können, aber ich bin glücklich, Vet zu sein."

„Doppelt Vet", sagt Connie lachend. „Ein Veteran, der Veterinärmediziner ist. Kann ich dir was zu trinken bringen?"

„Ich mach' das schon, Babe", sagt Brian. „Du musst dich ausruhen." Er dreht sich zu mir um und schüttelt den Kopf. „Neugeborene halten einen rund um die Uhr wach. Wasser, Bier, Eistee?"

„Ich nehme Wasser, danke." Ich folge ihm in die Küche. „Wie läuft die Arbeit?"

Er gießt mir ein Glas Wasser ein. „Arbeit läuft gut. Am Set gibt es ein echtes Kameradschaftsgefühl. Nicht so eng wie wir bei den Marines waren, aber trotzdem. Ich mag diese Art Umgebung. Wie behandelt dich das Leben in New York? Wie war noch mal der Name der Stadt, in die du gezogen bist? Sunnyville?"

„Summerdale", sage ich und nehme ihm das Glas Wasser ab. Er gießt ein zweites Glas für Connie ein, und wir kehren ins Wohnzimmer zurück.

Brian setzt sich in einen Ledersessel, also gehe ich zu seiner Frau aufs Sofa. Er zeigt auf mich. „Klingt so, als ob du tolle Arbeit im Tierheim und bei dem Therapiehund-Programm für Veteranen leistest."

Ich hebe eine Hand. „Das kann ich nicht alles auf meine

Kappe nehmen. Es ist bereits ein etabliertes Programm, Best Friends Care. Ich leite nur einen Ortsverband davon."

„Trotzdem."

Ein Schrei kommt aus einem hinteren Schlafzimmer, und Connie springt auf und eilt zu ihrem Baby.

„Sie stillt, also schießt ihr in dem Moment, in dem Jaden weint, die Milch in die Brust", vertraut Brian mir an.

Er war immer einer der bodenständigsten Typen, die ich je getroffen habe. Er ist auf einer Milchfarm in Wisconsin aufgewachsen. Ich komme aus Michigan. Ich bin nach New York gezogen, um eine veterinärmedizinische Schule zu besuchen. Dann habe ich meine Ex kennengelernt und bin geblieben. Es gab eine Zeit, als Lexi mich ansah, als wäre ich ihre Welt. Sie zeigte ihr wahres Gesicht, nachdem wir verheiratet waren. Ich habe aus Loyalität versucht, es funktionieren zu lassen. Das ist so richtig nach hinten losgegangen.

„Gewöhnst du dich daran, Dad zu sein?", frage ich.

Das bringt ihn dazu, lange über Babypflege zu reden, vom Baden bis zum Windelnwechseln. Nach nur drei Wochen klingt er wie ein Experte.

„Das ist großartig!", sage ich.

„Hast du in New York jemanden kennengelernt?", fragt er.

„Sicher. Viele Leute."

„Du weißt, was ich meine. Post-Lexi-Action."

„Ich bin sehr beschäftigt mit meiner Praxis und dem Tierheim."

„Dom, du kannst dich nicht ewig von ihr zurückhalten lassen."

Ich rutsche auf meinem Platz hin und her. „Tue ich nicht."

„Du hast seit der Scheidung niemanden gedatet, der dir wichtig ist. Wie lange schon?" Er überlegt einen Moment lang. „Seit drei Jahren. Du verpasst die beste Zeit, um jemanden zu finden. Geh da raus, Mann, bevor du deine Haare verlierst."

Ich streiche verlegen mit einer Hand durch meine kurzen, dicken Haare. „Ich verliere mein Haar nicht."

„Bist du sicher, dass es da oben nicht dünner wird?"

„Stopp!", sagt Connie und kommt mit einem kleinen Bündel in den Armen zurück in den Raum. „Dein Haar ist perfekt, Dominic. Brian wünschte sich, er hätte dein dickes Haar." Sie setzt sich neben mich aufs Sofa. Das Baby ist in eine gestreifte Decke gewickelt und trägt eine Mütze mit einem Muster aus verspielten Welpen. Dunkle Haarsträhne lugen darunter hervor. Ich bin überrascht, weil ich dachte, Babys würden kahl geboren.

„Sieh dir all die Haare an!", sage ich.

Sie hält ihn gegen ihre Brust und lächelt ihn an. „Die Babys in meiner Familie werden immer mit einem Kopf voller Haare geboren."

„Es steht so hoch", sagt Brian und gestikuliert über seinen Kopf.

„Möchtest du ihn mal halten?", fragt Connie und lächelt mich an, als wäre es eine große Ehre.

Ich nicke und strecke meine Arme aus. Ich habe schon neugeborene Welpen und Kätzchen gehalten, aber nie ein Baby. Ich nehme ihn und kuschle ihn gegen meine Brust. Ein Gefühl des Staunens über diesen winzigen Menschen durchdringt mich. Das warme Gewicht seines Körpers, seine winzigen Finger, die zu ebenso winzigen Fäusten geballt sind, die kleinen Büschel aus dunklem Haar.

Er hebt angestrengt seinen Kopf, seine braunen Augen starren in meine. Mein Herz hüpft in diesem Moment, öffnet sich auf eine Art, die ich seit Jahren nicht zugelassen habe. Ein scharfer Stich rauer Sehnsucht, gefolgt von sofortigem Bedauern. Es bringt mich um, dass ich das verpasst habe. Das hätte ich sein sollen, Lexi und unser eigenes Baby. Das kann ich nie wieder bekommen.

„Er ist unglaublich", sage ich heiser.

Eve

„Oh mein Gott, Jenna, er ist *unglaublich*!" Ich starre meinen neugeborenen Neffen auf dem Handybildschirm an. Jenna hat gerade angerufen, als ich am Eingang zu Dominics Hotel angekommen bin. Ich gehe ein paar Schritte von der Tür weg und streiche eine zitternde Hand durch mein Haar, ein Knoten von Emotionen sitzt in meinem Hals fest. Ich hatte keine Ahnung, dass ich die Ankunft meines Neffen so persönlich nehmen würde. Jenna hat mich während ihrer gesamten Schwangerschaft auf dem Laufenden gehalten. Es fühlte sich fast an, als wäre es auch meine Schwangerschaft, mitempfundene Aufregung. „Ich bin Tante!"

„Und ich bin eine Mommy!" Sie küsst sein speckiges Bäckchen. Ihr Mann, Eli, muss das Handy halten, um sie beide zu zeigen. Jenna sieht gut aus, ihr blondes Haar ist zum Pferdeschwanz gebunden, ihre Haut glüht.

„Ich kann es nicht abwarten, ihn kennenzulernen. Mein Flug kommt nach eurer Zeit morgen Abend spät an. Ich werde am nächsten Morgen zu euch nach Hause kommen, oder bist du dann noch im Krankenhaus?"

„Welcher Tag ist heute? Ich habe ganz das Zeitgefühl verloren, als die Wehen eingesetzt haben."

„Sonntag."

„Ich hoffe, spätestens Dienstagmorgen entlassen zu werden. Ich schlafe immer besser in meinem eigenen Bett. Ich werde es dich wissen lassen." Sie streckt die Hand aus, um das Telefon zu nehmen, und hält es an die Hand des Babys. „Sieh dir seine winzigen Finger an!"

Ich lege eine Hand über mein Herz. Natürlich weiß ich, wie Babys aussehen, aber das hier ist anders. Er ist mein Neffe. Sein Gesicht kommt wieder ins Bild, und er gähnt. So eine winzige kleine Nase, und seine Lippen sind wie eine Rosenknospe. „Aww!" Meine Augen werden feucht.

„Ich weiß", sagt sie. „Ich kann es nicht fassen, dass wir ihn gemacht haben. Theodore Robinson, wir haben dich erschaffen."

Theodore gähnt wieder.

„Werdet ihr ihn Theodore oder Teddy nennen?"

„Theo", sagt sie. „Er schläft gleich ein. Die Schwester sagt, ich soll schlafen, wenn er schläft. Schreib mir kurz, wenn du morgen angekommen bist."

„Werde ich. Ich liebe euch!"

„Ich dich auch."

Ihr Ehemann, Eli, kommt in den Rahmen, ein ordentlich frisierter, dunkelhaariger Polizist mit einem Herzen aus Gold. Manchmal frage ich mich, ob Jenna den letzten Guten abbekommen hat. „Gute Reise, Eve!"

„Danke, ich sehe euch bald." Ich lege auf, habe einen Kloß im Hals, meine Augen sind heiß. Ich schüttele den Kopf über mich selbst. Ich bin sonst nicht so emotional. Ich habe nur diese intensive Sehnsucht, mein Mit-Baby zu halten. Ich hätte nie gedacht, dass ich Baby-Fieber bekomme.

Tief durchatmen! Ich kann nicht mit wegen eines Babys tränennassen Augen bei meinem Schwarm auftauchen. Ein paar weitere tiefe Atemzüge später betrete ich die Lobby und gehe zur Hotelbar, die in elegantem Metall mit blauen Akzenten gehalten ist.

Ich sehe mich kurz in der Bar um und finde wenige Paare und viele leere Stühle. Es ist Sonntagabend, also war das zu erwarten. Ich sehe Dominic nicht. Hat er mich sitzengelassen? Ernsthaft, ist es so schwer für einen Mann aufzutauchen, wenn er es sagt?

Ich sehe mich langsam in der gesamten Lobby um, und mein Herz wird schwer. Er ist nicht hier. Also, das ist jetzt scheiße! Ich hatte mich wirklich gefreut, ihn wiederzusehen.

„Eve!"

Ich wirbele herum und sehe Dominic, wie er von den Aufzügen aus auf mich zukommt. Er bewegt sich mit leichter männlicher Anmut, seiner selbst sicher. Mein Puls trommelt durch meine Venen.

Er lässt ein Lächeln aufblitzen, das sein Gesicht erhellt. „Ich musste nach einem Baby-Missgeschick duschen."

Er berührt meinen Arm sanft und beugt sich hinunter, um meine Wange zu küssen. Meine Atmung beschleunigt sich, mein Herz pumpt kräftiger.

„Was ist passiert?", frage ich.

Er legt eine Hand unten an meinen Rücken, ein warmer Abdruck durch den dünnen Stoff meines roten Kleides. „Ich habe meinen Freund und sein neues Baby besucht. Ich habe ihn gehalten. Das Baby, meine ich." Ich lache. „Es hat auf mich gespuckt."

„Eklig!"

„Ja, also dachte ich, es wäre besser, zu duschen und mich umzuziehen. Ich bin es gewohnt, schnell zu duschen, nachdem ich den ganzen Tag mit Tieren zu tun habe."

Wir nehmen Platz an der Bar. Der Barkeeper, ein junger blonder Mann, kommt sofort zu uns und legt Untersetzer vor uns. „Was kann ich Ihnen bringen?"

„Mineralwasser für mich", sage ich.

„Ich nehme dasselbe", sagt Dominic.

Ich werfe ihm einen Blick von der Seite zu, während ich mein Kleid über den Knien zurechtzupfe. Er sieht gut aus, trägt ein hellblaues Hemd mit hochgekrempelten Ärmeln und zeigt muskulöse Unterarme mit einem Hauch von Haaren. Er riecht so gut, sauber und nach ihm.

Mein Telefon meldet sich mit einer Nachricht. Ich lächle breit über ein Foto von Theo, das Eli gerade geschickt hat. Mein Neffe trägt eine blau gestreifte Mütze und ist in eine blaue Decke gewickelt. Der Text unten im Bild enthält seinen Namen, seine Größe und sein Gewicht. Eli ist offensichtlich ein stolzer Vater. Ich zeige Dominic das Bild.

Er lächelt. „Das ist doch mal ein Baby, das eine Plüschgiraffe lieben würde. Er kann sie am Kopf nehmen und wie ein Schwert herumschwingen."

Ich lache. „Das siehst du alles an einem Bild von seinem speckigen Gesichtchen?"

„Ich habe zwei jüngere Brüder. Fast alles kann als Schwert verwendet werden, aber der lange Giraffen-Hals ist ideal."

Unser Mineralwasser kommt mit einer Limettenscheibe. Ich presse meine Limette hinein, bevor ich einen Schluck trinke. „Trinkst du nichts?"

„Ich dachte, da du es nicht tust, sollte ich es auch nicht."

„Bestell dir, was immer du willst. Ich mag es nicht, dass

meine Sinne abgestumpft werden, bevor *du weißt schon.*"
Außerdem ziehe ich es vor, in der Nähe von Männern absolut
nüchtern zu bleiben, um schlechte Entscheidungen zu
vermeiden. Ich trinke gelegentlich mit anderen Frauen.
Harter Alkohol und jede Art von Drogen, die stärker als
Paracetamol sind, bleiben tabu.

Er schenkt mir ein langsames, sexy Lächeln und neigt den
Kopf. „Okay. Ich trinke auch nicht viel. Ab und zu mal ein
Bier."

Ein weiterer Punkt für die Plusspalte. Nach meiner
Geschichte mit Männern, einschließlich der Heirat mit
meinem Drogendealer, suche ich jetzt nach einem Mann, der
gesunde Lebensentscheidungen trifft. Obwohl ich schon
einen Bauchinstinkt hatte, dass Dominic gut auf sich aufpasst.
Er ist ein viriler, vibrierender Mann. Junge, er bringt wirklich
mein alliteratives Flair zum Vorschein.

*Mal ganz ruhig, er ist dein One-Night-Typ, eine Möglichkeit,
dich selbst zu testen. Das ist alles.* Wenn die Sehnsucht nach
einem Mann verschwindet, nachdem wir miteinander
geschlafen haben, dann weiß ich, dass das alles ist, was ich
brauchte. Und es ist nichts falsch daran, ab und zu guten Sex
zu genießen.

Ich öffne meine Handtasche und hole Geld aus meinem
Geldbeutel. „Bitte sehr, für den Giraffen-Kredit, den du mir
vorhin gegeben hast. Hat das Baby deines Freundes die
Giraffe gemocht?"

Er schüttelt den Kopf. „Du musst es mir nicht
zurückzahlen."

„Dominic, ich bestehe darauf." Ich senke meine Stimme
und beuge mich vor. „Keine Verpflichtungen, keine Schulden,
keine Bindungen. Ich glaube, wir wissen beide, dass wir uns
nach heute Abend nicht mehr sehen werden, oder?" Ich hoffe,
das klang nicht zu unverblümt. „Du hast gesagt, du fliegst
morgen nach Hause", füge ich hinzu. „Ich bin hier mit
meinem Job als Fernsehautorin verwurzelt. So ist es einfacher,
niemand wird verletzt."

Das Letzte, was ich will, ist das *Schreibt-er-mir-wohl-nach-her-Spiel*. Ein sauberer Cut ist am besten.

„Richtig, natürlich." Er nimmt das Geld. „Schwer zu sagen, ob Jaden seine Giraffe mochte. Er hat nicht allzu sehr reagiert. Er ist erst drei Wochen alt."

„Gib ihm noch ein paar Wochen. Oder Monate. Ich weiß nicht viel über Babys."

Er zieht sein Handy raus, um mir ein Bild von ihm zu zeigen, wie er das Baby hält, und meine Eierstöcke ziehen sich zusammen, so süß sieht er aus und all das Dad-Potenzial! Ich schwöre, ich habe noch nie über Dad-Potenzial bei einem Typen nachgedacht. Ich habe definitiv Babyfieber. Hoffentlich wird mir das Zusammensein mit meinem Neffen helfen, denn ich habe keine Ahnung, ob ich jemals wieder heiraten, geschweige denn Kinder haben werde. Es gibt noch eine Nahaufnahme vom Babygesicht. Sein schwarzes Haar steht gerade nach oben.

„Sieh dir all das Haar an!", rufe ich.

Er lächelt und betrachtet das Bild. „Ich habe dasselbe gesagt. Liegt in der Familie, laut seiner Mutter. Ich musste ein Bild davon machen."

„Du siehst wie ein Naturtalent aus, so, wie du ihn hältst. Hast du Erfahrung mit Babys?"

„Nein." Er sieht sich das Bild noch einmal an, ein wehmütiger Blick kommt über sein Gesicht. „Ist ein anderes Gefühl, als einen Welpen oder ein Kätzchen zu halten, das ist mal sicher." Er legt sein Handy weg, trinkt einen Schluck Mineralwasser und mustert mich für einen langen Moment. „Bist du berühmt? Mit Celebrity-Kram bin ich nicht immer auf dem neuesten Stand."

Ich lache. „Du musst bei mir keinen Spruch bringen. Ich bin schon dabei."

„Kein Spruch, ernsthaft. Es ist nur, dass du mir so bekannt vorkommst. Das hier ist L.A. – Schauspieler und Models, soweit das Auge reicht."

Eine leise Röte kriecht mir bei dem Kompliment die Wangen hoch. „Nein, ich bin nicht berühmt."

Er beugt sich vor, lächelt, und seine blauen Augen funkeln vor Humor. „Sicher?"

Ich kann nicht widerstehen. Ich lege meine Hand an seinen stoppeligen Kiefer und spüre die weiche Textur seiner Barthaare über seinem kantigen Kinn. Ich hebe den Blick, um Hunger in seinen Augen zu sehen. Mein Atem stockt.

Ich beuge mich vor und presse meine Lippen sanft auf seine. Ich ziehe mich zurück, als ein Zing bei dem Kontakt durch mich fährt, eine Frage hängt in der Luft zwischen uns. *Immer noch fantastische Chemie. Können wir jetzt nach oben gehen?*

„Nun", sage ich mit atemloser Stimme.

Seine Hand legt sich um meinen Nacken und zieht mich für einen weiteren Kuss an ihn. Seine Lippen bewegen sich fachmännisch über meine, nicht zu fest, genau richtig. Die Zeit bleibt stehen. Es gibt nichts anderes als die Hitze des Kusses, das schwindelerregende Gefühl, in einen Pool von Emotion zu fallen. Seine Zunge stößt in meinen Mund, der Kuss wird sinnlich. Mein Magen flattert, und ein Schmerz, noch tiefer, bringt mich dazu, ihm näherkommen zu wollen, Haut auf Haut.

Er unterbricht den Kuss und lehnt seine Stirn an meine. Seine Atmung ist so unruhig wie meine.

„Wollen wir jetzt nach oben gehen?", frage ich.

3

Er steht auf, wirft das Geld, das ich ihm gegeben habe, auf die Theke, was ein riesiges Trinkgeld ist, und bietet mir seine Hand an. Ich nehme sie und stelle mich unanständig nahe an ihn. Oh ja, er will mich genau so sehr, wie ich ihn. Ich spüre den Beweis.

„Normalerweise mache ich das nicht so schnell, nachdem ich jemanden kennengelernt habe", sagt er.

„Ich auch nicht", lüge ich und springe geradezu mit ihm zum Aufzug. Das wird großartig werden! Sobald die Lust übernommen hat, schaltet mein beschäftigter Verstand ab. Gott sei Dank, sonst würde ich mich nie amüsieren.

Er drückt den Knopf für den Aufzug, sein Blick frisst mich auf. „Du hast was an dir."

„Das ist Chemie. Zufällig, selten und wirklich fantastisch." Ich alliteriere schon wieder vor Aufregung.

„Chemie", wiederholt er leise wider. „Schätze schon."

Wir steigen in den Aufzug, und es sind nur wir hier. Sobald er den Knopf für seine Etage drückt, werfe ich mich ihm an den Hals, lege meine Arme um seinen Nacken und küsse ihn eifrig. Es ist sogar noch besser als vorher. Diesmal streichen seine Hände über mich, sein Mund so eifrig wie meiner, und wir suchen nach mehr. Er dreht sich um und schiebt mich gegen die Wand, hebt mein Bein und drückt seine Härte gegen mich. Ein Prickeln weißglühender Lust überflutet mich. Es ist schon zu lange her.

Und dann bewegt er sich, und sein Mund läuft an meinem Hals entlang, seine Zähne kratzen über mich. Ich zittere, elektrisches Prickeln rast durch mich. Er streichelt meine Brüste und streicht über meine Brustwarzen. Ich stöhne leise und sehne mich danach, mehr von ihm zu fühlen. Ich streichele über seine riesige Erektion, und er zuckt weg.

„Was ist los?", frage ich.

Er hält einen Finger hoch. „Ich bin viel zu angetörnt. Außerdem sind wir in einem Fahrstuhl."

Ich lächle und küsse ihm an der Kehle entlang, bevor ich ihm sanft seitlich in den Hals beiße.

Er stöhnt. „Eve, was du da mit mir machst. Halte diesen Gedanken fest."

„Wie lang?"

„Zumindest, bis ich dich im Bett hab." Aber seine Hand wandert hinab an meiner Wirbelsäule und dann packt er meinen Po, drückt mich fest an sich. „Gott, ich will dich!"

Ich knabbere an seiner Unterlippe und küsse ihn wieder.

Der Aufzug pingt an seiner Etage, und er packt meine Hand. Wir rennen zu seinem Zimmer und lachen. Es kommt nicht oft vor, dass man jemanden findet, bei dem es wirklich Klick macht. Zumindest auf die sexy Art.

In dem Moment, in dem wir in den Raum kommen, klatschen wir wieder gegeneinander, die Münder verschmelzen, Hände wandern, drücken, streicheln. Er führt mich rückwärts zum Bett und senkt mich unter ihn. Seine Hände sind ein Wunder der Geschicklichkeit, sie ziehen mir mein Kleid, BH und Slip aus, während er mich fieberhaft küsst.

Ich rutsche zurück, nackt auf dem Bett. „Kondome sind in meiner Tasche. Ich hab' sie an der Tür fallen lassen."

„Ich habe welche im Nachtschränkchen. Ich hatte wirklich gehofft, du würdest auftauchen."

Nach einem Blick auf den Beweis und zurück zu ihm, fahre ich mit der Zunge über meine Oberlippe. „Zieh dich schön langsam aus."

Einer seiner Mundwinkel hebt sich. Er gehorcht, knöpft langsam sein Hemd auf, um eine harte muskulöse Brust, mit Graten entlang seiner Bauchmuskulatur und einem V zu enthüllen, das zu der Schwellung meiner zukünftigen Lust führt. So sexy!

„Gefällt mir." Ich drehe meinen Finger in der Luft. „Zeig mir mal die Rückansicht."

Er dreht sich um und sieht mich über seine Schulter an. Oh ja, ich mag die breiten Schultern und den kraftvoll aussehenden Rücken. Workouts? Stemmt er den ganzen Tag Tiere? Egal, wie er das bekommen hat, ich will es.

Er wendet sich zu mir zurück, während er langsam seine Jeans aufknöpft und sie vorsichtig über seine große Erektion zieht.

„Weiter so", sage ich mit einer rauen Stimme und spreize meine Beine weit, um ihm einen Anreiz zu geben.

Er wirft schnell Schuhe und Socken beiseite, dann Jeans und Boxershorts, sein Blick klebt an mir. Er folgt mir auf das Bett, lässt sich auf mir nieder, legt sich zwischen meine Beine. *Ja!* Ich nehme ein Kondom vom Nachttisch und reiche es ihm.

Dominic hat jedoch andere Ideen und lässt das Kondom auf der Matratze neben mir, um sich auf mich zu konzentrieren. Er küsst mich überall im Gesicht, sanfte Berührungen, die meine Haut erhitzen, vorsichtige Bisse entlang meiner Kehle. Ich hatte recht. Das hier ist ein Mann, der sich Zeit lässt. Wenn ich nur nicht schon so erregt wäre! Ich will ihn mit einer schockierenden Intensität.

Er bewegt sich, küsst Zentimeter für langsamen Zentimeter an meinem Körper hinunter und saugt schließlich an einer Brust und dann an der anderen. Jedes beharrliche Ziehen bildet eine direkte Linie der Lust zu meinem Geschlecht.

Ich hebe die Hüfte. „Ich bin bereit."

„Wir haben keine Eile."

Ich hatte gehofft, er würde sich Zeit lassen, aber jetzt, wo wir in diesem Moment sind, habe ich lange genug gewartet.

Unsere Körper sind dazu bestimmt, sich zu verbinden. Ich brauche es wie meinen nächsten Atemzug.

„Bitte", sage ich. „Ich sehne mich nach dir."

Seine Finger tauchen zwischen meine Beine, und ich keuche vor plötzlicher Lust. Sein Mund bedeckt meinen, schluckt mein leises Stöhnen, während seine Finger zaubern. Ich spanne mich an, fast am Höhepunkt angekommen, als er plötzlich aufhört.

„Ich war so nah dran", protestiere ich.

„Noch nicht", sagt er, und dann senkt er sich auf meinen Körper, seine Augen sind auf meine gerichtet.

Meine Atmung ist unregelmäßig, mein Magen flattert, mein Herz donnert.

„Entspann dich!", sagt er mit rauer Stimme. „Das könnte ein bisschen dauern."

„Ich kann nicht viel ertragen –" Ich keuche, während er mich kostet. Er leckt, küsst, knabbert. Alles fühlt sich so gut an, aber es reicht nicht. Meine Hüften schwingen gedankenlos gegen ihn. Er stößt einen Finger in mich hinein und dann noch einen, füllt die Leere. Mein Körper umklammert die Invasion. Er streichelt mich von innen, während seine Zunge sich an mir labt und mich immer weiter drückt.

Und dann bewegen sich seine Finger und treffen eine Stelle im Inneren, die mich mich wild aufbäumen und schreien lässt. Er legt eine Hand an meine Hüfte und hält mich für die süße Folter fest. Ich keuche und zittere an der scharfen Kante der Erlösung. Meine Welt wird dunkel, und dann explodieren Sternenlichter, während ich zittere, als ich komme und der Orgasmus durch mich schießt. Eine Lust-welle nach der anderen rauscht über mich, während er sanfter wird und bei mir bleibt, bis ich erschlaffe.

„Mmph", sage ich als *Dankeschön*. Die Sprache entzieht sich mir.

Er bewegt sich an meinem Körper empor und lächelt mich an. „Geht's dir gut?"

Ich nehme seinen Kopf und küsse ihn kräftig. „Ja."

Er rollt das Kondom über und gleitet in mich. Mein Atem

erbebt bei dem köstlichen Gefühl, von seiner dicken Länge ausgefüllt zu werden. Und dann beginnt er, sich zu bewegen, und jeder Stoß bringt mehr Lust. Er beugt meine Hüften nach oben, dringt tiefer, und wir beide keuchen.

Er hebt seinen Kopf und blickt mir in die Augen, so zärtlich, dass ich aufhöre zu atmen. Meine Lippen öffnen sich überrascht, während Emotionen meine Kehle zuschnüren. Noch nie hat mich ein Mann so angesehen. Es ist, als hätte er nach innen gegriffen und mein Herz gedrückt.

Nein, nein, nein! Er sollte mein Sextest sein, nicht mich etwas *fühlen* lassen. Jedenfalls nichts so Mächtiges. Ich dachte, wenn er weg ist, hätte ich vielleicht die vertraute Sehnsucht nach mehr. Aber nicht das. Nicht jetzt mit einem Mann, der morgen nach Hause fliegt.

Mein Atem ist flach, aber ich scheine nicht wegsehen zu können, gefangen unter seinem Bann.

Er streicht mir die Haare aus dem Gesicht. „Eve, was du mit mir machst!"

Ich schließe die Augen, eine Abwehr gegen die unerwartete Intimität. „Mehr, schneller, härter!", befehle ich.

Er senkt den Kopf, beißt sanft an meinem Hals entlang und bringt scharfe Empfindungswellen. Und dann beginnt er einen langsamen Rhythmus, füllt mich bis zum Anschlag, jedes Mal trifft er genau dort, wo ich ihn brauche, jeder Stoß trifft meinen G-Punkt, weißglühende Lust brandet durch mich. Immer und immer und immer wieder. Ich gebe mich den überwältigenden Empfindungen hin, fliege immer höher.

Ich bäume mich auf, werfe meinen Kopf in den Nacken, als ein weiterer Orgasmus durch meinen Körper schießt, bin mir nur vage seines tiefen Stöhnens bewusst, als er sich seiner eigenen Lust hingibt.

Wir liegen da und keuchen lange. Meine Gliedmaßen fühlen sich zittrig an, mein Körper ist den Aufruhr der Empfindungen nicht gewohnt. Er zieht sich heraus, legt sich neben mich auf seine Seite und zieht mich an sich. Ich bin zu schwach, um gegen Kuscheln zu protestieren, obwohl ich weiß, dass ich aus dem Bett rollen sollte, meine Kleider anziehen und nach Hause gehen. Ich darf ihm nicht zu nahe kommen.

Er küsst meine Haare. „Bleib' über Nacht. Ich bin noch nicht mit dir fertig."

Ich presse meine Lippen zusammen, um nicht zu lächeln. Ich bin lächerlich froh, dass er mich die ganze Nacht hier haben will. Sind es all die Emotionen, die von seiner Art mich anzusehen gekommen sind, die mich fast schwindelig machen? Vielleicht bin ich nur an einem seltsamen Ort, mit der Ankunft meines Neffen und der ganzen Liebe, die ich bereits für ihn empfinde.

Er hebt mein Kinn. „Okay?"

Ich zwinge mich, mein Gesicht neutral zu halten. „Unter einer Bedingung."

„Sag' es."

„Du nimmst mich nach Hundeart. Ein Tierarzt sollte doch gut darin sein."

Er rollt sich auf mich und kitzelt mich. Ich kichere und winde mich unter ihm. Normalerweise kitzelt mich nie jemand.

Er beißt in mein Ohrläppchen und zieht daran. Seine Stimme ist rau an meinem Ohr. „Was meinst du damit – bin ich wie ein Tier?"

Ich grinse. „Das hoffe ich."

Er küsst mich, und ich spüre sein Lächeln an meinen Lippen. Eine Nacht. Ich werde das Beste daraus machen. Der Abschied kann noch ein bisschen länger warten.

„Gott sei Dank bist du hier! Ich bin so überfordert!" Jenna umarmt mich, als wäre ich ihre allerletzte Hoffnung. Ich bin endlich in Summerdale, New York, und die Wiedervereinigung von Schwestern ist das Beste überhaupt.

Ich lasse meine Handtasche und die Geschenktüte fallen und werfe meine Arme um sie. Arme Jenna! Weniger als achtundvierzig Stunden als Mom, und sie ist schon überfordert.

Und das von einer Frau, die eine Konditorei betreibt, freiwillig für viele Stadtkomitees und das örtliche Tierheim arbeitet und die beste Ehefrau, fürsorgliche Freundin und Schwester der Welt ist. Eine Mom zu sein, muss so hart sein.

Ihre beiden Pitbulls, Lucy und Mocha, rennen um uns herum und lassen ihr Spielzeug zu unseren Füßen fallen. Jenna tritt ein orangefarbenes Feuerwehrmann-Schlauchspielzeug in Richtung Esszimmer, und die Hunde sprinten hinterher.

Sie schaukelt mich von einer Seite zur anderen, während wir uns umarmen. „Ich habe dich vermisst! Es ist schon zu lange her."

„Ich habe dich auch vermisst!" Mir war nicht bewusst, wie sehr ich sie vermisst habe, bis zu diesem Moment, als wir uns im Eingang umarmen. Meine Augen stechen, eine glückliche Leichtigkeit erfüllt meinen Körper.

Nach meiner Nacht mit Dominic habe ich am Montag einen Nachmittagsflug genommen und war erst letzte Nacht spät da. Ich wollte Jenna nachts nicht mit dem Baby stören, also habe ich in ein Hotel eingecheckt und bin jetzt am nächsten Morgen bei ihr vorbeigegangen. Mit der Reise und dem Zeitunterschied habe ich schon keine Woche mehr mit ihr – Dienstag bis Sonntag. Leider war Montagnachmittag der erste Flug, den ich bekommen konnte, nachdem ich erfahren habe, dass bei ihr am Sonntag die Wehen eingesetzt hatten. Verdammt sei diese elende Distanz!

Jedes Wiedersehen mit meiner großen Schwester fühlt sich wie eine riesige Sache an, wegen all der verpassten Jahre mit dem geteilten Sorgerecht, das wir durchgemacht haben, und des anschließenden bösen Bluts zwischen unseren Eltern. Jetzt ist es, als käme ich nach Hause in das glücklichste Zuhause, das ich je gekannt habe. Wir haben die verlorene Zeit in den letzten zwei Jahren wieder gutgemacht. Ich stehe meinen Eltern nicht besonders nahe, und sie standen ihren Eltern auch nicht nahe, weil Mom ihr erstes Studienjahr abgebrochen hat, als sie mit Jenna schwanger war. Es fühlt sich an wie eine winzige Familie, die nur aus

Jenna und mir besteht. Und jetzt auch Theo und Eli. Nicht zu vergessen!

Sie zieht sich zurück und wischt sich die Augen. Ich schniefe und wische mir auch die Augen ab.

„Warum weinst du?", fragt sie mit einem wässrigen Lachen. „Ich bin diejenige, die von Hormonen und Schlafmangel überrannt wird."

„Weil es unser Schwesternwiedersehen ist."

Sie umarmt mich noch einmal und küsst meine Haare. „Ich bin so froh, dass du wieder in meinem Leben bist."

Wir lösen uns voneinander und atmen beide tief durch, um uns zu beruhigen. Keine von uns ist normalerweise superemotional. Ich bin reserviert, und ich würde Jenna bestenfalls als höhnisch beschreiben.

„Wundere dich bitte nicht über mein mitgenommenes Aussehen", sagt sie und deutet vage auf sich. „Ich war letzte Nacht alle zwei Stunden mit Theo auf und habe noch keine Dusche geschafft. Wir sind erst vor einer Stunde nach Hause gekommen. Zwei Nächte im Krankenhaus, mehr konnte ich nicht ertragen. Der Arzt hat uns entlassen."

„Du siehst wunderschön aus", sage ich pflichtbewusst. Sie hat Ringe unter den Augen und trägt ein T-Shirt und eine Jogginghose, aber sonst sieht sie aus wie ihr gewöhnliches Selbst. Wir ähneln einander mit den dunkelblonden Haaren, wir beide sind groß und schlank. Sie hat grüne Augen, die ich immer für so hübsch gehalten habe.

Sie verdreht die Augen. „Ja, klar." Sie geht zum grauen Anbausofa und setzt sich vorsichtig hin.

Ich verziehe mitfühlend das Gesicht und setze mich neben sie. Ich habe gehört, dass die Geburt das Fahrgestell ganz schön mitnehmen kann. „Schläft das Baby? Es ist so leise."

„Oh nein. Er schläft nicht gern. Eli hat ihn auf einen Spaziergang mitgenommen. Theo steckt in diesem kleinen Beutel, der ein Gefühl der Geborgenheit wie in der Gebärmutter geben soll."

Das lässt mich an Dominic denken, der einen Beutel für das Baby seines Freundes gekauft hat. Ich kann ihn nicht aus meinem Kopf bekommen, ständig gehe ich unsere gemeinsame Nacht durch und auch das davor, wie wir uns kennengelernt haben, wie süß er war, die Stoffgiraffe für mich zu bezahlen, unseren ersten Kuss auf dem Bürgersteig. Meine Brust schmerzt. Kann man jemanden vermissen, den man erst einen Tag kennt?

Realitätscheck! Du weißt nicht, wie du Kontakt zu ihm aufnehmen sollst, und er lebt wahrscheinlich weit weg von L.A., da er fliegen musste, um nach Hause zu kommen.

Vielleicht bedeutet diese Sehnsucht nach mehr, dass ich mehr will als nur guten – verdammt, es war phänomenal – Sex ab und zu. Ich muss nur den Mut aufbringen, mich wieder nach draußen zu wagen. Nur keine Eile. Nächstes Mal suche ich nach einem Typen wie Dominic.

„Eve?"

Ruckartig lenke ich meine Aufmerksamkeit zurück auf sie. „Entschuldigung, immer noch ein bisschen Jetlag. Ich hätte nicht gedacht, dass du dich so schnell überfordert fühlst. Du bist doch umgeben von Familie und Freunden." Eli hat eine große Familie in der Stadt, darunter eine ältere Schwester, Sydney, die Jennas beste Freundin ist.

Sie hält einen Finger hoch. „Elis Brüder wissen nicht, wie man mit einem Baby hilft. Sydney hat alle Hände voll zu tun mit ihrem acht Monate alten Kind, und sie ist *wieder* schwanger und kämpft gegen schreckliche Morgenübelkeit. Das darf ich niemandem sagen. Das war eine ungeplante Schwangerschaft."

„Wow! Das ist wirklich nah beieinander."

Sie hebt eine Schulter. „Deshalb bestehe ich auf Geburtenkontrolle, falls und wann ich jemals wieder Sex habe." Sie verzieht das Gesicht und verlagert unbehaglich das Gewicht.

„War die Geburt schwer für dich?"

„Es war nicht einfach, das kann ich dir sagen. Obwohl ich von unserem Geburtsvorbereitungskurs wusste, was mich erwartet." Sie verzieht das Gesicht. „Es ist gerissen, und ich musste genäht werden."

Galle steigt in meinem Hals auf. Ich schlage mitfühlend die Beine übereinander.

Sie nickt. „Die Dinge, die man nie wissen oder erleben wollte."

„Was kann ich dir bringen? Du weißt, dass ich nichts über Babys weiß. Ich bin hier, um mich um dich zu kümmern."

„Glaubst du, *ich* weiß was? Ich brauchte eine Laktationsspezialistin im Krankenhaus, die mir zeigte, wie man ihn stillt. Einfaches Stillen, und ich hatte keine Ahnung."

Ich drücke ihren Arm. „Früher gab es wahrscheinlich immer eine erfahrenere Frau, die neuen Müttern half, glaubst du nicht?"

Sie wirft ihre Hände in die Höhe. „Er schreit, und ich weiß nicht, was er will. Ich schätze, er will gefüttert oder gewickelt werden. Eli sagt, manchmal will Theo einfach nur chillen, braucht aber Hilfe, um dorthin zu gelangen." Eli ist der Polizeichef der Stadt und ein guter Kerl. Wir waren in der Schule in der gleichen Stufe. Ich habe vor der Scheidung in Summerdale gelebt, und viele Leute, mit denen ich aufgewachsen bin, sind zurückgezogen.

„Apropos chillen." Ich nehme meine Handtasche und die Geschenktüte von dort, wo ich sie am Eingang habe fallen lassen, und gehe zu ihr zurück. „Für Theo." Ich gebe ihr die Geschenktüte, obwohl es offensichtlich ist, weil der Giraffen-Kopf herausragt.

Sie lächelt, und ihre Augen füllen sich mit Tränen. „Aww, niedlich!"

Ich wühle in meiner Tasche nach dem Last-Minute-Flughafengeschenk, das ich ihr besorgt habe. „Und ein bisschen Schokolade für dich." Eine schmale Schachtel mit einer Vielzahl von Schokoladenbonbons.

Sie stellt die Giraffe auf das Sofa neben sich, öffnet die Süßigkeitenschachtel und bietet sie mir an.

„Nein, danke. Alles für dich."

„Du bist die Beste." Sie steckt sich einen ganzen Schokoladentrüffel in den Mund und kaut, sieht selig aus. Zumindest habe ich ihr in dieser überwältigenden Zeit ein bisschen Freude bereitet.

Lucy, ein hellbrauner Pitbull-Mix, schlendert über das Sofa und beäugt die Giraffe.

„Lucy, nein!", befiehlt Jenna. „Geh, und hol deinen Ball!"

Lucy rennt zu einer Kiste mit Spielzeug. Mocha kommt ihr zuvor, nimmt einen Tennisball, trabt rüber und wirft ihn Jenna vor die Füße. Jenna rutscht weiter auf das Sofa, die Schachtel Pralinen liegt auf ihrem Bauch. Ich werfe den Ball für Mocha, und beide Hunde rennen hinterher.

„Ich wusste nicht, was ich als Babygeschenk kaufen sollte", sage ich. „Es schien, als könnte eine Giraffe für einen Jungen oder ein Mädchen geeignet sein."

„Sicher. Ich glaube ohnehin nicht an Spielzeug, das nur für einen Jungen oder ein Mädchen ist. Ich werde Theo eine Puppe geben, mit der er zusammen mit einem Truck spielen kann." Sie wirft sich noch eine Süßigkeit in den Mund und schließt die Süßigkeitenschachtel. „Kann ich dir was bringen?"

„Wie wäre es, wenn ich dir was bringe? Oder du könntest dich hinlegen, wenn du willst."

„Ich sollte extra Wasser trinken, danke." Sie streckt sich auf dem Sofa aus und stützt ein Kissen hinter sich.

Ich gehe in die Küche, wo sich im Spülbecken schmutziges Geschirr und verschiedene Babysachen auf dem Tresen stapeln – Fläschchen und Kappen, ein Sterilisator, eine Milchpumpe, Schnuller noch in ihren Verpackungen und ein Haufen weich aussehender, weißer Tücher. Schultertücher fürs Bäuerchen? Stoffwindeln? Keine Ahnung. Ich finde ein paar Gläser und besorge uns beiden Wasser.

Ich kehre ins Wohnzimmer zurück, und sie setzt sich auf. „Danke dir!" Sie trinkt sofort ihr Wasser.

Ich setze mich auf das Chaiselongueteil des Anbausofas, damit sie sich ausstrecken kann, wenn sie will. „Ich gehöre bis Sonntagnachmittag ganz dir. Ich muss Montagmorgen zur Arbeit."

Sie runzelt die Stirn. „Ich wünschte, du könntest länger bleiben."

„Ich auch. Ich hatte Glück, überhaupt Urlaub zu bekommen. Wir sind erst bei der Hälfte der Staffel, also werde ich gebraucht. Mit der Reisezeit und dem Zeitunterschied war das das Beste, was ich tun konnte."

„Wenn wir nur näher beieinander leben würden!"

„Du kannst dich gerne zu mir ins sonnige Kalifornien gesellen."

„Ich hab' die Konditorei. Eli ist Polizeichef, und seine ganze Familie ist hier."

Wir hatten dieses Gespräch schon einmal. Jetzt, wo wir uns wiedergefunden haben, ist es schwer, so weit voneinander entfernt zu sein. Wenn man fürs Fernsehen schreibt, ist L.A. der richtige Ort. Es ist ein kollaborativer Prozess im Schreiberzimmer.

Ich seufze. „Ich weiß, wir sind beide an das gebunden, wo wir stehen. Also, welche Art von Hilfe bekommst du mit dem Baby?"

„Elis ganze Familie ist gestern vorbeigekommen, um Theo zu sehen. Dann hat Audrey organisiert, dass uns jeden Abend der nächsten Woche jemand Essen bringt." Audrey ist eine ihrer besten Freundinnen. Jenna hatte das Glück, mit drei Mädchen aufzuwachsen, die wie Schwestern für sie waren. Ich hatte eine beste Freundin, die mir in der Highschool ganz schön in den Rücken gefallen ist – ich war am Boden zerstört. Ich konnte es kaum erwarten, zum College nach Kalifornien zu gehen. Nicht, dass ich verbittert wäre. Es ist ja alles gut gegangen.

Jenna fährt fort: „Ich fürchte, nach der ersten Woche mit Hilfe werde ich auf mich allein gestellt sein. Du gehst, Eli muss wieder arbeiten, und die Essenslieferungen enden."

„Ich werde dafür sorgen, dass ihr einige Mahlzeiten in eurem Gefrierschrank habt. Wird Mom vorbeikommen, um zu helfen?"

Jenna verzieht das Gesicht. „Ich will ihre Hilfe nicht."

Ich habe unseren Eltern das Trauma ihrer zweijährigen

Scheidung und Trennung unserer Familie verziehen. *Danke, Therapie!* Jenna arbeitet noch daran. Sie ist sauer, dass unsere Eltern wieder zusammenleben und von sich behaupten, verliebt zu sein. Sie haben sogar eine Hochzeit geplant, aber Mom hat in letzter Minute kalte Füße gekriegt und Dad am Altar stehen gelassen. Innerliches Augenrollen an der Stelle. Trotzdem sind sie zusammengeblieben. Ich bin der Meinung, dass sie Erwachsene sind und tun können, was sie wollen. Es betrifft mich nicht mehr.

„Du hast ihnen aber schon von Theo erzählt, oder?", frage ich.

„Ja, sie werden am Samstag hier sein, um uns zu besuchen. Ich bin so froh, dass du als Puffer hier sein wirst."

„Ich habe so das Gefühl, dass Theo der größere Puffer sein wird. Sie werden so begeistert sein von ihrem ersten Enkelkind, dass es ein vollkommen dramafreier Besuch sein wird."

Die Haustür öffnet sich, und Eli tritt ein, der Theo in einem blauen Beutel trägt, der an seiner Brust anliegt. Ich kann das Baby nicht einmal sehen, nur seinen Umriss.

„Hey, Eve!", sagt Eli fröhlich und kommt zu mir. Er ist sehr fit und sauber rasiert mit kurzen braunen Haaren und warmen, haselnussbraunen Augen.

Ich springe von meinem Platz auf. „Hey, neuer Dad! Schläft das Baby?"

„Ja." Er zieht den Stoff des Beutels zurück, um mir Theo zu zeigen, wie er sich da eingerollt hat, seine kleine Faust neben seinem speckigen Bäckchen. Ich halte den Atem an. Er hat wahrscheinlich genauso im Mutterleib geschlafen.

Ich berühre seine winzige Hand und flüstere: „Er ist in Wirklichkeit ja noch viel schöner!"

„Danke", sage Eli. „Sie haben uns im Krankenhaus gesagt, wir sollten uns nicht die Mühe machen, unsere Stimmen zu senken. Babys gewöhnen sich an die Geräusche des Hauses."

Ich staune über meinen Neffen, der so engelsgleich aussieht. „Hallo, Theo, ich bin deine Tante Eve. Ich bin so froh, dass du hier bist."

Eli dreht sich zu Jenna um. „Wie geht's dir?"

„Müde, wund, überfordert."

„Klingt nach mir, ohne den Schmerz. Willst du das Donut-Kissen?"

Sie winkt das ab. „Nein. Ich werde mich einfach hier hinlegen, während Eve mich mit Geschichten aus Hollywood unterhält."

Eli dreht sich zu mir um. „Jenna hat mir gesagt, dass du in einem Hotel bist. Wir haben oben ein Gästezimmer für dich vorbereitet. Hol doch deine Sachen hierher."

„Das musst du", sagt Jenna und klingt schon mehr wie sie selbst. „Das hast du sonst immer gemacht."

„Ich weiß, aber ich wollte nicht, dass ihr euch auch noch um einen Gast bemüht, wenn ihr euch um ein Neugeborenes kümmert."

„Du bist kein Gast, du bist Familie", sagt Eli.

„Genau!", sagt Jenna.

Meine Augen werden heiß. Es ist einfach so schön, mich zu fühlen, als wäre ich Teil der Familie. „Okay, ich muss bis elf zum Auschecken zurück ins Hotel, und dann bringe ich meine Sachen hierher."

Jenna lächelt zufrieden und lehnt sich wieder auf das Sofa. Eli steckt ihr ein Kissen unter die Knie und drückt ihr dann einen Kuss auf die Stirn. Sie küsst ihn auf die Lippen und blickt in den Beutel, um Theo zu bewundern, greift hinein, um ihn zu berühren, legt sich dann zurück und sieht zufrieden aus.

„Ich werde ihn in sein Bettchen legen", sagt Eli und geht nach oben.

Ich strecke mich auf der Chaiselongue des Sofas aus, und auch Jenna streckt sich aus und stupst meine Hüfte mit ihren Zehen an. „Habe ich erwähnt, wie froh ich bin, dass du hier bist?"

Ich lache. „Ja. Ich auch."

Ein paar Augenblicke später hören wir Elis tiefe Stimme durch ein Babyfon auf dem Couchtisch. „Du bist das beste Baby der Welt, wusstest du das? Ja, das bist du."

„Gott, ich liebe ihn jetzt noch mehr", sagt Jenna und wischt sich Tränen aus den Augen. „Eli ist ein toller Vater."

Meine eigenen Augen werden feucht. Jenna mit ihrem Mann und ihrem neuen Sohn zu sehen, macht die ganze Familie noch viel attraktiver. „Du hast so ein Glück!"

„Ich weiß. Eines Tages wirst du auch einen tollen Mann treffen." Sie hält inne. „Hast du dein Profil für diese Dating-App wieder aktiviert? Ich weiß, du warst beschäftigt, aber im Leben gibt es mehr als nur Arbeit. Du sollst auch in deinem Leben Liebe haben."

Ich schüttle den Kopf. „Aber –"

„Wenn du die Chance ergreifst und dein Herz öffnest, wirst du vielleicht überrascht sein, wie gut die Dinge am Ende ablaufen. Lass dich nicht von Moms und Dads Beispiel zurückhalten. Sie sind verrückt."

Ich lächle. „Tatsächlich habe ich jemanden ausgerechnet im Babyladen getroffen, aber das sollte nicht sein. Er war nur wegen einer Veterinärkonferenz in der Stadt."

„Wo wohnt er denn? Vielleicht ist es doch nicht so weit, und ihr könnt einander besuchen."

Ich hebe eine Schulter und senke sie wieder. „Er musste einen Flug nach Hause nehmen, also könnte ich mir vorstellen, dass er nicht gerade in der Nähe lebt. Wie auch immer, wir haben beide im Vorfeld entschieden, dass es nur eine Nacht voller Spaß sein sollte. Keine Bindungen, keine Verpflichtungen, also gibt es keine falschen Erwartungen, und niemand wird verletzt."

Ich blicke weg und fühle mich trotz meiner Worte alles andere als locker. Gedanken an Dominic wirbeln durch meinen Kopf.

Funkelnde himmelblaue Augen.

Seine tiefe, sexy Stimme. *Entspann dich. Das könnte jetzt etwas dauern.*

Die unerwartete Zärtlichkeit in seinen Augen, als wir einander so nah waren, wie zwei Menschen es nur können.

Ich trinke etwas Wasser und schlucke den Kloß in meiner

Kehle herunter. Ich bin mir nicht sicher, dass ich einen Typen wie Dominic jemals wieder treffen werde.

„Nun, wenigstens hattest du Spaß." Sie hält inne. „Wie viel Spaß?"

Jenna und ich halten uns bei Details nicht zurück. Unter uns ist ein sicherer Ort, um *alles* zu teilen.

Ich lächle verträumt. „Es war umwerfend. Er wusste, was er tat, und er hat sich Zeit genommen."

Sie seufzt. „Liebst du es nicht, wenn das passiert? Das ist so selten."

„Ich weiß!"

Sie wirft mir einen besorgten Große-Schwester-Blick zu – die Augenbrauen sind zusammengezogen, die Lippen geschürzt. „Und es ist wirklich okay für dich, das nicht wieder zu haben? Chemie kann ein guter Anfang sein. Das hatten Eli und ich auch zuerst."

„Das ist ganz anders als bei dir und Eli." Eli ist ein Mann, auf den man sich verlassen kann. Ein Mann, der sagt, was er meint, und der für einen einsteht. Es ist das, was ich insgeheim für mich will, obwohl ich ernsthafte Zweifel daran habe, ein so seltenes Exemplar zu finden. Ich glaube nicht an ein Happy End, wenn es um Männer geht. Ich habe mir zu oft die Finger verbrannt.

Auf ihren erwartungsvollen Blick hin fahre ich fort: „Dieser Kerl hat nichts Ernstes gesucht. Außerdem liebe ich das Single-Leben." Ich zwinge Begeisterung in meine Stimme, um sie und mich zu überzeugen. Die Wahrheit ist, ich bin noch nicht bereit für die Beziehungsachterbahn. *Schnallen Sie sich an, während Ihr Herz fällt und Ihr Leben außer Kontrolle gerät!*

Jenna drängt weiter. „Ich weiß, aber —"

Ich unterbreche sie. „Alles ist genauso, wie ich es will – tolle Wohnung, tolle Arbeit, Freunde und gelegentlich eine Nacht voller Spaß mit einem Mann. Ich habe alles, Jenna. Der Neunundzwanzigjährige-Junggesellinnen-Traum."

„Und was, wenn du dreißig wirst?"

„Ich bleibe neunundzwanzig."

„Gute Idee!" Sie stupst mich wieder mit ihrem Zeh an. „Wie gut war er genau?"

„Vier Orgasmen in einer Nacht."

Ihre Augen schließen sich halb, und sie verbirgt ein Gähnen. „Das ist eine schöne Sache."

„Nicht wahr? Oh, ich muss dir das Neueste von Ray erzählen." Das ist einer meiner Mitautoren. „Er hat jetzt einen Leguan, von dem er besessen ist." Ich erzähle ihr weiter Geschichten aus dem Autorenraum und die Exzentrizitäten einiger meiner Kollegen. Innerhalb von Minuten schläft sie ein, wie ich es mir dachte.

Ich nehme eine weiße Fleecedecke vom Sofa und bedecke sie damit. Obwohl ich die jüngere Schwester bin, fühle ich mich, als müsste ich sie beschützen. Der Bund der Schwesternschaft kann nicht gebrochen werden. Nicht durch Jahre der Entfremdung, nicht durch selbstsüchtige Eltern, nicht durch 3.000 Meilen zwischen uns. Meine Augen brennen, als ich sie noch einmal ansehe, bevor ich in die Küche gehe, um Geschirr zu spülen.

Es ist immer schwer, sie nach einem Besuch zu verlassen. Ich denke, es wird doppelt schwer, auch noch meinen Neffen zu verlassen. Aber das ist die Realität.

Ich wünschte, ich könnte das Land auf magische Weise schrumpfen, damit die Ost- und Westküste in Pendelentfernung wären oder Teleportationen erfinden oder Hollywood umsiedeln. *Fantasie: eins, wahres Leben: Null.*

4

Ich dachte wirklich, ich hätte keinen mütterlichen Instinkt, aber innerhalb von drei Tagen bin ich so verbunden mit diesem Baby, dass ich mich wie eine zweite Mom fühle. Ich fange an zu sehen, wie gern ich ein eigenes Kind hätte. Es ist überwältigend, sich um einen hilflosen kleinen Menschen zu kümmern, wie Jenna gesagt hat, aber es ist auch auf jede Art wunderbar. Ich hätte nie gedacht, dass ich ein Baby so lieben könnte, wie ich Theo liebe.

Jenna sagt, da wir Schwestern sind, müssen wir einen ähnlichen Geruch haben, den Theo erkennt. Ich weiß nicht, ob das stimmt, aber dieses süße Bündel Freude reagiert auf mich. Er blickt in meine Augen wie eine alte Seele. Er beruhigt sich, wenn ich ihn halte, und einmal hat er sogar versucht, von mir zu trinken. Ha! Tut mir leid, Kumpel, keine Milch hier.

Mir kommt die Vision von Dominic, der das Baby seines Freundes hält. Er hat so natürlich ausgesehen und voller Dad-Potential. Ich wünschte, ich hätte eine Kopie dieses Bildes. Dumm, ich weiß, ihn in eine Fantasiezukunft einzubeziehen – ein netter Typ wie er, der unser Baby hält. Die Realität ist, ich habe keine Möglichkeit, ihn zu kontaktieren, er lebt wahrscheinlich weit weg, und ich habe immer noch eine Mauer der Angst, die mich von einer Beziehung trennt. Aber nichts ist falsch an einer Fantasie, oder? Das ist sicher und angenehm.

Bisher starrt Theo die Giraffe nur an, die ich ihm gekauft habe, aber er greift nicht nach ihr. Er zieht es vor, meine Haare zu packen, wenn sie mit meinen Bewegungen schwingen. Junge, hat er einen festen Griff! Es ist schwer, meine Haare aus seiner Faust zu entfernen, ohne welche zu verlieren.

„Es wird so schwer, ihn zu verlassen", sage ich Jenna am Freitagmorgen. Wir sind im Kinderzimmer, und sie zieht ihm einen frischen Strampler an. Dieser ist gelb mit einem Muster aus Affen in Palmen. Theos Beine und Arme strampeln, während sie versucht, sie in die Ärmel und Beinlöcher zu bekommen. Ich halte den Stoff an Ort und Stelle, während sie mit ihm kämpft.

Sie sieht mich an. „Nun, ich werde dir nicht sagen, dass du deinen Job kündigen und hier bei mir bleiben sollst, aber es wäre schön."

„Es ist nicht immer einfach, einen guten Job zu bekommen. Die Show läuft gut. Jeder sagt, dass sie eine weitere Staffel bekommen wird."

„Sicher, sicher, aber weiß dein Chef, dass deine Schwester ein Baby bekommen hat?"

Ich grinse. „Was denkst du, wie ich die Woche freibekommen habe?"

Sie schließt geschickt die Druckknöpfe an Theos Strampler. Weniger als eine Woche, und sie ist ein Profi bei den winzigen Verschlüssen. „Ich muss dich um einen Gefallen bitten."

„Gern. Ich bin für dich da."

„Danke", sagt sie mit erstickter Stimme. Sie nimmt Theo hoch und kuschelt ihn an ihre Brust. Als sie sich zu mir wendet, tritt ihr eine Träne aus dem Auge. Ich wische sie ihr weg. „Ich weiß es so zu schätzen, dass du dir Zeit aus deinem vollen Terminkalender nimmst, einmal übers Land fliegst, Schlafunterbrechungen erträgst, dich um mich kümmerst,

Theo, aufräumst, einfach alles." Weitere Tränen strömen über ihre Wangen.

„Wow!" Ich nehme ein Tuch und tupfe sanft die Tränen von ihren Wangen. „Wie lange halten diese Hormone?"

Sie schnieft. „Ich habe keine Ahnung. Du weißt, dass ich normalerweise nicht so bin. Ich liebe dich." Sie küsst Theos Wange. „Und dich auch, Theo."

„Ich liebe dich auch. Und dich, kleines Baby." Ich streichele seine weiche Wange. „Worum wolltest du mich bitten? Soll ich die Wäsche waschen und all diese kleinen Babysachen falten?"

„Das wäre toll, aber ich wollte dich fragen, ob du heute Abend bei der Spendenaktion für das Tierheim helfen könntest, und auch morgen werden sie Hilfe im Zelt mit den Haustieren brauchen, die auf dem Fall Harvest Festival adoptiert werden können. Ich helfe immer bei beidem." Sie hüpft Theo ein wenig, als er anfängt, unruhig zu werden. „Ich habe eine so tolle Erfahrung gemacht, als ich Mocha von Dr. Russo adoptiert habe, und du weißt, dass er der beste Hund der Welt ist."

„Jeder weiß das. Natürlich werde ich helfen."

„Großartig! Audrey wird auch da sein. Ich werde ihr schreiben und sie wissen lassen, dass sie dich erwarten kann."

Sie gibt mir Theo und zieht ihr Handy aus der Gesäßtasche. Ich entspanne mich sofort, als sein Gewicht gegen mich schmilzt. Ich atme den köstlichen Geruch von Neugeborenem ein, gehe mit ihm zum Fenster und singe ihm über das Fliegen in einem Flugzeug vor, mit dem ich ihn besuche. Vielleicht besucht er mich eines Tages auch.

Audrey trifft mich an dem Abend um sieben Uhr auf dem Parkplatz des Horseman Inn. Sie ist eine süße Frau, eine zierliche Brünette mit langen glatten Haaren, die die Bibliothek leitet. Ich habe sie schon mehrmals getroffen, seit sie und Jenna einander nahestehen.

„Hey, Audrey!", rufe ich.

Sie stemmt die Hände in die Hüfte. „Du bist also diejenige, die die ganze Babyzeit abkriegt."

Ich gehe zu ihr und ziehe sie in eine Umarmung. „Du kannst Theo gern jederzeit besuchen."

„Ich wollte die Schwestern-Bonding-Zeit nicht unterbrechen. Ich weiß, dass ihr nur eine Woche zusammen habt. Ich gehe zum Helfen vorbei, wenn du wieder in L.A. bist."

„Wie geht's dir so? Hast du in der Bibliothek viel zu tun?"

„Das, und ich habe ein Buch geschrieben." Sie lächelt schüchtern. „Normalerweise erzähle ich das den Leuten nicht, aber du bist Schriftstellerin, also dachte ich, ich sag's dir."

Jenna hatte es mir schon erzählt. Sie hält mich über alles in Summerdale auf dem Laufenden, aber ich behalte das für mich. „Herzlichen Glückwunsch! Weißt du, viele Leute sagen, sie wollen ein Buch schreiben, aber so wenige tun es. Das ist eine große Sache."

Sie wird rot und streicht sich die Haare hinter die Ohren. „Danke! Es war … ein Erlebnis. Eine Art Achterbahn, ich war ins Schreiben verliebt und habe mir die Haare gerauft."

Wie eine Beziehung. Schreiben ist auch so, aber zumindest kann ich meine Skripte kontrollieren.

„Klingt ungefähr richtig. Jetzt kann ich dir von dem geheimen Schreiber-Handsignal erzählen." Ich tue so, als würde ich schnell in der Luft zu tippen und hebe dann meine Handflächen für ein doppeltes High Five.

Sie lacht und kopiert meine Tippgeste, bevor sie mir ein High Five gibt. „Ich bin im Club!"

„Schickst du es an Literaturagenten, oder willst du es selbst veröffentlichen?"

Sie geht zum Eingang. „Es ist noch nicht bereit, von irgendjemandem gelesen zu werden. Ich muss ihm noch den letzten Schliff verpassen."

„Ich würde es gern lesen, wenn du bereit bist. Worum geht es?

Sie hält mir die Tür offen. „Eine Militärfamiliensaga. Ich möchte dich damit nicht belästigen. Ich weiß, dass du mit dem Baby und deinem eigenen Schreiben beschäftigt bist."

„Ich könnte es noch reinquetschen."

„Vielleicht. Wenn ich denke, dass es fertig ist, werde ich dich im Hinterkopf behalten."

Wir kommen am Empfang vorbei, und Audrey erklärt, warum wir hier sind. Ich sehe in den vorderen Gastraum, wo ein bärtiger Mann einen langen Tisch in den Raum trägt. Ein anderer Typ trägt das andere Ende des Tisches, seinen Rücken zu uns. Seine dicken, dunklen Haare kommen mir bekannt vor. Der bärtige Typ auch. Wahrscheinlich kannte ich sie, als ich sehr jung war, und sie sehen jetzt erwachsen ganz anders aus. Eine brünette Frau mit großer Brille steht neben einem Stapel von Geschenkkörben, die in farbenfrohes Cellophan mit Schleifen gewickelt sind. Sie kommt mir nicht bekannt vor.

Audrey deutet in den belebten hinteren Gastraum, in den einer der Typen, die den Tisch getragen haben, gegangen ist, um mit jemandem zu reden. „Dr. Russo ist unser geliebter Tierarzt, und er leitet dieses tolle Tierheim hinter seinem Büro. Sie haben auch einen Ortsverband von Best Friends Care. Das ist die Organisation, die Tierheimhunde zu Therapiehunden für Veteranen mit PTBS und anderen Einschränkungen ausbildet. Jedenfalls habe ich mich dort öfter freiwillig engagiert, seit ich ihn besser kennengelernt habe. Er hilft mir bei den Darmproblemen meiner Katze Cinder."

„Gut, dass Cinder die Pflege bekommt, die sie braucht." Es ist Freitagabend, und der hintere Gastraum ist voll. Klingt so, als wäre auch an der Bar einiges los. Die stille Auktion soll in einer Stunde stattfinden, zusammen mit einem Quiz, bei dem man Preise gewinnen kann, also je mehr Leute, desto besser. Jenna hat mir vorhin die Details erzählt.

Der bärtige Typ tritt vor mich. „Hey, Aud. Evie, schön, dich zu sehen. Ist schon lange her." Evie ist mein Spitzname aus der Kindheit, also muss er jemand sein, den ich als Kind kannte.

Ich neige meinen Kopf und mustere ihn. Ich kann ihn nicht einordnen. „Ich heiße jetzt Eve."

Audrey meldet sich zu Wort: „Das ist Levi Appleton, unser Bürgermeister."

Meine Lippen teilen sich überrascht. „Ich habe dich mit dem Bart gar nicht erkannt. Und auch noch Bürgermeister!"

„Niemand sonst wollte den Job", sagt Levi mit einem Lächeln.

Die brünette Frau mit Brille kommt zu uns. „Er ist ein großartiger Bürgermeister, und er wagt sich gerade auch noch in die Filmproduktion."

„Das ist meine Freundin Galena", sagt Levi.

„Hi, Galena", sage ich herzlich, bevor ich mich Levi zuwende. „Interessant zu hören, dass du in die Filmproduktion einsteigst. Ich schreibe für eine Fernsehsendung. Ich habe eine Woche freibekommen, um Jenna mit dem Baby zu helfen."

„Audrey hier ist auch Autorin", sagt Levi.

Ich blicke zu Audrey, die unbehaglich aussieht. Für jemanden, der sagt, dass sie normalerweise nicht über ihr Buch redet, scheint es, als hätte es schon ganz schön die Runde gemacht. Ich wette, in einer kleinen Stadt wie Summerdale bleibt nicht viel privat. „Sie hat mir davon erzählt."

Der Typ, der von hinten vage bekannt ausgesehen hat, kommt auf uns zu. Ich halte den Atem an. Das Herz trommelt in meinen Ohren. Ich kenne dieses Gesicht, diesen Körper, den federnden, selbstbewussten Gang. *Dominic!*

One-Night-Stand Dominic.

Er wohnt hier.

Ahhh!!!

Tue ich so, als würde ich ihn nicht kennen?

Was soll ich tun?

Ich blinzele ein paarmal. Meine Augen sind der einzige Teil an mir, der im Moment funktioniert, während sie ihn in lustvollem Entsetzen anstarren. Der Mann, mit dem ich den heißesten Sex meines Lebens hatte, ist *hier* in Summerdale, New York. Wie stehen die Chancen? Im Ernst!

Er sollte eine Fantasie in meinem Kopf bleiben!

Mein Herz trommelt und droht, mir aus der Brust zu platzen. Ich hätte nie gedacht, dass ich ihn wiedersehen würde. *Was soll ich tun? Was soll ich sagen?*

Dominic schließt sich uns an. „Mehr Freiwillige, hoffe ich?" Er starrt mich an, seine Augen werden plötzlich größer, als er mich erkennt.

Audrey zeigt auf ihn. „Eve, das ist Summerdales begehrtester Junggeselle."

Meine Brauen schießen in die Höhe. *Begehrtester Junggeselle? Sind alle Frauen in der Stadt hinter ihm her?* „Hi!"

„Hi!" Meine Stimme klingt heiser.

Die Teile rasten schnell in meinem Kopf ein. Ich bin hier, um bei einer Spendenaktion für ein Tierheim in der Stadt zu helfen, das von einem Tierarzt geführt wird, mit dem Jenna häufig arbeitet. Jennas Tierarzt ist *mein* Tierarzt. Soll ich so tun, als sehen wir uns zum ersten Mal? Das Letzte, was ich will, ist, dass er denkt, ich könnte ihm in einer seltsamen Stalker-Situation gefolgt sein.

„Was meinst du damit ‚begehrtester Junggeselle'?", fragt Galena Audrey. „Ich dachte, ihr beide datet."

Audreys Wangen werden leuchtend rosa. Ich sehe weg. *Unangenehm.* Er ist Audreys Freund oder Ex-Freund.

Dominic sieht mich an, bevor er sich zu Galena zurückwendet. „Woher hast du das denn?"

Audrey antwortet für sie. „Stadttratsch. Wollen immer jemanden zusammenbringen. Ha-ha."

„Audrey und ich sind Freunde", sagt Dominic und sieht mich direkt an.

„Genau", sagt Audrey mit einem Nicken.

Mach dir um mich keine Sorgen! Geht mich nichts an, was du mit Frauen in deiner Heimatstadt oder sonst wo machst. Kann ich jetzt gehen? Oh, warte. Ich habe noch gar nicht gearbeitet.

„Aber Levi hat gesagt ..." Galena spricht nicht weiter und wendet sich Levi zu, eine Frage in ihren Augen.

Ich muss es nicht wissen; will es nicht wissen.

Ich stoße einen Atem aus und sehe mich im Raum um, angestrengt bemüht, Dominic nicht anzustarren. „Richtig. Okay. Ich bin für Jenna hier, also lasst mich arbeiten."

Dominic bedeutet uns, ihm zu einer großen Kiste mit Dekorationen und Schildern zu folgen.

Audrey sagt mir, dass sie die Körbe auf dem Tisch aufstellen wird, also sehe ich in die Kiste und ziehe ein paar Rollen Luftschlangen raus. Ich spüre Dominics Blick auf mir. Die Haare in meinem Nacken richten sich auf. Ich erinnere mich an jede Minute, von dem Moment, als wir uns getroffen haben, bis zu dem, als wir uns verabschiedet haben. Es spielt wie ein Film in meinem Kopf.

Ich nehme mir ein Band und mache mich mit zitternden Händen an die Arbeit. Ich drehe durch. Ich kann es zugeben.

Ein paar Minuten später höre ich Dominic, Levi und Galena sagen, dass sie nicht mehr im Dienst sind. Oh, großartig! Jetzt sind nur noch Audrey und ich hier und der sexyste Mann, den ich je getroffen habe. Hier gibt es keine Wiederholung. Denkt nicht mal darüber nach, sage ich meinen lustvolleren Partien. In dieser Richtung liegt der Wahnsinn. Ich halte mir einen strengen Vortrag: *Er kommt von hier, du bist aus L.A., und du bist nicht bereit für was auch immer das ist.*

Du reist am Sonntag ab!

Ich drehe mich um und winke Levi und Galena hinterher. Mein Blick kollidiert mit Dominics, seine blauen Augen schwelen in meinen, als würde auch er sich an jeden Moment jener Nacht erinnern. Ich reiße meinen Blick los. Tu lässig. Es war nur eine Nacht. Wir waren uns beide einig. Mach die Dinge nicht komplizierter. Ich reise am Sonntag ab, platze ich fast laut heraus. Als wenn irgendwer gefragt hätte!

Eine warme Hand berührt meinen Arm, und ich weiß sofort, dass er es ist. Ich schließe die Augen und bekämpfe den Drang, gegen ihn zu schmelzen. Er spricht mit einem rauen Flüstern nahe an meinem Ohr. „Was tust du denn hier?"

„Jedenfalls stalke ich dich nicht", sage ich abwehrend. „Es war nur eine Nacht, wie wir vereinbart hatten."

Audrey keucht und wirft uns einen neugierigen Blick zu.

Dominic

Alle meine Sinne sind in Alarmbereitschaft. Ich kann nicht fassen, dass sie hier ist! Eve in Summerdale! Sie streicht ihr blondes Haar aus dem Gesicht und blickt weg. Als ich mich am Morgen nach dem besten Sex meines Lebens von ihr verabschiedet habe, habe ich ihr gesagt, dass ich in Kontakt bleiben möchte. Sie hat mich geküsst und mir gesagt, es sei besser zu gehen, wenn es gerade am schönsten ist.

Diese ganze Woche habe ich jene Nacht im Kopf wiederholt und mir gewünscht, ich hätte eine Möglichkeit, mit ihr in Verbindung zu treten, und jetzt ist sie *hier*. Das ist eine zweite Chance für uns.

„Ich habe nie gedacht, dass du mich stalkst", sage ich. „Ich war nur überrascht, dich zu sehen."

Sie bearbeitet ihre pralle Unterlippe. „Meine Schwester lebt in der Stadt. Jenna Robinson. Sie ist diejenige, die gerade das Baby bekommen hat."

„Theo."

Ihre Augen werden weich. „Das weißt du noch?"

„Ich erinnere mich an alles von dieser Nacht." Meine Stimme klingt rau.

Sie legt ihre Hände hinter sich. „Lass uns nicht darüber reden."

Ihre scharfen, kantigen Wangenknochen und der Kiefer, die Farbe ihres Haares – es ist genau wie Jenna. „Ich kann nicht glauben, dass ich es vorher nicht gesehen habe, die Ähnlichkeit mit deiner Schwester. Deine Augen haben eine andere Farbe als ihre, aber alles andere ist so ähnlich. Als wir uns trafen, kamst du mir vage bekannt vor, und ich dachte, es läge daran, dass du Model oder Schauspielerin bist, aber es war wegen Jenna."

Sie schüttelt langsam den Kopf. „Ich habe dir gesagt, dass nicht berühmt bin."

Ich hole das Handy aus meiner Tasche. „Da du ja jetzt hier bist, kannst du mir auch deine Nummer geben."

Sie hält eine Handfläche hoch. „Ich halte das für keine gute Idee."

Ich trete näher. „Eve, ich kann dich nicht aus dem Kopf bekommen."

„Ich reise Sonntag ab. Lass uns das nicht schwieriger machen, als es sein muss."

Ich presse meine Lippen aufeinander, um ihr nicht noch weitere Angebote zu machen. Aber was könnte es schaden, noch eine Nacht zusammen zu genießen? Oder einander vielleicht regelmäßiger zu sehen. Obwohl die weite Distanz über das ganze Land hart wäre. Vielleicht hat sie recht.

Sie zeigt auf die Kiste mit Deko. „Ich werde zu Ende dekorieren. Brauchst du auch Hilfe bei der stillen Auktion? Beim Aufräumen? Oder vielleicht beim Quizspiel? Alles, was Jenna tun würde, mache ich gern."

„Audrey hilft bei der stillen Auktion. Ich kümmere mich um die Preise. Wyatt, unser Aushilfs-Barkeeper, führt das Quizspiel durch, also kannst du hierbleiben, um aufzuräumen, oder ich könnte es einfach selbst machen."

Sie lächelt verkrampft. „Ich werde dableiben. Und ich springe für den Rest des Abends ein, wo immer ich gebraucht werde. Ich bin auch morgen beim Festival und helfe beim Tieradoptionszelt. Jenna hat mir erzählt, dass es eine Verlosung mit Geschenkgutscheinen für ihre Konditorei gibt, die dem Tierheim zugutekommt."

„Dann sehe ich dich also auch morgen."

Sie wedelt mit dem Finger in meine Richtung. „In rein professioneller Funktion."

Ich lächle. „Ich kenne jetzt deinen Nachnamen. Eve Larsen. Ich kannte Jenna, bevor sie Eli geheiratet hat."

„Und du musst ihr geliebter Tierarzt Dr. Russo sein."

Ich verbeuge mich. „Zu Ihren Diensten. Hat Jenna gesagt, ich sei geliebt?"

„Audrey hat es gesagt. Sie ist ein ganz schöner Fan von dir. Habt ihr beide jemals …" Sie macht eine vage Geste. Audrey geht auf die andere Seite des Raumes.

„Nein. Ich weiß nicht, warum die Leute dachten, wir wären zusammen. Wir sind einmal was trinken gegangen, aber das ist alles."

„Kleinstadtgetratsch."

Ich reibe meinen Kiefer. „Das ist ja, was so seltsam ist. Wir haben uns in Clover Park in der Happy Endings Bar getroffen, weil sie sagte, sie wolle mal einen Tapetenwechsel. Wie haben sie hier davon gehört?"

Sie sieht zu Audrey. „Vielleicht hat sie es ihren Freundinnen erzählt, weil sie hoffte, es würde mehr daraus. Sie ist süß und immer noch Single."

Ich betrachte ihren Gesichtsausdruck. *Erinnert sie sich an jene Nacht in genauso lebendigen Details, wie ich es tue?* „An süß bin ich aber nicht interessiert." *Ich will jemanden, der mich begeistert. Ich will dich.*

„Zu schade. Du verpasst was." Und damit macht sie sich wieder daran, Dekorationen im ganzen Raum aufzuhängen.

Ich beobachte sie ein paar Minuten, bevor ich zu ihr marschiere. „Hat dir diese Nacht denn nichts bedeutet?"

Sie sieht sich um und flüstert: „Nicht hier."

„Wo dann?"

Sie bedeutet mir, ihr zu folgen, und geht durch den Eingang hinaus. Ich folge ihr zu einer Ecke des Parkplatzes unter einer Straßenlaterne.

„Wir waren uns einig, dass es eine Nacht war, keine Verpflichtungen", sagt sie durch die Zähne.

„Das war vorher. Das hier ist jetzt."

„Ich bin weniger als 48 Stunden hier. Vielleicht bist du einsam, das verstehe ich –"

„Ich bin nicht einsam. Ich bin der begehrteste Junggeselle der Stadt."

Sie verdreht die Augen.

Ich senke meine Stimme. „Und ich weiß, wie man dir Lust bereitet."

Sie zuckt zusammen, erholt sich aber schnell und parkt eine Hand auf ihrer Hüfte. „Du willst also eine zweite Nacht? Ist es das, wohinter du her bist? Denn ich bin nicht hier, um angemacht zu werden, Ich bin hier, um Jenna mit dem Baby zu helfen."

„Das Baby schläft manchmal, oder?"

Sie tritt näher und sieht mir in die Augen. „Lass mich das ganz klar sagen: Ich bin nicht an noch einer Nacht interessiert, die nirgendwo hinführt."

„Ich auch nicht." Mein Bauch zieht sich zusammen, mein Puls beschleunigt sich, als ich sie so nahe habe.

Es ist nicht nur Lust, obwohl die Lust mächtig ist. Sie ist die erste Frau, die mich seit langer Zeit etwas fühlen lässt.

Gott, wie sie mich ansieht!

Sie hebt eine Hand, als wolle sie meinen Kiefer berühren, und lässt sie fallen. „Gut. Dann bin ich ja froh, dass wir auf derselben Seite sind. Als Nächstes werde ich eine echte Beziehung haben. Keine Fernbeziehung, keine Fantasie, na ja, vielleicht eine Fantasie, bis ich bereit bin. Ich bin noch nicht bereit, und es gibt keine Eile." Sie nickt einmal.

Ich starre sie verwirrt an. „Was denkst du denn, worum ich bitte, was Festes?"

„Nein!" Sie wirft ihre Hände in die Höhe. „Ich weiß nicht. Ich glaube einfach nicht, dass wir beide eine Zukunft haben, also ..." Ihr Blick fällt auf meinen Mund, und ihr Atem stockt. „Ich sollte gehen."

Doch sie bewegt sich nicht.

Mein Herz klopft schneller, jedes Nervenende aufmerksam. „Schön. Gib mir nicht deine Nummer. Verbringe keine Minute mehr mit mir als du musst."

„Ich wünschte, ich könnte dich vergessen." Dann nimmt sie meinen Kopf und küsst mich grob. Rohe Lust rauscht durch mich. Ich lege einen Arm um ihre Taille, ziehe sie flach an mich, während ich den Kuss erwidere mit all dem aufgestauten Verlangen, das ich seit dem Moment empfunden habe, als wir uns in diesem Hotelzimmer getrennt haben. Der

Kuss geht weiter und weiter, ein Feuer, das sich zwischen uns neu entfacht.

Sie unterbricht plötzlich den Kuss, ihre Fingerspitzen liegen auf ihren Lippen, ihre Augen sind weich. Einen Moment lang sieht sie fast verwundbar aus. „Tut mir leid." Sie eilt in Richtung Restaurant.

Ich stoße einen Atem aus, lege den Kopf zurück und starre die Sterne an. Ich weiß nicht, was mein Ziel hier ist. Ich weiß nur, dass ich nicht einfach vergessen kann, was zwischen uns da oder jetzt passiert ist.

Ich gehe zurück zum Restaurant, öffne die Tür und kollidiere mit Eve, die auf dem Weg nach draußen ist.

„Entschuldigung!", ruft sie und tritt zurück. Ihre Augen begegnen meinen. „Vergiss, dass irgendwas davon je passiert ist, okay?"

Sie schiebt sich an mir vorbei und geht auf ihr Auto zu.

„Was, wenn ich es nicht vergessen will?", rufe ich ihr nach.

Sie steigt in ihr Auto und schält sich vom Parkplatz.

Einen Moment lang stehe ich benommen da. Sie hat nicht unrecht. Es gibt keine Zukunft, da wir an entgegengesetzten Küsten leben. Macht sie das auf eine verdrehte Art noch attraktiver? Kein Risiko dauerhafter Schäden, wenn man weiß, dass es ein natürliches Ende gibt.

Ich streiche mit einer Hand durch mein Haar. Was mache ich denn hier? Ich scheine nicht klar denken zu können, wenn es um Eve geht. Ich weiß nur, dass ich zum ersten Mal seit der Scheidung verzweifelt mehr will.

Verzweiflung ist nicht gut. Keine Frau wird je diese Macht über mich haben. Mein Leben ist gerade richtig. Sogar großartig.

Verdammt! Ich habe ihre Nummer immer noch nicht.

5

Eve

Ich sitze in Jennas Einfahrt in meinem Wagen und nehme ein paar beruhigende Atemzüge, während ich versuche, meine Handlungen mit meinen Worten in Einklang zu bringen. Ich habe ihn auf jede erdenkliche Weise weggestoßen, und was habe ich dann getan? Ihn geküsst! Das war alles meine Schuld. Es war nur so, dass ich mich in seiner Nähe daran erinnert habe, wie elektrisch es zwischen uns war, wie zärtlich er sein kann, wie er zu wissen schien, wie man die Dinge genau zur richtigen Zeit aufheizt für einen explosiven Orgasmus.

Ich lege meine Stirn aufs Lenkrad. Das ist das Problem. Ein Vier-Orgasmen-pro-Nacht-Problem. Wenn der Sex nicht so überwältigend gewesen wäre, wäre ich nicht in Versuchung geraten.

Ich setze mich aufrecht hin und streiche mir die Haare aus den Augen. Nur, dass es nicht allein die sinnlichen Erinnerungen sind. Er ist klug, wunderschön und zärtlich. Meine Schwester und Audrey finden ihn toll. Man kann nicht leugnen, dass er großartige Arbeit leistet. Jenna hat mir erzählt, wie sehr Dominic an der Auswahl von Therapiehunden für Veteranen beteiligt ist. Alle Zeichen deuten auf einen Gewinner, einen Helden in jeder Hinsicht.

Aber was soll ich denn jetzt tun? Mich darauf einlassen, nur um mich nach zwei Tagen zu verabschieden? Ich sehe ihn morgen beim Fall Harvest Festival und reise am nächsten Tag ab. Schlimm genug, dass mein Herz bricht, wenn ich Theo und Jenna verlasse. Muss ich wirklich auch noch Dominic der Mischung hinzufügen?

Nein, muss ich nicht. Die ganze Sache war nur ein bizarrer Zufall. Ich habe ein Leben in L.A. Er ist hier verwurzelt. Ende der Geschichte.

Ich ziehe mein Handy aus der Handtasche und schicke Audrey eine lächerliche Lüge über Jenna, die mich braucht. Sie antwortet mit einem fröhlichen *Kein Problem! Dominic und ich haben alles im Griff. Ich weiß, dass das Baby dich mehr braucht als wir.*

Ich stoße einen Atemzug aus. Schätze, ich sollte rein- und dem Grund für meinen Aufbruch nachgehen. Ich werde Jenna sagen, dass sie mich erst morgen brauchen. Ich bin sicher, sie wird sich über die Babyhilfe freuen.

Mein Handy vibriert mit einer Nachricht. Oh, Mist! Sie ist von meinem Boss, Matt.

Der Schriftstellerstreik ist ab Montagmorgen offiziell. Sieht so aus, als bekämen wir alle mehr Freizeit. Lies deine Mails für weitere Details.

Ich schlage mir eine Hand vor den Mund. Es wurde über einen möglichen Streik im nächsten Sommer gesprochen, bevor die Arbeit an der neuen Staffel beginnen wird. Das hier wird mitten in der Staffel alles quietschend zum Stillstand bringen.

Ich klicke auf meine E-Mail, um mehr von den gescheiterten Verhandlungen über die neuen Verträge mit dem TV- und Filmproduzenten-Verband zu erfahren. Es geht um Prozentanhebungen für die üblichen Dinge, aber auch um neue Formen digitaler Inhalte. Ich presse eine Hand an meinen Kopf. Die Schriftstellergewerkschaft setzt darauf, dass der unerwartete Streik in der Mitte der Staffel ihnen mehr Hebelwirkung verleiht. Das letzte Mal, als sie gestreikt haben

– bevor ich in der Branche war – hat es drei Monate gedauert. Das ist eine lange Zeit, um nicht bezahlt zu werden.

Meine Gedanken hüpfen überall herum. Wie soll ich die Miete bezahlen? Die meisten meiner Ersparnisse sind für die Produktion eines Films in meiner Freizeit draufgegangen, basierend auf meinem Originaldrehbuch. Leider habe ich keine Preise bei großen Filmfestivals gewonnen, sodass er nicht in den Verleih gekommen ist. Es war eine Geschichte über Schwestern, die wiedervereint werden, lose basierend auf meinem Leben. Jenna hat ihn geliebt.

Bin ich jetzt arbeitslos? Eine schnelle Google-Suche ermittelt die Arbeitslosenunterstützung. Nicht für Gewerkschaftsstreitkräfte in Kalifornien.

Ich lese die E-Mail von meinem Chef. Es besteht die Möglichkeit, einen Kredit über meine Gewerkschaft zu bekommen, wenn ich Gefahr laufe, meine Wohnung zu verlieren, oder es andere katastrophale Umstände gibt. Okay, es gibt ein kleines Kissen, *wenn* er mir bewilligt wird. Mir dreht sich der Magen um. Ich mag die Unsicherheit nicht bei allem, von dem ich dachte, es sei in meinem Leben in Stein gemeißelt.

Jenna taucht in der Einfahrt auf und winkt mir durch das Autofenster zu.

Ich steige aus dem Wagen, immer noch benommen. „Hi!"

„Geht's dir gut? Ich habe gehört, wie du vorgefahren bist, aber du bist so lange in deinem Auto geblieben, dass ich mir Sorgen gemacht habe. Fühlst du dich nicht gut?"

„Nein, mir geht's gut. Ich, ähm, hab' beim Dekorieren für die Spendenaktion geholfen, aber sie hatten genug Leute, also bin ich zurückgekommen, um dir mehr zu helfen."

Sie wirft mir einen besorgten Blick zu. „Du siehst aus, als hättest du schlechte Nachrichten bekommen. Komm rein. Ich mach' dir einen Tee."

„Schläft Theo?"

„Eli geht mit ihm auf und ab und versucht, ihn in den Schlaf zu bringen. Wenn das nicht klappt, nimmt er ihn mit

auf eine Autofahrt. Wir haben festgestellt, dass er so zuver-
lässig einschlafen kann. Das Problem ist allerdings, ihn vom
Auto zum Kinderbett zu bringen, ohne ihn aufzuwecken."

Ich folge ihr hinein. „Hey, Eli."

Theo stößt ein Heulen aus.

„Hey, Eve!" Eli klopft Theo auf den Rücken. „Ist schon
okay, Kumpel. Du bist nur übermüdet. Lass uns ein bisschen
rumfahren."

„Sieh zuerst nach seiner Windel", sagt Jenna.

Eli hält ihn hoch und schnuppert an ihm. „Gute Idee! Zeit
zu wickeln." Er bringt ihn nach oben.

Jenna geht in die Küche, füllt den Teekessel und stellt ihn
zum Kochen. Wir beide mögen Kamillentee wegen seiner
beruhigenden Wirkung.

Ich nehme am Küchentisch Platz. Sie kommt mit ein paar
Servietten und einem Teller mit Schokoladenkeksen, die
himmlisch riechen, und setzt sich neben mich. Sie schiebt mir
die Kekse entgegen.

„Hast du gebacken?", frage ich.

„Ja, das entspannt mich. Ich bin es gewohnt, jeden Tag
stundenlang zu backen. Meine Assistentin leistet in meiner
Abwesenheit in der Konditorei großartige Arbeit, aber ich
vermisse es."

Ich nehme mir einen. Er ist noch warm! Ich beiße in den
weichen Keks mit den schmelzenden Schokoladenstückchen
und schließe die Augen in einem Moment der Keksekstase.

Sie lacht und nimmt einen Bissen von ihrem eigenen.
„Mein liebstes Trostessen."

„Ich könnte diesen ganzen Teller Kekse essen. Die sind so
gut! Kein Wunder, dass du deine eigene Konditorei eröffnet
hast. Ich habe dort immer noch nicht alles probiert."

„Es gibt viel zu probieren, und ich wechsle das Sortiment
saisonal. Jetzt, im Herbst, nehme ich gern Kürbis, Zimt und
Apfel-Aromen. Der Winter ist schwerer mit Schokolade, Pfef-
ferminze und Lebkuchen. Der Frühling ist dann wieder
leichter mit Vanille und Obst, und natürlich gibt es im

Sommer meine berühmten Eiskuchen-Sandwiches. Du warst bis jetzt nur im Sommer da."

„Sind die Fudge Brownies auch saisonabhängig?"

„Die habe ich immer. So-o-o, jetzt, da du Gelegenheit hattest, die Schokolade und den Zucker ihr Glücksding zu machen, was stört dich?"

Ich lege meinen Keks ab. „Die Schriftstellergewerkschaft streikt ab Montagmorgen, also bin ich offiziell arbeitslos, bis ein neuer Vertrag mit dem TV- und Filmproduzenten-Verband vereinbart wurde."

„Du kannst länger bleiben!", ruft sie.

Meine Lippen trennen sich. Soweit hatte ich noch gar nicht gedacht. „Ich schätze, das stimmt."

Sie greift mit beiden Händen nach mir, und ich komme ihr auf halbem Weg entgegen. „Das ist ja so aufregend! Ich habe Eli gerade gesagt, wie traurig ich bin, dass du am Sonntag abreist. Du bist erst am Dienstag hier angekommen. Das war nicht mal eine ganze Woche. Und jetzt kannst du … wie lange dauern Schriftstellerstreiks?"

„Ich weiß nicht. Der letzte drei Monate."

„Du könntest zu Theos erstem Thanksgiving und zu seinem ersten Weihnachten hier sein!"

„Das wäre cool", sage ich abwesend, und mein Verstand blitzt zu Dominic. Er sagte, er könne mich nicht aus dem Kopf bekommen. Wenn ich in Summerdale bleibe, wie kann ich ihm widerstehen? Im Gegensatz zu L.A. ist Summerdale so klein, dass ich ihm mehrmals begegnen würde.

Muss ich ihm widerstehen? Könnte ich meine Fantasiebeziehung mit einem tollen Typen wie Dominic in etwas Echtes verwandeln?

Aber dann müsste ich letztendlich doch wieder zu meinem Leben in L.A. zurückkehren.

Ein natürliches Ende einer Beziehung macht sie in gewisser Weise weniger beängstigend, aber es würde zu Herzschmerz führen. Ich will nicht den Kummer und die gequälte Sehnsucht. Ich will, was Jenna und Eli haben: Wahre

Liebe, keine Folter. Obwohl es für sie nicht immer so reibungslos lief wie jetzt. Ich würde gern zu dem Teil springen.

Fange ich wirklich an, an ein Happy End mit einem Mann zu glauben? Bei dem Gedanken verkrampft sich mein Bauch. Noch nicht bereit, aber ich fange an, an ein eigenes Happy End glauben zu *wollen*. Es wird nur nicht mit Dominic passieren, wegen dieser besonderen Umstände. Dennoch, es ist schon ein Fortschritt, dass ich es überhaupt für meine Zukunft in Betracht ziehe. Es ist okay, nicht bereit zu sein, beruhige ich mich.

„Tut mir leid", sagt Jenna. „Ich war ganz aufgeregt, was das für mich bedeuten könnte. Du musst dir Sorgen machen, arbeitslos zu sein."

„Mache ich." Und Angst, einem lächerlich sexy Tierarzt zu widerstehen.

Das ist eindeutig der einzige sichere Weg. Es war die Jenna-Verbindung, die uns zusammengebracht hat, weil wir gleichzeitig für ein Baby eingekauft haben, und jetzt ist es die Jenna-Verbindung, die uns in derselben Stadt hält. Ich werde Jenna nicht im Stich lassen, nur um Dominic aus dem Weg zu gehen.

„Du kannst bei uns wohnen", sagt sie. „Mach dir um nichts Sorgen. Ich helfe dir, die Miete zu bezahlen, und du kannst es mir zurückzahlen, sobald du wieder arbeitest."

„Dafür bin ich dankbar, aber das ist nicht nötig. Ich kann ein Unionsdarlehen beantragen."

„Ich bin besser als das. Kein Antrag erforderlich." Sie beugt sich zu mir. „Hey, du musst nicht mehr alles allein machen. Du hast eine Familie. Mich, Eli, Theo."

Meine Augen werden feucht. „Ich will nicht lästig sein. Du hast gerade erst Theo bekommen. Du arbeitest nicht –"

„Die Konditorei läuft ohne mich immer noch gut. Verschwende keine weiteren Gedanken daran."

Der Teekessel pfeift, und sie geht, um unseren Tee zuzubereiten. Ich bin froh, länger bei Jenna bleiben zu können. Ich liebe Theo, und ich weiß, dass ich ihr eine große Hilfe bin.

Sie sieht mich über ihre Schulter an. „Und jetzt hast du Zeit, ohne Ablenkungen an deinem Drehbuch zu arbeiten."

Eli taucht in der Küche mit Theo auf, der sich windet. Da ist jetzt eine große Ablenkung, aber es macht mir nichts aus. Ich lächle breit und sehe meinen Neffen an. Er ist alles Gute auf der Welt. Liebe pur. Dieser Autorenstreik ist ein Geschenk von Zeit, um mit ihm in Verbindung zu bleiben.

Eli geht zu Jenna hinüber. „In Ordnung, er ist gewickelt. Zeit für eine Autofahrt."

Jenna küsst Eli und dann Theo. „Weißt du was? Eve bleibt länger bei uns. Ihre Schriftstellergewerkschaft ist gerade in den Streik getreten."

„Wir freuen uns über deine Hilfe!", sagt Eli begeistert. „Ich meine, deinen Besuch."

Ich lache. „Ich bin mir sicher, dass das kostenlose Babysitting den Deal versüßt."

Er lächelt. „Schwer zu glauben, dass man drei Erwachsene braucht, um mit einem kleinen Baby fertig zu werden." Er wird ernst. „Es bedeutet mir und Jenna viel, dich hier zu haben."

„Mir auch", sage ich.

Er nickt einmal und geht mit Theo in Richtung Garage.

Jenna bringt zwei Tassen Tee in rosa gemusterten Porzellanteetassen. Meine Schwester ist überraschend häuslich, wenn man bedenkt, dass sie früher in der IT mit komplizierten Computersystemen gearbeitet hat. Vielleicht war das Moms Einfluss auf sie. Dad und ich haben uns mit Essenslieferungen und viel Pasta über die Runden gebracht. Ich habe die meisten Aufgaben im Haushalt erledigt und nicht sehr gut.

Ich trinke einen Schluck Tee.

„Also, was hältst du von Dr. Russo?", fragt sie, und ich hätte fast meinen Tee ausgespuckt. Ich verschlucke mich stattdessen.

Sie starrt mich an. „Geht's dir gut?"

Ich huste. „Ja, ich hab' den Tee nur in die falsche Röhre bekommen."

„Oh, ich hatte schon Angst, dass du mit Dr. Russo einen schlechten Start hattest."

„Nein", bringe ich hervor und huste immer noch ein wenig. Ich entschließe mich, nicht von meiner Nacht mit Dominic zu erzählen und meiner Entscheidung, Abstand zu halten. Ich möchte nicht, dass sie sich Sorgen macht, wenn ich morgen an ihrer Stelle beim Fall Harvest Festival einspringe.

„Dominic", sagt sie. „Ich schätze, ich kann ihn jetzt bei seinem Vornamen nennen, da ich so oft freiwillig bei ihm helfe. Er ist Single, weißt du."

Ich setze mein bestes Pokerface auf, angenehm neutral. „Audrey hat darauf hingewiesen."

Sie sieht zur Decke. „Sie sagte, sie seien was trinken gegangen, aber es wäre nichts dabei rausgekommen. Keine Überraschung. Ihr Herz gehört immer noch einem ahnungslosen Mann, dessen Name sich auf Moo Mobinson reimt."

Ich lache. „Drew Robinson?" Das ist Elis ältester Bruder.

„Wer sonst? Zwischen den beiden ist was passiert, und sie erzählt es nicht. So nervig. Ich bin schon mein Leben lang ihre Freundin. Sie hat mich immer ihre Schwester ehrenhalber genannt. Sie ist Einzelkind, weißt du, also ist das eine große Sache. Und trotzdem will sie die Details nicht verraten."

Ich hebe eine Schulter, um sie zu zucken. „Vielleicht gibt es keine Details. Vielleicht ist nichts mit Drew passiert, und es ist ihr peinlich, dass die Leute immer wieder danach fragen."

Sie nippt an ihrem Tee. „Nein, ich bin mir ziemlich sicher, dass was passiert ist. Sie hat da diesen Tick. Sie zwirbelt ihr Haar, wenn sie lügt, sogar bei jeder Notlüge, und dieses Haardrehen kommt fast jedes Mal, wenn Drews Name erwähnt wird." Sie hält einen Finger hoch. „Das Gleiche, als sie erwähnt hat, sie sei mit Dominic ausgegangen."

„Er sagte, sie seien nur Freunde."

„Dir gegenüber? Interessant. Vielleicht hat er das gesagt, weil er dich um ein Date bitten will."

Ich schüttle den Kopf. „Was hätte das für einen Sinn? Ich reise bald ab."

„Das weißt du nicht. Du könntest drei Monate hier sein. In

drei Monaten kann viel passieren. Ich habe Eli einen Tag, bevor die drei Monate unserer spektakulären Beziehung um waren, einen Antrag gemacht."

„Ach, jetzt ist sie also spektakulär. Damals dachtest du, es sei eine Achterbahnfahrt. Ihr habt euch mehrmals getrennt."

„Weil ich Angst hatte. Er hat es lange genug ausgehalten, um sich in mein Herz zu schleichen. Ich mache mir Sorgen, dass du genau wie ich bist, nein, schlimmer noch, weil du dich bewusst dafür entscheidest, Single zu bleiben. Ich habe nur unbewusst Beziehungen ruiniert."

Ich lache. „Richtig. Das ist viel besser."

Sie wirft mir einen verschlagenen Blick zu. „Dominic ist auch geschieden."

„Was soll's."

„Ich sage nur, ihr habt Dinge gemeinsam."

„Viele Menschen haben die Scheidung gemeinsam. Das heißt nicht, dass sie zusammenkommen sollten."

„Okay. Du hast recht. Aber er ist wunderschön, nicht wahr?"

„Ist mir nicht aufgefallen", sage ich steif.

Sie schlägt mir verspielt auf den Arm, und wir brechen in Lachen aus.

Dominic

Das Fall Harvest Festival findet auf einem großen Stück abgesperrter Wiese mit hohen schattigen Bäumen neben der presbyterianischen Kirche statt. Es ist ein frischer Herbsttag in einer wunderschönen Umgebung, und das würde ich gern genießen, aber ich kann es nicht, weil ich genervt bin, dass Eve zu spät kommt. Ich musste den ganzen Aufbau allein erledigen – das Zelt, den Tisch und die Stühle, das Verlosungszeug, den Bereich, in dem man die Streuner kennenlernen kann, und die Kisten mit den adoptierbaren Tieren. Jenna wäre hier gewesen.

Ich sitze mit PJ, einem schwarz-weißen Boston Terrier, auf

meinem Schoß da. Er ist wie mein Hundemaskottchen, da niemand ihn adoptieren will. Ich bin mir nicht sicher, ob es daran liegt, dass er alt ist oder weil er ständig genervt und überheblich aussieht. Er kann nicht anders mit seinem eingedrückten Gesicht, den Hängelefzen und seinen müden Augen. Die Leute begeistern sich nicht für ihn wie für die anderen Hunde. Verdammt, er begeistert sich nicht einmal für mich, und ich verbringe die meiste Zeit mit ihm. Ich liebe ihn trotzdem.

Das Festival ist in vollem Gange mit Kindern, die herumlaufen, und Eltern, die ihnen nachlaufen, als Eve endlich auftaucht, um freiwillig mitzuarbeiten.

„Ist das nicht ein perfekter Herbsttag?", fragt sie, als sie sich nähert. „In L.A. vermisse ich das Herbstlaub. Sieh dir diese perfekten weißen, flauschigen Wolken an."

Ich brumme zustimmend. Sie in einem kurzen gelben Kleid zu sehen, das um ihre Beine schwingt, wenn sie geht, hilft meiner Stimmung nicht. Warum will ich sie so sehr? Sie schiebt mich weg, weigert sich, mir ihre Nummer zu geben, und kommt zu spät zu ihrem Freiwilligendienst. Gestern Abend ist sie früh gegangen. Natürlich könnte dieser Kuss was damit zu tun gehabt haben.

„Schicker Kittel", sagt sie und schließt sich mir am Tisch an.

„Hilft, wenn man mit Tieren zu tun hat."

„Und wer ist dieser Süße?" Sie streckte PJ ihre Hand entgegen, damit er schnuppern kann. Seine spitzen Ohren wenden sich ihr zu. Er öffnet die Augen und schenkt ihr einen seiner klassischen hochmütigen Blicke.

„Das hier ist PJ."

„Aww, bist du nicht entzückend?", fragt sie und streichelt ihn hinter den Ohren. Er lässt es zu und schließt die Augen. Als sie aufhört, macht er ein schnüffelndes Geräusch und stupst ihre Hand an, um mehr zu bekommen. Wow! PJ mag sie tatsächlich. Er mag niemanden genug, um Zuneigung zu suchen, außer bei mir, aber ich gebe ihm ständig Leckereien. Sie hält nicht mal ein Leckerchen in der Hand.

Sie hebt ihn hoch und setzt ihn in ihren Schoß. „PJ, ich bin mir sicher, dass du eine Menge Leute anziehen wirst, um an der Verlosung teilzunehmen und sich all diese anderen Süßen anzusehen." Sie blickt zurück auf die Katzen und zwei weitere kleine Hunde. Dann beugt sie sich zu ihm und sagt: „Aber du bist der süßeste."

Er lehnt sich gegen ihre Brust zurück und seufzt.

Mein Herz bricht auf. Ich kann nicht mal sauer auf sie bleiben, wenn sie so toll mit Tieren umgeht. Sie ist sexy Katzenminze.

Nein, lass' sie nicht vom Haken. Sie sollte helfen.

„Tut mir leid, dass ich zu spät gekommen bin", sagt sie. „Jenna hatte einen Babynotfall. Die Nabelschnur ist früher abgefallen, als sie dachte, und da war Blut. Sie wollte Theo in die Notaufnahme bringen, und sie und Eli haben sich darüber gestritten, was zu tun ist. Eli wollte nicht ins Krankenhaus gehen, weil Theo noch so klein ist und dort so viele Keime sind. Während sie also ausflippten, fing das Baby an zu schreien, und das machte es nur noch schlimmer, weil Jenna dachte, er hätte Schmerzen."

„Also sind sie in die Notaufnahme gefahren?"

„Gott sei Dank bin ich cool geblieben und habe im Internet nachgesehen. Wie sich herausstellte, sind Blutungen normal, wenn die Nabelschnur abgefallen ist. Und das kann innerhalb von ein bis drei Wochen passieren. Er ist jetzt eine Woche alt. Das habe ich ihnen gesagt, hab' dann Theo genommen und ihn beruhigt, während Jenna in Schluchzen zusammenbrach. Die Hormone nach der Entbindung sind hart."

Schätze, das ist eine gute Ausrede. „Ich dachte, du hättest dich vorm Aufbauen gedrückt."

„Ein großer starker Typ wie du kriegt den Aufbau schon hin, oder?" Sie sieht sich um. „Hier sind so viele Leute. Ich bin mir sicher, dass dir jemand hätte helfen können, wenn es ein Zwei-Personen-Job gewesen wäre."

Der Ort ist überfüllt mit Freiwilligen und Familien, die

den Tag genießen. Das ist nicht der Punkt. Ich bin auch sauer, weil ich sie will, und ich *will* sie nicht wollen.

Eine Familie nähert sich mit einem kleinen rothaarigen Mädchen mit Zöpfen. „Kann ich deinen Hund streicheln?", fragt sie Eve.

„Klar kannst du das", sagt Eve. „Berühr ihn einfach ganz sanft hier hinter seinem Ohr."

„Seine Ohren sind Dreiecke", sagt das Mädchen.

„Das sind sie", sagt Eve. „Ich denke, es hilft ihm, besonders gut zu hören."

Eve kann gut mit Tieren und Kindern umgehen. Nicht, dass es wichtig wäre. Sie reist morgen ab und will keine Bindungen. Das beweist nur meinen Standpunkt: Eine gute Frau, auf die man sich auf lange Sicht verlassen kann, gibt es nicht.

Ausnahmsweise hasse ich es, recht zu haben.

Ich stelle mich den Eltern vor und erzähle ihnen von unserer Verlosung für Geschenkkarten im Summerdale Sweets. Während sie ein paar Lose ausfüllen, mache ich mein Standardspiel über die Tiere, indem ich in Richtung der Kisten zeige.

„Hinter mir sind Katzen und Hunde, die ein gutes Zuhause suchen. Lassen Sie mich wissen, wenn Sie einen von ihnen kennenlernen möchten, dann nehme ich sie gerne aus der Kiste. Dort drüben gibt es einen Spielbereich, wo Sie sich mit ihnen hinsetzen können." Ich deute über meine Schulter zu dem tragbaren Zaun, den ich sowohl im Tierheim als auch in der Stadt benutze. „PJ hier steht auch zur Adoption, wenn Ihnen ein älterer Hund nichts ausmacht."

PJ beäugt sie mit seinem üblichen hochmütigen Blick. Sie nicken, streicheln ihn aber nicht. Dann beeilen sie sich, ihre Tochter wegzubringen.

„Ich würde PJ nehmen, wenn ich könnte", sagt Eve.

„Das würdet du?"

Sie streichelt ihn und küsst ihn oben auf den Kopf. Ich war noch nie eifersüchtig auf einen Hund. „Ja, ich mag seine lustige Mimik, und er ist wirklich weich."

„Weil er so alt ist. Einen Flug würde er nicht gut vertragen, weil seine Schnauze so kurz ist, also kannst du ihn nicht mitnehmen. Nicht gut für seine Atmung. Das ist zu schade, denn seit zwei Jahren wollte ihn niemand adoptieren."

„Ich kann sowieso nicht. In meinem Apartment sind Haustiere nicht erlaubt. Warum adoptierst du ihn nicht?"

„In gewisser Weise habe ich das. Er hängt immer im Wartezimmer oder in meinem Büro rum."

„Aber du nimmst ihn nicht mit nach Hause."

„Ich hoffe immer noch, dass er ein Zuhause für immer findet."

„Ich habe so das Gefühl, dass du der Richtige für ihn bist."

Ich hebe PJs Gesicht nach oben. „Ist das wahr? Habe ich dich jetzt an der Backe?"

Sie kuschelt ihn näher an sich. „Er hat dich an der Backe. Du könntest dich glücklich schätzen, ihn zu haben."

PJ hebt seine Augenbrauen zu einem Ausdruck, der sagt *Seid ihr bald mit diesem Unsinn fertig?*

„Vielleicht werde ich das", sage ich.

„Braver Tierarzt."

Ich stoße einen Atemzug aus. „Ich dachte, das hier könnte unangenehm sein nach –"

„Ich reise morgen doch nicht ab."

Meine Brauen schießen überrascht in die Höhe. „Nicht?"

Sie hält ihren Blick auf PJ und streichelt ihn sanft. „Nö. Die Schriftstellergewerkschaft ist gerade in den Streik getreten. Jenna braucht mich, also bleibe ich."

Ein Hoffnungsstrahl lässt mich gerader sitzen. „Wie lang?"

„Keine Ahnung. Eine Woche, einen Monat? Ich hoffe, nicht zu lange. Ich werde nicht bezahlt."

Ich beuge mich vor. „Die gute Seite ist, dass du mehr Zeit mit PJ haben wirst."

Ihre Lippen zucken, und sie sieht mir endlich in die Augen. „Und mit meinem Neffen."

„Klingt, als gäbe es keinen Grund, warum wir nicht mehr Zeit miteinander verbringen können."

„Dominic, ich gehe irgendwann wieder nach L.A."

„Wir können es zwanglos halten."

Sie schenkt mir ein sexy Lächeln. „Kann ich das schriftlich bekommen?"

Ich zwinge mich, nicht zu lächeln. Ich bin nicht verzweifelt, auch wenn sie mich mehr am Haken hat, als ich je zugeben würde. „Ich habe meine eigene Praxis und habe kürzlich das Tierheim gebaut. Ich bin hier verwurzelt." *Nicht nur durch mein Geschäft.* „Ich will definitiv keine Beziehung, schon gar keine Fernbeziehung."

Sie wirft mir einen Blick von der Seite zu. „Jenna hat mir gesagt, dass du geschieden bist."

Ich wende den Blick ab und will jetzt nicht auf das Schlamassel eingehen. Drama damals, und jetzt, wo Lexi wieder in meinem Leben ist, frisches Drama während meiner Besuche an jedem zweiten Sonntag in ihrer Wohnung in der City. Ich kann nicht darüber reden, ohne angepisst zu sein. Zum Glück kommt gerade da ein älteres Paar, und ich muss keine Fragen beantworten. Ich kenne sie – Mr. und Mrs. Chesterman. Ich musste ihre ältere Katze nach einem langen Kampf mit dem Krebs einschläfern. Der mit Abstand schwierigste Teil meines Jobs.

Ich zeige ihnen ein Mutter-Tochter-Kalikokatzenpaar, das ich kürzlich aufgenommen habe, und zum Glück verlieben sie sich in sie. Nichts ist besser, als ein gutes Zuhause für Tiere zu finden. Ich setze die Katzen zusammen in einen großen Karton, den ich bei solchen Veranstaltungen benutze.

„Und Sie bekommen fünf kostenlose Lose für Summerdale Sweets Geschenkgutscheine", sage ich ihnen.

Eve hält die Tickets hoch. Ich übergebe die Kiste an Mr.
Chesterman und begleite Eve an den Tisch.

Mrs. Chesterman lächelt mich an. „Wenn wir gewinnen,
schicken wir sie Ihnen. So ein süßer junger Mann." Sie dreht
sich zu Eve um. „Er hat sich wunderbar um unseren Oreo
gekümmert, und als die Zeit gekommen ist, sich zu verabschieden, hat er so viel Mitgefühl und Sensibilität gezeigt. Ich
hoffe, Sie wissen zu schätzen, was Sie mit ihm haben."

„Das ist gut zu hören, aber wir, ähm, sind nicht zusammen", sagt Eve.

„Nein?", fragt sie und sieht zwischen uns hin und her.
„Sieht aber ganz so aus."

Mr. Chesterman nickt. „Sie sehen wirklich aus wie ein
Paar. Passen sehr gut zusammen."

Eve schüttelt den Kopf.

„Sie hilft heute nur freiwillig", sage ich. „Vielen Dank,
dass Sie Dot und Myrtle adoptiert haben. Sie können sie gern
umbenennen."

„Dot und Myrtle sind perfekt", sagt Mrs. Chesterman.

Nachdem sie gegangen sind, sagt Eve zu PJ: „Nicht so
perfekt wie du."

Ich kann nicht widerstehen. „Iss heute Abend mit mir."

„Ist das der Code für sexuelle Avancen?"

„Nein."

Sie stupst meine Schulter mit ihrer an. „Verdammt, ich
hatte schon gehofft."

Meine Lippen biegen sich nach oben. Das klingt vielver-
sprechend. Ich hole mein Handy raus. „Also bekomme ich
doch endlich deine Nummer."

Sie nimmt mein Handy und gibt ihre Nummer ein. „Seit
wann bist du geschieden?"

„Seit drei Jahren. Und mehr werde ich dazu nicht
sagen."

„Ich bin auch geschieden. Jenna hat mir gesagt, dass wir
das gemeinsam haben."

Sie gibt mir mein Handy zurück. „Und wir haben passende Knienarben."

„Wenn ich dich auf einer Dating-App gefunden hätte und da gestanden hätte: geschieden, Knienarbe, nicht interessiert an einer Beziehung, wäre ich ganz hin und weg gewesen."

Sie lacht, ihre blassblauen Augen funkeln. „Das wette ich."

Eve

Ich bin jetzt ein wenig nervös, da ich im Grunde zugestimmt habe, Dominic wiederzusehen, indem ich ihm meine Nummer gegeben habe. Ich denke, wir sind uns einig, dass wir es locker halten, aber es besteht immer die Möglichkeit, dass es Komplikationen gibt. Ich habe ihm eine Stunde lang im Zelt ausgeholfen, und ich bin gerade dabei, die Flucht zu ergreifen, ähm, mich für eine dringend benötigte Pause zu entschuldigen. Gerade als ich PJ an Dominic übergebe, erscheint Audrey am Tisch.

„Hi, Leute." Sie trägt nicht ihr gewöhnliches, zurückhaltendes Outfit aus einer Bluse und einer taillierten Hose. Heute trägt sie eine Bluse mit Blumenmuster und V-Ausschnitt, der ein bisschen Dekolleté zeigt, zu engen Jeans und schwarzen Stiefeletten. Sie trägt auch Make-up – rosafarbene Lippen und starke Betonung um ihre hübschen blauen Augen. Sieht aus, als würde sie auf ein Date gehen.

Sie sieht mich kurz an, bevor sie sich Dominic zuwendet. „Jetzt, da Jenna mit dem Baby beschäftigt ist, dachte ich, ich könnte Freiwilligendienst bei dir leisten. Natürlich auch bei den Tieren." Sie lacht.

„Das ist großartig", sagt Dominic. „Eve wird länger in der Stadt sein, da ihre Gewerkschaft streikt. Vielleicht könntet ihr beide zusammenarbeiten."

„Klar." Sie beugt sich zu Dominic vor und lächelt. „Cinder geht's mit dem neuen Essen gut. Ich bin so froh, dass wir so einen großartigen Tierarzt in der Stadt haben."

„Toll! Ich denke, ihre Energie wird sich in ein paar Wochen mit den Vitamin-B-Injektionen verbessern."

„Du bist wie ein Katzenflüsterer", sagt sie bewundernd.

Er schmunzelt, seine Augen funkeln. „Auch Hundeflüsterer. Gelegentlich zwitschere ich sogar für einen Vogel."

Sie lacht. „Du bist so lustig!"

Ich verkrampfe mich, plötzlich gereizt. Bin ich eifersüchtig oder eher neidisch? Sie sind so entspannt und locker miteinander wie echte Freunde. Ich hatte noch nie eine Freundschaft mit einem Mann. Ist das der Grund, warum all meine Beziehungen schrecklich enden? Ist Freundschaft eine Voraussetzung für eine erfolgreiche Beziehung? Stehen Audrey und Dominic am Anfang ihrer eigenen Beziehung?

Vielleicht bin ich das fünfte Rad am Wagen. Meine Rippen ziehen sich zusammen, und plötzlich fällt es mir schwer, tief durchzuatmen.

Ich stehe auf und übergebe PJ an Dominic. „Audrey, könntest du meinen Platz einnehmen? Ich werde einen Spaziergang machen, um mir die Füße zu vertreten."

„Gern!", sagt sie und eilt um den Tisch, um sich auf meinen Stuhl zu setzen.

„Du kommst aber schon zurück, oder?", fragt Dominic mich.

„Ja. Es sei denn, du brauchst mich nicht."

„PJ wird dich zu sehr vermissen", sagt er und hält PJ hoch, der mich langsam anblinzelt.

„M-hmm."

Ich mache einen Spaziergang auf dem Festgelände und suche nach einem vertrauten Gesicht. Es gibt viele neue Familien in der Stadt, da der Schulbezirk so gut ist. Jenna hat mir erzählt, dass die Highschool kürzlich einen Blue-Ribbon Award gewonnen hat, weil sie die beste im Staat ist. Schätze, das bedeutet, dass auch die Grund- und Mittelschulen überdurchschnittlich sind. Ich war nur für einen Teil der Grundschule hier, also kann ich es nicht wissen.

Auf dem Parkplatz der Kirche werden Kinderspiele organisiert, und es stehen Zelte dort vom Horseman Inn und

Summerdale Sweets. Ich halte am Summerdale Sweets Zelt, wo Jennas langjährige beste Freundin Sydney arbeitet und fachmännisch mit einem Haufen Teenager-Jungs umgeht, die Brownies und Kekse kaufen. Ihr kastanienbraunes Haar hat sie zu einem hohen Pferdeschwanz gebunden, und sie trägt ein offizielles rosafarbenes Summerdale Sweets T-Shirt. Hinter ihr schläft ein Kleines mit heruntergezogenem Verdeck im Buggy. Ich sehe nur rosa Lederschühchen mit weißen Gänseblümchen, die herausragen.

Nachdem die Jungs gegangen sind, trete ich vor. „Hi, Sydney, wie läuft es hier?"

„Hey, Eve!" Sie lehnt sich über den Tisch und umarmt mich. „Wie geht's dir?"

„Gut. Ich vertrete Jenna im Tierheimzelt."

„Wie geht's ihr?"

„Müde. Sie sagte, du kämpfst mit der Morgenübelkeit, aber du siehst toll aus."

Sie verzieht das Gesicht. „Sie sollte nichts sagen."

„Oops! Tut mir leid! Ich werde es niemandem erzählen."

„Es ist nur, ich bin noch ganz am Anfang. Wie auch immer, im Moment geht's mir gut. Ich hatte vorhin ein Baguette, das hilft mir, meinen Magen zu beruhigen."

Ein älteres Paar kommt und bestellt eine Tüte Kekse zum Teilen.

„Scheint, als hättest du ziemlich viel zu tun", sage ich und trete zur Seite.

„Ja, und in Jennas Laden sind auch viele Leute. Ihre Assistentin kämpft sich dadurch. Sag' Jenna, dass das Geschäft gut läuft."

„Ich könnte einspringen, um zu helfen, entweder hier oder da."

„Nein, du gehst zurück zu deinem Stand. Ich weiß, dass Dominic sehr auf Jennas Hilfe angewiesen ist."

Ich neige den Kopf. „Wäre sie normalerweise nicht hier in ihrem Zelt?"

Sie sieht über meine Schulter. „Kann ich euch helfen?"

Ich drehe mich um zu drei jungen Mädchen, die Geld in

der Hand umklammern. Warum bin ich in Dominics Zelt und helfe da freiwillig, wenn Jenna normalerweise hier in ihrem Zelt wäre? Will Jenna mich mit Dominic zusammenbringen? Es wäre schön gewesen, wenn sie es mir gesagt hätte, anstatt das hinter meinem Rücken zu tun.

Ich warte, bis Sydney den Mädchen mit ihren Leckereien hilft, bevor ich nach weiteren Informationen dränge. „Will Jenna mich mit Dominic zusammenbringen?"

Sie bedeutet mir näherzukommen. „Das hast du nicht von mir. Jenna hat mich und Audrey gebeten, ihr Zelt zu leiten, aber dann wollte Audrey bei den Tieren helfen. Wir sind uns nicht sicher, wie viel das mit Dominic oder den Tieren zu tun hat."

„Und warum wurde ich dann auch Dominic zugeteilt?"

„Jenna und ich dachten, eine weitere hübsche Frau würde Audrey dazu bringen, sich mehr um seine Aufmerksamkeit zu bemühen, wenn sie das überhaupt will. Sie ist viel zu subtil. Jungs brauchen klare Signale."

„Also war ich nur der Köder."

Sie winkt das ab. „Nein, nein, kein Köder. Nur ein bisschen Verlockung, um Audrey dazu zu bringen, was zu tun. Eve, sie ist einunddreißig, und sie will sich schon länger mit einem Mann und Kind niederlassen als jede von uns. Wir dachten, es könnte nichts schaden, da du nur zu Besuch bist."

Sie deutet zum Horseman Inn-Zelt. „Mein Personal hat alles unter Kontrolle. Und mein Mann – das ist der gutaussehende Teufel da drüben in der weißen Schürze, mit den dicken dunklen Haaren und dem Killerkörper – ist in der Nähe, um Quinn mitzunehmen, wenn ich ihn brauche. Er kann gut mit unserer Tochter umgehen. Schätze, es hilft, dass er drei jüngere Schwestern hat." Sie breitet ihre Arme weit aus. „Alles gut hier."

Ich blicke zurück auf das Tierzelt, wo Audrey von dem, was Dominic sagt, wie verzaubert aussieht. Mein Kiefer verkrampft sich. Ich weiß nicht genau, was die Situation da drüben ist; ich weiß nur, dass ich da nicht hingehöre. „Okay, ich seh' dich dann da."

„Aber klar."

Ich gehe zurück zum Zelt. Ich werde ihnen nur sagen, dass ich gehe. Ich werde mit Baby Theo rumhängen und Jenna sagen, dass ich von jetzt an über jeden Mann-Plan informiert werden will, der mich einbezieht. Ich bin nicht glücklich darüber, dass ich so manipuliert werde.

Ich bin auf halbem Weg zum Tisch, als eine ältere Frau mit kurzen weißen Haaren und scharfen braunen Augen sich mir anschließt. Es ist Mrs. Joan Ellis, Jennas furchteinflößende Lehrerin in der dritten Klasse. Ich hatte sie nie im Unterricht, weil ich die Stadt verlassen habe, bevor ich alt genug war. Eine Tatsache, über die ich glücklich war. Die Kinder kamen regelmäßig mit Tränen aus ihrer Klasse nach Hause und mit Unmengen an Hausaufgaben.

„Eve Larsen, schön, Sie wieder in der Stadt zu sehen."

„Hi, Mrs. Ellis, freut mich auch, Sie zu sehen."

„Wie geht's Ihrer Schwester und dem Baby?"

„Theo. Geht beiden großartig."

„Haben Sie ein Bild?"

„Natürlich." Ich hole mein Handy aus der Handtasche, um ihr eins zu zeigen.

Sie legt eine Hand an ihre Brust. „Er ist kostbar. Wissen Sie, ich bin diejenige, die Jenna und Eli zusammengebracht hat."

Ich habe da was ganz anderes gehört. Ich lege mein Handy beiseite. „Ist das so?"

Sie geht mit einem leichten Hinken auf das Tierzelt zu, weil sie eine schlechte Hüfte hat. „Ich habe unzählige Singles zusammengebracht. Allmählich gehen mir die Singles hier in der Stadt aus."

Jenna hat erwähnt, dass Mrs. Ellis sich selbst als Cupido betrachtet, während alle anderen sie heimlich als General bezeichnen, weil sie so streng ist. Obwohl ich zugeben muss, dass sie mit achtzig irgendwas (oder neunzig?) nach ihrer Schulzeit weicher geworden ist.

Ich deute auf das Zelt, in dem Dominic und Audrey mit

einer jungen Familie reden. „Da sind doch noch zwei
Singles."

„Pah! Die brauchen meine Hilfe nicht. Dominic hat sie
schon vor Monaten auf einen Drink eingeladen. Sehen sie
nicht gut zusammen aus?"

„Ich glaube nicht, dass sie wirklich zusammen sind."

Sie stößt einen langen, gequälten Seufzer aus. „Und genau
deshalb brauchen Singles mich so sehr. Sie kommen nicht zu
Potte bei all dem Hin und Her, ob sie einer Sache den Stempel
Beziehung aufdrücken sollen oder nicht; keiner will der Erste
sein, der sich festlegt. Zu meiner Zeit hat man jemandem offiziell den Hof gemacht, und ein paar Monate später wusste man,
ob es in Richtung Ehe geht oder man sich trennt. Viel einfacher."

Wir erreichen das Zelt, und der süße Cupido verwandelt
sich direkt vor meinen Augen zum General.

„Audrey, was ist los mit dir?", bellt Mrs. Ellis.

Audrey zuckt zusammen. „General Joan!" Sie schlägt sich
eine Hand vor den Mund. „Tut mir leid!"

General Joan lacht gackernd. „Dachtest du, ich hätte nicht
gewusst, dass ihr Mädchen mich hinter meinem Rücken so
nennt? Ich halte es für eine Ehre. Der General ist der höchste
Rang in der Befehlskette."

Audrey salutiert vor ihr.

„Jetzt mal nicht frech werden, junge Dame", blafft der
General.

„Entschuldigung", sagt Audrey, sofort zerknirscht.

„Seid ihr zwei zusammen?", fragt der General und zeigt
auf Dominic und Audrey.

„Nein", sagt Audrey, und ihre Wangen laufen rosa an.

„Wir sind nur Freunde", sagt Dominic und sieht mir in die
Augen.

Der General wirft mir einen harten Blick zu, bevor sie sich
wieder ihnen zuwendet. „Audrey, er ist alt genug, um sich
niederzulassen, ein Veteran und ein Mann, der eine eigene
Praxis hat. Mach deinen Zug, Mädchen!"

Audrey glättet ihre Haare. „Mrs. Ellis, er kümmert sich

gut um meine Katze, und das weiß ich sehr zu schätzen. Cinder ging es nicht so gut."

Ich zeige vage hinter mich. „Ich wollte gerade zu Jenna und dem Baby zurück. Sieht so aus, als hättet ihr das hier unter Kontrolle."

Mrs. Ellis winkt wild über den Weg. „Hu-huu! Drew! Komm her!"

Drew Robinson, Elis ältester Bruder, kommt in seiner weißen Karate-Uniform mit schwarzem Gürtel rüber. Wir haben uns einmal auf Jennas Hochzeit getroffen, und er hat mich nur äußerst knapp gegrüßt, während seine Augen sich gleichzeitig im Raum umsahen, als wäre er auf der Hut. Wahrscheinlich, weil er früher Soldat war, ehemaliger Army Ranger. Etwas an ihm sieht tödlich aus, so wie sein Blick sein Ziel fixiert, das nicht Mrs. Ellis ist. Es ist Audrey.

Er bleibt neben Mrs. Ellis stehen, die harten Kanten seines Gesichts werden nicht weicher durch sein etwas langes dunkles Haar und seinen stoppeligen Kiefer. Fast das Gegenteil von seinem sauber rasierten, fröhlichen Bruder Eli. „Hi, Mrs. Ellis. Womit kann ich Ihnen helfen?" Sein Blick wandert zurück zu Audrey und landet dann mit einem harten Starren auf Dominic.

Mrs. Ellis schlägt ihm auf den Arm, um seine Aufmerksamkeit zu bekommen. „Ich wollte dir noch einmal Eve Larsen, Jennas jüngere Schwester, vorstellen. Du erinnerst dich wahrscheinlich nicht an sie; sie hat früher in der Stadt gelebt, aber das ist schon lange her."

Drew scheint mich zum ersten Mal zu bemerken und wirft einen kurzen Blick auf meine Gesichtszüge. Als seine braunen Augen meinem Blick begegnen, sind seine verhalten und verbergen Schmerz. Ich kenne diesen Blick. Ich hatte ihn jahrelang. Eine verwundete Seele.

„Wir sind uns schon begegnet", sagt er barsch.

„Ja, auf Jennas Hochzeit. Ganz kurz. Es war ein anstrengender Tag."

General Joan dreht sich zu mir um. „Sie haben die Stadt

verlassen, als Sie noch sehr jung waren. Wie alt sind Sie jetzt?"

Und wie alt bist du, neugierige Frau? „Neunundzwanzig."

Sie zeigt zwischen mir und Drew hin und her. „Drew hier ist sieben Jahre älter als Sie. Single und ein Veteran, der sein eigenes Unternehmen besitzt. Wie dieser Typ –", sie zeigt zu Dominic, „– nur verfügbar."

„Ich bin auch verfügbar", protestiert Dominic.

Drew verlagert unbehaglich sein Gewicht und sieht Audrey an.

Ich huste, um ein Lachen zu vertuschen. „Das sind sehr gute Referenzen."

Der General nickt einmal und sieht glücklich aus. „Da Drew der allerletzte Single-Mann ist, den ich noch nicht verkuppeln konnte, denke ich, dass ihr zwei euch auf einen Drink zum Kennenlernen treffen solltet."

Audrey senkt den Blick, während Drew sie anstarrt.

Ich bin mir nicht sicher, wie ich reagieren soll, ohne den General oder Drew zu beleidigen. Er ist schließlich mein Schwager. Ich muss ihn bei Familienveranstaltungen sehen.

General Joan pikst Drew in die Schulter. „Wie wäre es, Eve das Gefühl zu geben, in der Stadt willkommen zu sein?"

Er dreht sich zu mir um. „Klar." Er zieht eine Visitenkarte aus der Tasche. „Komm am Mittwoch um sieben zu einer kostenlosen Karatestunde ins Dojo."

Der General schaut gen Himmel.

Ich nehme seine Karte. „Ich wollte schon immer Selbstverteidigung lernen." Und das könnte wirklich helfen bei einer Idee, die ich mit mir rumtrage für einen Action-Adventure-Film mit einer weiblichen Kampfkunst-Expertin.

Drew setzt ein Lächeln auf, das ihn von bedrohlich zu fast ... nett macht. „Ich freue mich darauf, dich da zu sehen, Eve. Ich muss zurück zu unserem Zelt. Ich habe nur eine kurze Pause gemacht, um mir und Caleb Wasserflaschen zu besorgen. Wir haben am Nachmittag noch mehr Demos, wenn du es dir ansehen möchtest."

„Ich muss zurück zu Jenna."

„Zu schade", sagt er und klingt so, als würde er es wirklich ernst meinen.

Was für ein netter Typ! Na ja, er ist Elis Bruder.

Der General geht weg und murmelt etwas über Dummköpfe.

Ich winke Dominic und Audrey zu. „Habt Spaß, Leute! Ich hoffe, dass ihr viele glückliche Heime für die Tiere findet."

„Machst du wirklich einen Karatekurs bei ihm?", fragt Dominic angespannt.

„Ich bin auch in dem Karatekurs, sagt Audrey strahlend. „Schätze, man sieht sich dann da."

Dominics Augen bohren sich in meine. „Vielleicht werde ich auch da sein."

„Oh, du solltest kommen!", sagt Audrey zu ihm. „Es ist ein großartiger Kurs."

Ich ziehe mich zurück. „Klingt nach einer Party. Bye."

Ich gehe zu meinem Auto, unsicher, was da hinten gerade passiert ist. Einige sehr verwirrende Vibes.

Erst, als ich mein Auto erreicht habe, trifft es mich – General Joan hat Audrey zuliebe einen Typen gegen den anderen ausgespielt, um Audrey und Drew zusammenzubringen. Ziemlich sicher. Oder ging es um Audrey und Dominic? Der General kennt mich nicht gut genug, um bei mir die Kupplerin zu spielen. Außerdem weiß jeder, dass ich nur zu Besuch in Summerdale bin.

7

Als ich wieder bei Jenna bin, finde ich sie auf dem Sofa, wo sie Theo stillt. Ich war immer noch ein wenig verärgert, dass sie die Situation manipuliert und mich in Dominics Zelt gesteckt hat, ohne mich in ihren Plan einzuweihen, aber jetzt, wo ich sie in ihrem unförmigen, fleckigen Stillshirt und einer Fleecehose sehe, mit meinem kostbaren Neffen in den Armen, ist es schwer, wütend zu bleiben. Sie tut ihr Bestes in dieser neuen, chaotischen, anstrengenden Phase ihres Lebens.

„Wie ist es gelaufen?", flüstert sie.

„Ich dachte, wir flüstern nicht bei dem Baby."

„Er ist an meiner Brust. Ich möchte nicht, dass er sich erschrickt und mich beißt."

Ich verziehe das Gesicht und setze mich neben sie. „Zwei Sachen: Ich habe Sydney gegenüber versehentlich ihre Schwangerschaft erwähnt."

„Oops."

„Ja, und zweitens, sie sagte mir, dass ihr mich an Dominics Tisch gebracht habt, nur um Audrey dazu zu bringen, dass sie einen ersten Schritt macht. Ich würde mich freuen, wenn du mich das nächste Mal vorwarnst, wenn du mich in einer Männersituation benutzt."

„Tut mir leid! Du hast recht. Wir haben mehr an Audrey gedacht und daran, sie auf Kurs zu bringen. Dominic ist ein netter Typ, also dachte ich, ihr würdet euch gut verstehen, und es würde für dich keinen Unterschied machen."

„Ja, was das angeht."

Sie nimmt Theo von der Brust, zieht ihr Hemd zurecht, legt ihn aufrecht gegen ihre Brust und klopft ihm auf den Rücken, damit er ein Bäuerchen macht. „Was? Hat Audrey was zu dir gesagt?"

„Nämlich?"

Sie kneift die Augen zusammen und versucht, bedrohlich auszusehen. „Sowas wie *Verzieh dich, dieser Mann gehört mir.*"

Ich hebe meine Brauen. „Die süße Bibliothekarin Audrey?"

„Ich weiß, ich weiß, aber sie hat sich außen vor gefühlt, nachdem wir alle Babys bekommen haben, obwohl sie diejenige ist, die so lange schon Kinder wollte. Ich dachte, dass sie bei ihrer Männerjagd vielleicht aggressiver geworden ist."

Ich schüttle den Kopf. „Ich glaube nicht, dass sie wüsste, wie. Es geht um Dominic."

„Du hast ein Problem mit Dominic? Jeder in der Stadt liebt ihn."

„Ich hatte eine Affäre mit ihm in L.A."

„Was!"

Theo bricht in Tränen aus, und sie steht auf und beruhigt ihn, während sie hin und her geht und mir einen finsteren Blick zuwirft. Er beruhigt sich ein paar Augenblicke später und stößt schließlich ein Bäuerchen aus, während er sich gegen sie kuschelt.

Sie setzt sich vorsichtig wieder neben mich und hält ihn weiter an ihrer Brust. Warum höre ich jetzt erst davon?" Ihre Augen werden größer. „Oh mein Gott, er ist die *vier Orgasmen in einer Nacht*, nicht wahr?"

„Ja."

Sie starrt mich an, der Mund weit geöffnet. „Du musst geschockt gewesen sein, als du ihn bei der Spendenaktion gesehen hast. Und heute! Wie konntest du denn nichts sagen?"

„Ich wollte nicht, dass du dich schlecht fühlst, weil du

mich gebeten hast, deinen Freiwilligendienst zu übernehmen, also sagte ich mir, dass es in Ordnung ist. Es wäre ohnehin nichts passiert. Ich wollte einfach nur lässig und entspannt tun."

Sie sieht mich erwartungsvoll an und wartet auf den Rest der Geschichte.

„Und dann habe ich ihn geküsst."

Ihr bliebt der Mund offenstehen.

„Ich weiß. Das war, bevor ich wusste, dass ich eine Weile in der Stadt sein würde, und heute waren wir irgendwie ... in Flirtstimmung, also hab' ich ihm meine Nummer gegeben."

„Ooh, klingt ernst", sagt sie in einem spottenden Tonfall. „Du hast ihm deine Nummer gegeben!"

„In dem Moment, in dem ich es tat, haben schon die Zweifel eingesetzt, und dann kommt auch noch Audrey. Die beiden schienen sich so wohl zusammen zu fühlen. Ich habe mich wie das fünfte Rad am Wagen gefühlt, also bin ich gegangen."

Jenna neigt den Kopf. „Sie haben sich wohl gefühlt? Keine knisternde Chemie?"

„Ist bei ihr schwer zu sagen." Obwohl jetzt, da ich nicht mehr so neidisch bin oder was auch immer das war, als ich die beiden zusammen beobachtet habe, schien Dominic ihr gegenüber warm und nett zu sein, aber er hat nicht geflirtet. Ist es egoistisch, wenn ich nicht möchte, dass Dominic mit Audrey zusammen ist? Ist ja nicht so, als hätten Dominic und ich eine Zukunft.

Ich stupse ihre Schulter an. „Oh! Und dann kam noch General Joan und sagte Audrey, sie solle bei Dominic mal einen Zahn zulegen. Und der General hat Drew Robinson zu uns gerufen und ihm gesagt, er solle *mich* um ein Date bitten!"

Ihre Augen werden größer. „Sie spielt ein hochrangiges Spiel. Die Frau ist neunzig, und ihr entgeht nichts."

„Das dachte ich auch. Sie spielt die beiden Jungs gegeneinander aus, um Audrey mit Drew zusammenzubringen." *Hoffentlich.*

„Oder sie will Audrey für Dominic, aber wo passt du da rein?"

„Ich denke, ich bin nur Teil der Strategie. Sie weiß, dass ich in L.A. wohne, oder?"

„Ja. Aber sie ist geschickt. Es ist schwer, ihre wahre Absicht zu erkennen."

„Jedenfalls hat Drew mich zu einem kostenlosen Karatekurs am Mittwoch eingeladen, zu dem Audrey auch geht, und Dominic sagte, er werde auch dort sein."

Sie dreht ihre Lippen zur Seite und denkt einen Moment lang nach. „Weißt du, Audrey hat schon für immer was für Drew übrig, aber er behandelt sie wie die kleine Schwester seines besten Freundes. Sie ist seit Monaten in diesem Karatekurs. Sie ist ein gelber Gürtel, oder welche Farbe auch immer als Nächstes kommt. Hardcore-Hingabe, und Drew behandelt sie wie jeden anderen Schüler."

„Wenn ich dann da bin, wird ihr das helfen oder ihre Chancen bei ihm verringern?"

„Bist du an Drew interessiert?"

„Nur für Drehbuchzwecke. Ich habe diese Idee für eine Martial Arts-Heldin mit einer dunklen Vergangenheit. Vielleicht könnte er mir etwas Einsicht geben, indem er einfach er ist."

„Dann sehe ich nicht, wie ihr das schaden kann. Vielleicht wird Audrey dann zwei Männer haben, die um sie kämpfen."

Mein Bauch verdreht sich zu einem Knoten. Drew und Dominic in einem Kampf um Audreys Herz. Ich habe keinen Anspruch auf Dominic. Ich bin eine vorübergehende Ablenkung für sein Leben hier.

Sie lächelt. „Das ist ihr großer Moment. Endlich wird sie angebetet."

Ich streichle Theos Rücken. „Richtig. Schön für sie."

„Ich muss in diesen Kurs!"

∾

An diesem Abend ist Jenna wegen des bevorstehenden Besuchs unserer Eltern ganz angespannt. Sie hat sechs Kekse verputzt und ist dann die Treppe rauf- und runtergerannt, aus Angst, Theo einen Zuckerrausch über ihre Milch zu verpassen, der ihn die ganze Nacht wach halten würde. Ich habe ihr schließlich gesagt, sie solle ein Nickerchen machen, während ich auf das Baby aufpasse.

Unsere Eltern werden jeden Moment hier sein. Eli beendet gerade seine Schicht bei der Arbeit.

„Was denkst du, Theo?", frage ich ihn, während ich ihn auf eine Tour durch die untere Etage mitnehme – Wohnzimmer, Esszimmer, Küche und zurück. „Bereit, deine Großeltern kennenzulernen?" Leider sind Elis Eltern beide schon tot, also sind sie Theos einzige Großeltern. Sie sind kürzlich beide fünfzig geworden. Sie haben uns jung bekommen. Mom hat in ihrem ersten Jahr das College abgebrochen, um Jenna zu bekommen, und Dad auch, um einen Vollzeitjob anzunehmen. Ihre Eltern haben ihnen wegen der ungeplanten Schwangerschaft den Geldhahn zugedreht. Es kann nicht leicht für sie gewesen sein.

Es hilft mir, in einer nachsichtigen Stimmung zu bleiben, indem ich ihre Perspektive einnehme. Niemand ist ganz gut oder ganz schlecht. Ich stehe Dad näher, da ich bei ihm gelebt habe. Er hat mich ermutigt zu schreiben, und als meine beste und einzige Freundin mich in der Highschool verraten hat, haben Dad und ich viel Zeit miteinander verbracht und uns Filme angesehen. Das hat mich wahrscheinlich dazu gebracht, Drehbücher schreiben zu wollen.

„Es wird kompliziert, wenn man älter wird", sage ich Theo. „Genieß diese Zeit, solange du kannst."

Er macht ein gurgelndes Geräusch. Ich klopfe ihm auf den Rücken, falls er ein Bäuerchen machen muss. „Du verstehst es."

Ich höre, wie ein Wagen in die Auffahrt fährt und werfe einen Blick durch das vordere Fenster. „Sie sind hier, und wir sind allein. Ich hasse es, deine Mama zu wecken."

Ich gehe zur Haustür und öffne sie, bevor sie anklopfen. „Hi!", rufe ich.

Mom eilt herbei. „Ist er das?"

„Nein, ich halte irgendein Baby."

Sie wirft mir einen Blick zu, der sagt, dass sie das nicht witzig findet. „Schön, dich zu sehen, Eve. Du siehst gut aus." Alle in meiner ganzen Familie sind groß, schlank und blond. Dads blondes Haar wird an manchen Stellen weiß, und seine Wangen sind runder als unsere, was ihn freundlich und zugänglich aussehen lässt. Mom färbt ihr Haar, also gibt es kein Weiß. Jenna und ich kommen hauptsächlich nach ihr.

„Evie!", sagt Dad fröhlich. „Es ist schon viel zu lange her! Warum musstest du nach L.A. ziehen?"

„Weil dort alle TV-Jobs sind."

„Richtig."

Ich drehe mich um und gehe zum Sofa. Mom setzt sich neben mich, während Dad direkt danebensteht und sich umsieht.

„Kann ich ihn halten?", fragt Mom.

„Natürlich." Ich reiche ihr Theo.

Sie gurrt ihm zu und hält ihn nah an ihre Brust. Dann setzt sie sich anders hin und stützt seinen Kopf mit einer Hand, während sie ihn voller Anbetung ansieht.

Ich wende den Blick ab, mein Bein hüpft auf und ab. Ich frage mich, ob sie mich und Jenna so gehalten hat. Ich weiß es nicht wirklich. Ich habe keine Fotos aus dieser Zeit, da ich bei Dad gelebt habe, und Mom hat mich im Grunde verlassen, als sie das Sorgerecht aufgab. Aufgeregt mache ich mental einen Bodyscan und entspanne bewusst jeden verkrampften Muskel vom Kiefer bis zu den Zehen. Das habe ich in der Therapie gelernt. Jedes Mal, wenn ich denke, dass ich den Schmerz überwunden habe, erinnert mich etwas daran. Vielleicht ist es deshalb einfacher, dreitausend Meilen entfernt zu wohnen. Keine Erinnerungen.

Ich sehe, wie Dad steif dasteht. „Warum setzt du dich nicht?"

Er vergräbt die Hände in den Taschen. „Wo sind Jenna und Eli?"

„Eli ist auf dem Heimweg von der Arbeit. Jenna ist oben. Ich hole sie."

Sie eile die Stufen hinauf. So schlecht ich mich auch fühle, Jenna zu wecken, will ich nicht allein unseren Eltern gegenüberstehen. Es ist einfach nur seltsam, dass sie jetzt nach ihrer turbulenten Scheidung wieder ein Paar sind. Und dann war da die verpfuschte Hochzeit, wo Mom weggelaufen ist, und jetzt leben sie zusammen ohne eine offizielle Heiratsurkunde. Vielleicht sind manche Leute dazu bestimmt, zusammen zu sein, auch wenn sie es beim ersten Mal nicht richtig hinbekommen. Das ist die einzige Erklärung, außer dass unsere Eltern verrückt sind. Ich würde ihnen gern einen Vertrauensvorschuss gewähren.

Als ich in Jennas Schlafzimmer komme, ist sie schon wach und starrt an die Decke.

„Hi, sie sind da."

Sie stößt einen langen Atem aus. „Ich weiß. Ich nehme nur ein paar beruhigende Atemzüge, bevor ich runterkomme."

„Keine Sorge. Theo ist ein großartiger Puffer. Mom hält ihn und ist schon verliebt."

Sie setzt sich auf. „Hmm, vielleicht macht das jedes Familienessen einfacher, oder? Es geht nur ums Enkelkind."

„Möglicherweise."

Sie schwingt ihre Beine zur Seite des Bettes und sitzt dort für einen Moment lang. „Nehmen wir dieses Best-Case-Szenario. Ich mag es nicht, wie gestresst ich jedes Mal werde, wenn ich sie sehe."

„Dafür gibt es Therapie. Und gute Grenzen."

„Ha! Scheint, als hätte ich eine einfachere Lösung gefunden: Kinder bekommen."

„Mann, warum habe ich nicht daran gedacht?"

Sie lacht und geht nach unten voraus. Als wir dort sind, hält Dad gerade Theo, während Mom neben ihm steht und mit Theo in einer Singstimme spricht. „Das ist dein Grandpop. Ja, ist er. Was für ein schöner kleiner Junge du bist!"

„Hi, Mom. Hi, Dad", sagt Jenna. „Sieht aus, als hättet ihr Theo schon kennengelernt."

Mom umarmt Jenna. „Oh, Jenna, er ist einfach perfekt! Ich freue mich so für dich und Eli."

„Danke!"

„Kann ich jemandem was bringen?", frage ich.

„Ein Wasser wäre toll", sagt Mom.

„Für mich auch", sagt Jenna.

„Ich brauche nichts", sagt Dad.

Ich gehe in die Küche, während die drei sich auf dem Sofa niederlassen. Mein Telefon klingelt mit einer Nachricht, und ich ziehe es aus der Jeanstasche.

Dominic: *Wie wär's mit heute Abend zum Essen?*

Ein Blitz der Aufregung fährt durch mich. Scheinbar ist mit Audrey nichts passiert, nachdem ich heute das Fall Harvest Festival verlassen habe. Trotzdem, ich reise ab. Und ein Teil von mir befürchtet, dass diese Sache zwischen uns zu einer Beziehung werden könnte, die mir Angst macht, weil es natürlich mit der großen Distanz nicht funktionieren kann, und keine meiner Beziehungen funktioniert je.

Tief durchatmen!

Ich: *Ich denke, es ist das Beste, wenn wir nur Freunde sind.* Ich lösche das sofort. Ich möchte nicht, dass wir Freunde sind. Ich brauche Abstand.

Ich: *Ich bin wirklich sehr beschäftigt mit dem Baby- und Familienkram.*

Keine Antwort.

Ich lege das Handy weg, einen Kloß in der Kehle. Ich habe das Richtige getan. Ich hole zwei Gläser Wasser, gehe zurück ins Familienzimmer und reiche sie ihnen. Gerade da kommt Eli. Meine Eltern strahlen bei seiner Ankunft und machen mehr Wirbel um Eli als vorher um Jenna.

„Herzlichen Glückwunsch!", sagt Dad, schüttelt ihm die Hand und klopft ihm gleichzeitig in einer Männerumarmung auf den Rücken.

„Ja, herzlichen Glückwunsch!", sagt Mom. „Er sieht genauso aus wie du. Wie aus dem Gesicht geschnitten."

Eli plustert sich auf. „Danke, aber ich bin mir sicher, dass er auch ein bisschen was von Jenna in sich hat."

„Vielleicht um die Augen", sagt Mom. „Aber hauptsächlich sieht er aus wie ein Robinson."

Eli geht zu Jenna und küsst ihre Wange. „Wie geht's dir?"

„Gut", sagt sie verkrampft. „Wir sollten Abendessen bestellen. Kannst du es beim Horseman abholen?"

„Absolut."

Ein paar Minuten später ruft Eli für unsere Bestellung an und deckt den Esstisch für uns. Es ist so schön, einen praktischen Mann zu sehen, der einfach nur einspringt, um dort zu helfen, wo er gebraucht wird. Ich weiß nicht, ob er schon immer so war oder ob Jenna ihn richtig trainiert hat, aber es ist fantastisch. Dad war darauf angewiesen, dass ich schon in jungen Jahren Sachen im Haus mache.

Unser Besuch verläuft viel reibungsloser als normal. Es geht nur um Babymagie. Mom und Dad verbringen die ganze Zeit damit, Theo anzusehen, mit ihm zu reden, ihn festzuhalten und ihm eine Rassel zu zeigen. Jenna und ich müssen kaum ein Wort sagen. Tatsächlich habe ich das Gefühl, wir könnten gehen, und unsere Eltern würden es nicht bemerken.

Mom hält das Baby während des Essens und isst mit einer Hand. Sie wollte ihn nicht loslassen. „Ich habe es vermisst, ein Baby zu halten", erzählt sie uns. „Ich habe jeden Moment geliebt, als ihr Mädchen noch Babys wart. Ihr wart beide so süß und niedlich." Sie schnuppert an Theos Kopf. „Es geht doch nichts über den Geruch von Neugeborenen."

„Es ist eine magische Zeit", sagt Dad.

„Ich dachte gerade, dass hier Babyzauber in der Luft liegt", sage ich. „Seht nur, wie gut wir uns alle verstehen."

Mom sieht mich mit gehobenen Augenbrauen an.

Dad räuspert sich. „Es ist gut, die Familie wieder zusammenzuhaben."

Sie bestaunen weiter das Baby, während wir das Essen beenden. Eli und ich kümmern uns schnell um das Geschirr und räumen die Essensbehälter ab. Als wir zurück ins Esszimmer kommen, liegt Spannung in der Luft.

Jenna wirft mir einen vielsagenden Blick zu. „Mom möchte mit uns sprechen."

Mein Blick zuckt zu Mom, die ernst aussieht, und dann zu Dad, der finster dreinschaut.

Jenna streckt ihr Arme nach Theo aus, und Mom gibt ihn ihr. Jenna kuschelt ihn an sich, als wäre er eine Babybarriere gegen das, was unsere Eltern zu sagen haben. Ich hoffe wirklich, dass sie nicht wieder heiraten.

„Nun, Mädchen, es ist nicht leicht, das zu sagen. Mom atmet tief durch. „Ich habe Brustkrebs, und in drei Wochen ist eine Mastektomie geplant."

Mein Herz sackt tiefer. *Mommy.*

„Oh, Mom", sagt Jenna leise.

„Es tut mir so leid", sage ich, meine Kehle schließt sich. Ich dachte wohl immer, dass es genug Zeit gäbe, die Dinge mit Mom zu klären. Bei der Möglichkeit, sie zu verlieren, wird mir ganz mulmig. Sie ist zu jung.

„Ihre Prognose ist gut", sagt Dad.

„Ja", sagt Mom. „Sobald ich von der Operation geheilt bin, werde ich Strahlentherapie bekommen. Das sollte dann das Ende sein. Ich wollte nur, dass ihr es wisst."

Jenna und ich tauschen einen ängstlichen Blick aus.

Jennas Augen werden feucht. „Mom, ich will dich nicht verlieren. Du bist Theos einzige Großmutter."

Mom rutscht ihren Stuhl näher und legt ihren Arm um sie. „Du wirst mich nicht verlieren. Das ist nur eine kurzzeitige Sache. Das ist alles."

„Wenn ich was tun kann, um zu helfen, lass es mich wissen", sagt Eli. „Wenn du eine Fahrt oder Lebensmittel brauchst oder einfach nur Theo sehen willst, schick' nur eine SMS oder ruf' uns an."

„Vielen Dank, Eli. Wir sind so glücklich, dich als Schwiegersohn zu haben", sagt Mom.

„Wirklich glücklich", sagt Dad.

„Kann ich ihn noch einmal halten?", fragt Mom Jenna mit zitternder Stimme.

Jenna übergibt Theo und umarmt Mom seitlich um das

Baby.

Mom reibt Theos Rücken. „Der Arzt sagt, dass ich mich während der Bestrahlung vom Baby fernhalten muss, also möchte ich ihn halten, solange ich kann. Anscheinend werde ich ein bisschen radioaktiv sein."

„Lass uns zum Mittagessen gehen", platzt es aus mir heraus. „Lass mich wissen, welcher Tag nächste Woche für dich funktioniert."

Alle starren mich an, überrascht. Ich bin selbst ein wenig überrascht. Ich habe seit meiner Kindheit keine Zeit mit Mom allein verbracht.

„Nun, da ist mein Silberstreif", sagt Mom mit einem wässrigen Lächeln.

Ich schniefe, meine Augen sind ganz heiß, meine Kehle ist eng. Dad legt seinen Arm um mich, und ich lehne mich an seine Schulter und akzeptiere den Trost dankbar. Es scheint, als würde meine Familie endlich an einem Strang ziehen.

Ich stoße einen Atemzug aus, der sich sehr nach Erleichterung anfühlt.

～

Am frühen Montagmorgen mache ich kurz eine Besorgung für Jenna, kaufe Brot und Bananen im Supermarkt, und auf dem Heimweg sehe ich einen kleinen Hund am Straßenrand, der auf seiner Seite liegt. Wurde er von einem Auto angefahren?

Ich fahre rechts ran und steige aus. Es ist ein schwarzbrauner Yorkshire Terrier. Er liegt so still. Ist er tot?

Ich krieche näher, und der Hund blinzelt. Oh, Gott sei Dank. „Hi", sage ich leise. „Was ist passiert?" Er trägt kein Halsband. „Hast du dich verletzt?"

Der Hund versucht aufzustehen und bricht dann mit einem Schrei zusammen. Mein Herz stolpert. Ich kauere mich neben ihn und streichele ihn sanft hinter den Ohren. „Ist okay. Ich helfe dir."

Ich ziehe mein Handy aus der Handtasche und sehe nach

der Zeit. Sieben Uhr morgens. Bei Jenna stehen wir früh auf, dank Theo. Ich hoffe, Dominic ist wach.

Ich tippe auf seine Nummer und warte. Der Hund liegt nur da und blinzelt.

„Hallo." Seine Stimme klingt barsch.

„Hi, Eve hier. Ich bin auf der Peaceable Lane, nicht weit vom Summerdale Mart. Hier ist ein verletzter Hund am Straßenrand zusammengebrochen. Kannst du ihn dir ansehen?"

„Fünf Minuten. Beweg ihn nicht."

„Danke!" Er hat schon aufgelegt. Ich wende mich wieder dem Hund zu. „Jemand wird dir helfen, dich bald besser zu fühlen." Ich streichle ihm sanft den Kopf. „Alles ist gut, süßes Hündchen." Er schließt die Augen. Alarmiert prüfe ich, ob er noch atmet. Ja, sein Brustkorb hebt und senkt sich.

Ich schicke Jenna eine schnelle SMS, dass ich etwas später komme. Die Minuten ticken langsam vorbei, während ich mit einer beruhigenden Stimme mit dem Hund spreche und sanft seinen Kopf streichle.

Endlich hält ein weißer Van hinter uns. Auf der Seite steht Summerdale Animal Hospital. Dominic steigt im Kittel aus dem Van und trägt eine schwarze Reisetasche.

„Was haben wir denn hier?", fragt er und öffnet dabei die Tasche. Er zieht Latexhandschuhe an, bevor er ein Stethoskop um den Hals legt und eine kleine Taschenlampe hervorholt.

Ich beobachte, wie er den Hund vorsichtig untersucht, seine Augenreaktion auf das Licht überprüft und auf sein Herz hört.

„Ich habe ihn gerade hier gefunden", sage ich. „Er hat versucht aufzustehen und ist zusammengebrochen."

Er bewegt vorsichtig seine Beine, und der Hund schweigt weiter. „Die Beine scheinen in Ordnung zu sein. Okay, ich werde dich jetzt vorsichtig anheben." Der Hund schreit auf, als er hochgehoben wird. Dominic blickt auf seine Seite, und ich auch. Da ist eine offene Wunde, und Blut tritt hervor. Galle steigt in meinem Hals auf. Dominic legt ihn sanft auf seine unverletzte Seite.

„Irgendwas hat dich gebissen", sagt Dominic zu dem

Hund und zieht Mull und sterile Tupfer aus seiner Tasche. „Du musst ganz schön temperamentvoll sein, dass du entkommen bist." Er fängt an, die Wunde zu verbinden. „Eve, schnapp dir die kleine Hundebox hinten aus dem Van. Es ist offen."

Ich eile zum hinteren Teil des Vans, wo eine Vielzahl leerer Tiertransportkisten befestigt sind. Ich löse den Sicherheitsgurt um einen kleinen. Drinnen liegt eine Fleecedecke. Was für eine nette Geste für die Tiere!

Als ich zurückkomme, hat er dem Hund weißen Mull sicher um die Mitte gewickelt. Dominic öffnet geschickt die Oberseite der Box, hebt langsam und vorsichtig den Hund an, der wieder schreit, und legt ihn auf die Decke. Er setzt den Deckel wieder darauf, verriegelt ihn sicher und marschiert zurück zum Van.

Ich folge ihm. „Was könnte ihn gebissen haben?"

„Ich vermute ein Kojote." Er sichert die Box hinten, während er redet. „Sie streifen durch die Gegend, und kleine Hunde sind eine Mahlzeit für sie."

Er schließt die Vantür.

„Wird er überleben?", frage ich über den Kloß in meiner Kehle.

„Ich werde mein Bestes geben. Der Rest liegt bei ihm."

Dann steigt er auf den Fahrersitz und fährt davon.

Ich streiche mit einer Hand durch mein Haar. Es ist das erste Mal, dass ich Dominic als Dr. Russo in Aktion sehe. Er war unglaublich – sanft, geschickt, mitfühlend. Wenn irgendjemand diesen Hund heilen kann, dann er.

8

Ich beende gerade das Mittagessen mit Jenna, als ich eine SMS von Dominic bekomme, in der steht, *Er ist ein Kämpfer. Ich glaube, er wird es schaffen.* Er schickt auch ein Bild von dem Yorkshire Terrier von heute Morgen, wach und auf einer weichen Decke, einen Verband um seine Mitte gewickelt. Er hat eine Infusion.

„Oh, Gott sei Dank!"

„Was ist denn?", fragt Jenna.

Ich zeige ihr das Bild. „Dominic sagt, er denkt, dass es dem Hund gut gehen wird."

„Natürlich wird es das. Habe ich dir nicht gesagt, dass wir den besten Tierarzt haben?"

Ich schreibe zurück. *Großartige Neuigkeiten! Ich bin so froh, dass du für ihn da sein konntest.*

Dominic: *Natürlich. Genau das mache ich.*

Ein Mann, der auftaucht, wenn er gebraucht wird. Es war nicht für mich, sondern für einen Hund, aber es bedeutet etwas. Mein Herz erwärmt sich für ihn.

Ich schreibe zurück. *Kann ich ihn sehen?*

Dominic: *Sicher.*

Ich drehe mich zu Jenna um. „Ist es okay, wenn ich an der Tierarztpraxis vorbeifahre, um den Hund zu sehen?"

Sie schenkt mir ein verschlagenes Lächeln. „Nur den

Hund?" Bei meinem finsteren Blick scheucht sie mich weg. „Geh! Sie ist an der Route 15." Sie beschreibt mir den Weg.

Ich nicke und nehme meine Handtasche. „Ich frage mich, ob der Hund ein Streuner ist."

„Wenn ja, ist er am richtigen Ort. Dominics Tierheim ist auf dem neuesten Stand der Technik."

Ich verkneife mir ein Lächeln, habe fast Angst, zu viel zu fühlen, wenn es um Dominic geht. Trotzdem ist es gut zu hören, wie sehr er sich um Tiere in Not kümmert.

Ich fahre in die Auffahrt der Praxis und sehe dort drei andere Autos. Schätze, er hat viel zu tun.

Ich trete in den Warteraum, wo eine Frau mit einer Katze in einer Box wartet, und ein älterer Mann mit einer Dogge wartet, die geduldig am Boden liegt.

Eine brünette Rezeptionistin mit einem kurzen Bob begrüßt mich fröhlich hinter dem Empfangstresen. „Hallo, kann ich Ihnen helfen?"

„Ja, ich bin Eve. Ich bin hier, um den Yorkshire Terrier zu sehen, der heute Morgen hergebracht wurde."

„Oh ja, Dr. Russo sagte, Sie sollen direkt in unseren Erholungsbereich gehen. Einfach durch die Tür rechts."

Ich gehe durch eine schwere Schwingtür, gehe einen Flur hinunter und finde den Aufwachraum, wo Dominic den Hund gerade untersucht und gleichzeitig mit ihm redet. Seine Stimme ist tief und beruhigend. „Was für ein Kämpfer du bist, Henry. Deine Leute werden sich so freuen, dich zu sehen." Er wirft einen Blick auf die Infusion und scheint zufrieden zu sein.

„Hi!"

Dominic wirbelt herum. „Hi! Ich habe dich gar nicht reinkommen hören."

Ich gehe zu ihm, plötzlich überwältigt von Zuneigung für den Mann. Ich konzentriere mich stattdessen auf Henry und streichle seinen seidigen Kopf. Seine braunen Augen sind müde, wahrscheinlich von der Narkose. „Sein Name ist also Henry?"

„Ja. Ich habe einen Mikrochip gefunden und die Besitzer

kontaktiert. Sie haben ihn seit zwei Tagen gesucht. Er ist einfach aus der Leine und dem Halsband gerutscht, als ihr Fünfjähriger ihn den Block hinunter Gassi geführt hat. Henry ist einem Eichhörnchen durch den Wald hinterhergejagt, und der Junge lief nach Hause, um Hilfe zu holen."

„Das ist zu jung, um mit einem Hund allein zu gehen."

„Ich schätze, sie dachten, es sei sicher auf dem Bürgersteig vor ihrem Haus."

Ich gurre Henry zu und gehe auf seine Höhe auf dem Tisch hinunter. „Du bist wirklich ein Glückshund, dass du dich vom besten Tierarzt hast retten lassen."

„Er hatte Glück, dass du ihn in dem Moment gefunden hast." Diese tiefe Stimme kratzt an meinem Innern.

Ich richte mich auf, und unsere Blicke begegnen sich, eine Spannung zwischen uns flimmert in der Luft. Mir war gar nicht aufgefallen, wie nahe wir beieinanderstehen. Ich kann seine Hitze spüren. Jeder Teil von mir will nach ihm greifen.

Mein Herz klopft gegen meinen Brustkorb, während seine blauen Augen auf halbmast gehen und sein Kopf langsam auf meinen zukommt.

Die Stimme einer Frau ruft: „Dr. Russo, wir haben einen weiteren Notfall. Mrs. Rankin ist gerade auf den Parkplatz gefahren. Grover hat sich zwei Zähne an einem Knochen ausgebissen, und da ist viel Blut."

Dominic schüttelt den Kopf. „Ich sage allen meinen Patienten, dass die Knochen zu hart für die Zähne eines Hundes sind. Tut mir leid, ich muss los. Bleib so lange du willst bei Henry. Er könnte die Gesellschaft gebrauchen, bevor seine Familie hier ist."

„Klar", sage ich, ein wenig benommen von dem Beinahekuss.

Er verlässt zielstrebig den Raum, sieht sehr wie ein Held aus.

∽

Ich treffe Mom am Mittwoch bei Summerdale Pizza zum Mittagessen. Ich habe absichtlich dieses Lokal ausgesucht, weil ich dachte, es wäre ein schnelles Mittagessen, und wenn es zu unangenehm wird, können wir beide einfach abhauen. Ich weiß, es klingt, als hätte ich schon einen Fuß vor der Tür, und das stimmt auch. Ich war Dad immer näher, und er war für mich da, auf eine Weise, die sie nie war, selbst jetzt als Erwachsene. Er ist wieder in sie verliebt, und damit muss ich meinen Frieden schließen. Und zwischen mir und Mom, bevor es zu spät ist. Was, wenn sie stirbt?

Ich beiße mir auf die Unterlippe. Es ist schwer, sich keine Sorgen zu machen. Sie ist immer noch meine Mom.

Ich schaue auf, als sie hereinkommt, unsicher über ihre Begrüßung, hoffentlich sieht sie mir in die Augen. Ich habe Moms Blick noch nie so verletzlich gesehen. Sie war immer mutig und selbstbewusst.

Ich winke ihr von der Nische aus zu.

Sie lächelt mich zittrig an und kommt herüber. „Was hättest du gern? Geht auf mich."

„Ein Stück Peperoni und –"

Sie lächelt. „Limonade." Das war mein Lieblingsgetränk, wenn wir als Kind mit ihnen in ein Restaurant gegangen bin.

„Eigentlich bevorzuge ich jetzt Wasser."

Ihr Ausdruck schließt sich. „Natürlich."

Sie geht an den Tresen, um die Bestellung aufzugeben, und ich sitze da und überlege mir mögliche Gesprächsthemen. Was haben wir außer unseren Genen gemeinsam? Jenna, Dad, Theo und Eli. Ich will mich nicht beim Mittagessen auf ein zu schweres Gespräch einlassen. Hier geht's nur darum, die Verbindung wieder herzustellen.

Kurze Zeit später kommt sie mit unserer Pizza und unseren Getränken zurück zu mir. Sie lächelt verkrampft. „Ich bin so froh, dass wir das machen können."

„Ich auch."

Ich hoffe, du stirbst nicht.

Denk nicht ständig an ihre Diagnose.

Eine Mom mit drei kleinen Kindern kommt herein, und

der Lärmpegel steigt enorm an. Außer ihnen sind nur ein paar alte Männer im vorderen Teil des Ladens und unterhalten sich bei Getränken.

Wir essen schweigend, hören beide den kleinen Kindern und ihrer Mom zu, die versucht, Ordnung zu halten. Sie hat zwei kleine Jungen, die nicht aufhören können, sich gegenseitig zu berühren – piksen, schlagen, schubsen – und ein kleines Mädchen, das anfängt, mit den Würzmitteln auf dem Tisch herumzuspielen.

„Behaltet eure Hände bei euch, und esst eure Pizza zu Ende!", zischt die Mutter.

Der ältere Junge nimmt einen Bissen von der Pizza und stößt seinem Bruder gegen die Schulter, sodass er sein Getränk verschüttet.

Mom und ich sehen einander an, versuchen, nicht zu lachen. Wir machen uns wieder ans Essen. Insgeheim nehme ich die Dynamik der Familie und deren Dialog auf, so wie ich es immer tue, wenn ich in der Nähe interessanter Leute sitze. Mom sieht wehmütig aus und blickt oft zu dem kleinen Mädchen hinüber.

Sie gehen in einer Flut von Aktivitäten, Servietten fliegen, während die Mutter sie zur Tür für ihr Spieltreffen im Park hinaus scheucht.

Sobald sie weg sind, sage ich: „Das sah anstrengend aus."

„Ich hatte Glück. Du und Jenna wart nicht so. Ihr habt euch gut verstanden, nicht so ein Schubsen und Schieben. Jenna hat sich meistens an die Regeln gehalten, und du warst eher still."

Ich zwinge mich zu einem freundlichen Ausdruck. Das Letzte, worüber ich reden möchte, ist meine Kindheit. „Wie fühlst du dich?"

„Gut. Also, was gibt es Neues bei dir?"

„Nun, die Streikverhandlungen sind zum Stillstand gekommen, ich wache jede Nacht um zwei Uhr morgens bei Theos Geschrei auf, und heute Abend besuche ich einen Karatekurs für Anfänger. Ich wollte schon immer Selbstverteidigung lernen."

Sie strahlt. „Ich bin froh, das zu hören. Ich mache mir Sorgen, dass du allein in L.A. wohnst. Dad sagt, du darfst keine Haustiere in deiner Wohnung haben, also kein großer Hund, der dich beschützen kann."

„Ich wusste nicht, dass du dir Sorgen um mich machst."

Ich wusste nicht, dass du an mich denkst.

„Natürlich tue ich das. Ich denke jeden Tag an dich und frage mich, wie es dir geht und ob es dir gut geht. Dad hält mich jetzt auf dem Laufenden, das ist ganz hilfreich."

„Warum hast du mir nicht einfach geschrieben oder angerufen?"

Sie senkt ihr Kinn und zieht sich zurück. „Ich war mir nicht sicher, ob du von mir hören willst."

Vielleicht war das früher so, aber ich will es jetzt versuchen. „Mom —"

Sie beugt sich über den Tisch und flüstert heftig: „Es tut mir so leid, dass wir uns seit der Scheidung voneinander entfernt haben."

„Mom, du hast dich schon beim letzten Thanksgiving entschuldigt."

Sie hält eine Handfläche hoch. „Lass mich zu Ende reden. Das ist mein größtes Bedauern. Ich wünschte, ich hätte mehr versucht, Zeit mit dir zu verbringen, als du ein Kind warst, anstatt mich wegstoßen zu lassen. Du warst so wütend, als ich versucht habe, dich zu besuchen. Und als ich dich zwingen wollte, mit mir nach Hause zu kommen, bist du weggelaufen. Ich wollte nicht jedes Mal diesen Kampf."

Ich war ein wütendes, verlassenes, kleines Mädchen. Mom und Jenna hatten sich gegen mich entschieden.

Meine Unterlippe zittert, und ich beiße darauf. „Ist in Ordnung."

„Nein, es ist nicht in Ordnung. Ich hätte das alles hinter mir lassen und irgendwie eine Verbindung herstellen sollen. Ich habe meine Tochter aufgegeben. Darauf bin ich nicht stolz. Dad und ich hätten die Dinge viel besser handhaben können. Ich kann nur sagen, dass es mir wirklich, wirklich leidtut."

„Du hast mich verlassen", sage ich über den Kloß in meinem Hals.

Sie greift über den Tisch, um meine Hand zu halten. „Es tut mir leid. Ich werde es nie wieder tun."

„Was, wenn du stirbst, Mom?" Tränen strömen heraus. Ich schäme mich halb für meine Klein-Mädchenstimme und habe halb Angst, sie zu früh an den Krebs zu verlieren. In der nächsten Sekunde ist sie in der Nische neben mir, ihre Arme um mich herum.

Sie küsst meine Haare. „Du wirst mich jetzt nicht verlieren. Das ist nur eine vorübergehende Sache. Ich gehe nirgendwohin."

Ich weine für ein paar Momente, bevor ich mich zusammenreiße und verzweifelt glauben will, dass sie in meinem Leben bleiben wird. Ich richte mich auf, um sie anzublicken, überrascht zu sehen, wie Tränen still über ihr Gesicht strömen.

Sie nimmt sich eine Serviette vom Tisch und wischt sich die Tränen ab. „Es ist gut, dass wir das hier machen."

Ich wische meine eigenen Tränen mit dem Handrücken ab. „Ein kathartisches Mittagessen."

Sie lacht ein wenig. „Ja. Machen wir das jede Woche, aber mit weniger Weinen."

„Das klingt gut für mich."

Sie umarmt mich wieder für eine sehr lange Zeit, und ich lasse es zu.

Ich gehe an diesem Abend zum Anfänger-Karatekurs für Erwachsene, bereit, jemandem in den Hintern zu treten. Ich fühle mich stärker nach meinem Gespräch mit Mom, und es wird gut sein, mich auf etwas Körperliches zu konzentrieren, anstatt all die Angst um die Arbeit, Hilflosigkeit wegen Moms Krankheit und Gedanken an Dominic. Obwohl Dominic und ich einen Moment hatten und er eindeutig ein Held für Tiere ist, kann ich nicht zulassen, dass ich ihm näherkomme. Ich bin auch gut in meinem Job, und ich habe zu hart gearbeitet, um ihn aufzugeben. Ich fahre nach L.A. zurück, sobald der Streik vorbei ist. Das ist einfacher ohne chaotische Verstrickungen. Mein Herz wird schwer. Manchmal ist es hart, das Richtige zu tun.

Ich parke vor einem alten weißen Schindelhaus mit einem Schild an der Glastür, auf dem Robinson Martial Arts Academy steht.

Ich öffne die Glastür und gehe nach oben in den Dojo. Es gibt einen kleinen Wartebereich mit einer Reihe schwarzer Kunststoffstühle und ein Regal mit Fächern für Socken und Schuhe. Ich bin ein wenig zu früh. Ich blicke hinüber auf eine erhöhte blaue Plattform mit weißen flexiblen Seilen um sie herum. Drew ist in seinem Karateanzug, und bei ihm sind ein paar andere Erwachsene, die Dehnübungen machen. Ich sehe Audrey, als sie hinter einer großen Person hervorkommt, und winke ihr zu.

„Hi, Eve! Gesell' dich zu uns!"

„Bin in einer Sekunde da." Ich ziehe meine Socken und Schuhe aus und bringe sie ins Regal.

Ich gehe zu einer Öffnung in den Seilen und steige auf die Plattform. Ooh, der Boden gibt nach. Alle hier tragen weiße Karateanzüge außer mir. Schätze, jetzt wissen sie, wer von ihnen die Neue ist.

Drew kommt zu mir herüber und bietet mir seine Hand an, um mir einen festen Händedruck zu geben. „Ich freue mich, dass du kommen konntest, Eve. Wir machen uns gerade warm, während wir warten, dass alle eintreffen."

„Klar."

„Das ist der Anfängerkurs, also solltest du in der Lage sein, mithalten zu können. Audrey ist hier, um dir weiterzuhelfen, wenn du sie brauchst. Sie ist vor Kurzem in den Fortgeschrittenenkurs gewechselt."

„Aww, Audrey, danke! Das musstest du nicht."

Sie hüpft auf ihren Fersen. „Freue mich, helfen zu können."

Ich gehe zu ihr und drücke ihren Arm. „Wie lief es am

Samstag mit Dominic, ich meine, im Tierzelt, nachdem ich weg war?" Ich verziehe fast das Gesicht. Es sollte mir egal sein, ob Audrey auf Dominic steht oder umgekehrt. Ich bin nur hin- und hergerissen – ich vermisse Dominic, muss aber für uns beide Abstand halten.

Drews Kopf wirbelt zu uns herum, und ich habe das Gefühl, dass er zuhört.

Audrey dreht ihre Arme zur Seite und wärmt sich auf. „Großartig! Ich werde jetzt immer am Samstagnachmittag freiwillig im Tierheim aushelfen. Er braucht vor allem jemanden, der mit den Katzen dort umgehen kann. Die meisten Menschen wollen einen Hund adoptieren, und die Katzen bekommen nicht genug Aufmerksamkeit."

Ihre Wangen werden rot, als Drew zu ihr kommt und ernst dreinblickt. „Hast du deine *Katas* geübt? Dein Test ist nächste Woche. Ich kann sie nach dem Unterricht mit dir besprechen, wenn du willst."

Sie lächelt ihn verkrampft an. „Kein Bedarf an zusätzlicher Hilfe, *Sensei*. Ich trainiere allein ganz gut. Ich kenne die *Katas und* bin bereit."

„Gut." Er lässt sich Zeit, nach vorn im Raum zu einem großen Spiegel zu gehen. Dort angekommen, blickt er in den Spiegel und durchläuft eine choreografiert aussehende Serie von Schlägen und Kicks.

„Das ist die erste *Kata*", erzählt sie mir leise. „Er macht es mir zuliebe. Der Mann ist mehr als nervtötend."

Das fühlt sich wirklich allmählich an wie einer dieser romantischen Filme, in denen die Heldin den Mann nervig findet, aber es in Wirklichkeit nur frustrierte sexuelle Spannung ist, die explodiert, als sie endlich zueinanderfinden. Ist es das? Ich zerbreche mir den Kopf, um beiläufig zu fragen, ob sie auf Drew oder Dominic steht, weil es sehr verwirrend ist. Es könnte auch an mir liegen. Manchmal mache ich Filme aus realen Situationen, während es nur das gewöhnliche Leben ist.

Sie beugt sich mir zu und sagt mit gereizter Stimme: „Er

behandelt mich wie ein Baby. Er hält mich für seine kleine Schwester."

„Ich schätze, es ist schwer, wenn man mit jemandem aufgewachsen ist, ihn anders zu sehen."

Sie drückt ihre Lippen zu einer flachen Linie zusammen. „Ja. Da bist du im Vorteil. Ich weiß, dass du seinetwegen hier bist; die meisten Frauen sind es." Sie deutet in Richtung Wartebereich, wo drei Frauen in ihren Dreißigern gerade ihre Schuhe und Socken ausziehen. „Sie verlassen nie den Anfängerkurs, weil sie wollen, dass er ihnen Einzelunterricht für die Grundhaltung gibt."

„Ah! Ich bin nur hier, um was zu lernen."

Sie senkt sich langsam in einen Spagat, streckt ihre Beine aus und geht nur halb auf den Boden. Ich glaube, das krieg' ich hin.

Ich versuche es auch, aber meine Beine protestieren gegen die Bewegung, und dann stecke ich fest. *Autsch, autsch, autsch!* Schätze, ich muss an meiner Flexibilität arbeiten. Meistens gehe ich und sitze an einem Schreibtisch. Mist! Ich glaube, ich hab' mir im Bein was gezerrt.

Ich kämpfe ein paar Minuten allein, bevor ich flüstere: „Hilfe!"

Audrey hilft mir sofort, aus meinem Halbspagat herauszukommen, was nicht leicht ist, weil sie zierlich ist, vielleicht eins fünfundfünfzig, und ich sie mit eins achtundsiebzig weit überrage.

„Danke", sage ich verlegen.

„Ich wusste nicht, dass man Spagat bei Karate macht", sagt eine tiefe Stimme aus dem Wartebereich und klingt amüsiert.

Ich wirbele herum, um Dominic neben der Plattform stehen zu sehen.

Sein Blick schwelt in meinen. Ein Schauer läuft mir über den Rücken, und Gänsehaut bricht an meinen Armen aus. Mein Herz schlägt in eifrigem Tempo. Ich freue mich viel zu sehr, ihn wiederzusehen.

9

Ich kann Dominic nicht aus den Augen lassen, als er sich nähert. Sehe ich so glücklich aus, wie ich mich fühle? Ich muss es ein wenig runterschrauben. Ich sollte mich aufwärmen oder so. Doch ich scheine mich nicht rühren zu können.

„Ich dachte nicht, dass du einen Einsteigerkurs brauchst", sagt Audrey zu ihm. „Du warst doch bei den Marines."

Das wusste ich nicht.

„Ich bin ein bisschen eingerostet", sagt Dominic. „Ich dachte, es wäre gut, eine Auffrischung zu bekommen."

Ich zwinge meinen Blick von seinem Gesicht und starre auf seinen Bizeps. Er ist schwer zu übersehen. Sein T-Shirt ist eng und gerade so die Wölbung seines Oberarms. Er trägt Shorts, die Muskeln in seinen Beinen sind definiert. Mein Blick fällt auf die Narbe an seinem Knie. Wir beide haben Narben an unseren linken Knien und hatten dieselbe Operation, aber wir haben nie erzählt, wie wir dazu gekommen sind. Vor allem, weil ich nicht über meine reden wollte und er auch nicht daran interessiert war, seine Erinnerung noch einmal durchzugehen. Ich wette, es war, als er beim Militär war. Aus irgendeinem Grund sehe ich ihn dadurch anders. Er ist nicht nur ein warmherziger, kompetenter Mann, der Tiere liebt. Er war Soldat, mutig und stark.

„Vielleicht könntest du mir ein paar Hinweise geben", sagt er mit einem warmen Lächeln zu Audrey.

Ich wende mich ab, fühle mich unbehaglich, wenn ich Zeugin ihres unkomplizierten Umgangs miteinander bin. Das hatte ich noch nie mit einem Mann. Ein Teil von mir wünscht, ich könnte das mit Dominic haben.

„Kein Problem", sagt sie. „Ich bekomme nächste Woche den orangefarbenen Gürtel."

„Gut für dich", sagt er. „Ich bin wohl das, was du einen braunen Gürtel nennen würdest."

„Ein weißer Gürtel", sagt sie.

„Richtig. So einen muss ich mir besorgen."

Drew und sein Assistent rollen ein paar freistehende Boxsäcke auf die Matte. Cool. Ich gehe sofort zu einem und fange an draufzuschlagen.

Drew hält mich mit einer gehobenen Hand davon ab. „Du solltest deine Faust so halten", sagt er und demonstriert es mit seiner eigenen. Er wartet darauf, dass ich es richtig mache, und zeigt mir dann die korrekte Form für einen kräftigen Schlag.

Ich mache einen weiteren Versuch mit meiner Version eines Kraftschlags.

„Besser", sagt er und stellt sich an meine Seite. „Eher so." Unsere Blicke treffen aus nächster Nähe aufeinander, und dieser vertraute, verborgene Schmerz in seinen Augen packt mich an der Kehle. Ich möchte fragen, was ihn quält. Ist es PTBS von seiner Zeit als Army Ranger? Weiß er, dass Dominic ein Programm mit Therapiehunden hat, um Veteranen mit PTBS zu helfen? Wie kommt er damit zurecht?

„Geht's dir gut?", platze ich heraus.

Er tritt zurück. „Nie besser. Warum?"

Meine Hand geht zu meinem Herzen, ein einfühlsamer Schmerz, der tief in mir nachhallt. Vielleicht, weil ich mit meinen eigenen Dämonen gekämpft habe. Ich will ihm helfen. *Leide nicht schweigend, Drew. Das hilft niemandem.*

Er blickt auf die Hand über meinem Herzen. „Geht's dir gut?"

Ich versuche zu lächeln. „Vielleicht könnten wir mal ausgehen und reden."

„Reden?"

„Wir könnten Jennas Hunde spazieren führen. Magst du Hunde?" *Hättest du gern einen Therapiehund?*

Er starrt mich einen fragenden Moment lang an. „Ja, ich mag Hunde. Übe an deiner Form. Der Kurs beginnt in ein paar Minuten." Damit geht er zum vorderen Teil des Raums.

Ich blicke hoch und stelle fest, dass Audrey und Dominic mich anstarren. Ich schlage ein paarmal gegen den Boxsack und fühle mich knallhart. Und dann steigere ich mich richtig rein, fange an, wie ein echter Boxer herumzuspringen und beide Arme zu benutzen. Scheiß auf Krebs. *Bam!* Dumme Produzentenvereinigung, die versucht, uns unter Druck zu setzen, während sie das dicke Geld mit unserer Brillanz machen. Eins-zwei-Kombischlag! Männer, die dir nicht aus dem Kopf gehen! Geht! Raus! *Bam-Bam-Bam-Bam!*

Eine laute Pfeife ertönt, und ich halte inne. Es ist Drew, der mir gestikuliert, wieder in die Gruppe zu kommen. Es sind vor allem Frauen hier, die ihren wunderschönen Lehrer bewundern. Und dann ist da noch Dominic, der so fit aussieht, dass man einfach weiß, dass er nicht hierher gehört. Ich presse meine Lippen zu einer flachen Linie zusammen. Ich wette, er versucht, mich eifersüchtig auf Audrey zu machen. Wird absolut nicht funktionieren.

„Geht zu zweit zusammen", sagt Drew. „Wir werden an ein paar Griffen arbeiten und wie wir sie brechen können."

Audrey und Dominic kommen sofort zusammen und lächeln einander an. Ich bin *nicht* eifersüchtig.

Ich komme mit einer hübschen Rothaarigen zusammen, einer der drei, von denen Audrey sagte, dass sie nur für Drew in den Unterricht kommen. An ihrer Hand sehe ich einen Ehering. „Wie gefällt dir der Kurs bisher?"

Sie lächelt, ihre Augen funkeln vor Vergnügen. „Wir sind nur wegen der Augenweide hier. Marcy da drüben denkt, Drew könnte ein Model sein."

„Aber du bist doch *verheiratet.*"

„Verheiratet, nicht tot."

„Ah!"

„Ladys, plaudern könnt ihr in eurer Freizeit!", bellt Drew.

Die Frauen wenden alle ihre Aufmerksamkeit zurück.

Drew ist wirklich eine Inspiration für die Heldin in meinem nächsten Drehbuch. Dunkel, kommandierend, knallhart.

Ich übe einen Griff mit der Rothaarigen, die mir sagt, ihr Name sei Carla, während sie mich von hinten würgt. Ich bin ziemlich stolz auf mich, als ich mich aus ihrem Griff herauswinde.

Dominic ist super sanft zu Audrey, als er sie würgt und sofort seinen Griff fallen lässt, als sie versucht, sich zu befreien.

„Tu nächstes Mal so, als ob du es auch so meinst!", schreie ich ihm zu. „Du tust ihr keinen Gefallen, wenn du es ihr leicht machst."

Alle Augen wenden sich mir zu.

Dominic sieht amüsiert aus, alle anderen entsetzt.

„Vielleicht möchtest du allen zeigen, wie es geht", spottet Dominic.

„Komm her, Dominic", sagt Drew. „Wir zeigen der Klasse, wie es geht."

Dominic schlendert nach vorn in den Raum, und mein Herz rast doppelt so schnell, weil sie aussehen wie zwei Alphas, die sich für Audrey aufplustern, und einer von ihnen könnte verletzt werden. Sie stehen einander mit finsterem Gesichtsausdruck gegenüber. Das Testosteronlevel schießt durchs Dach.

Die Frauen in der Nähe flüstern einander zu. Audrey bekommt ganz große Augen. Ich bin mir nicht sicher, für wen sie ist.

Drew bedeutet Dominic näherzukommen. „Lass uns Audrey zeigen, wie man einen Halt bricht, wenn dein Partner nicht weich ist."

Brennen.

Dominic versteift sich. „Entschuldige, dass ich eine süße Frau nicht gedrosselt habe."

„Du sollst ihr helfen, sich richtig zu verteidigen", knurrt Drew.

Dominic neigt den Kopf zur Seite. „In Ordnung. Zeigen wir ihr, wie es geht."

Drew schlingt seinen Arm von hinten um Dominics Hals.

„Fangen wir jetzt an?", fragt Dominic in höhnischem Ton.

Drew festigt seinen Griff. Dominic dreht sich heraus und fegt dann Drews Beine unter ihm weg. Drew schlägt auf die Matte und springt dann wieder hoch, packt Dominic und wirft ihn auf die Matte. Dominic springt hoch wie eine Feder. Sie stehen einander gegenüber und umkreisen sich wie zwei Alphalöwen.

Ja, Dominic muss nicht im Anfängerkurs sein. Ich vermute, die Marines haben ihm einiges an Kampfkunst beigebracht.

„Sind wir hier in einer Kampfsituation, Leute?", schreie ich und gehe zum vorderen Teil des Raums.

Sie brechen auseinander und sehen mich an.

Drew wischt mit einer Hand über sein Gesicht. „Fünf Minuten Pause, alle." Er tritt von der Matte und verschwindet um die Ecke in sein Büro, wie ich vermute. Eine Tür wird laut zugeknallt.

Ich wende mich an Dominic und werfe ihm einen vorwurfsvollen Blick zu, weil er unseren Lehrer verärgert hat.

Er hebt seine Hände. „Was? Er hat mich gebeten, es zu demonstrieren. Sollte ich mich nicht aus dem Griff befreien?"

„Du hast angegeben und ihn niedergeschlagen. Wen versuchst du zu beeindrucken?"

Audrey erscheint an meiner Seite. „Bist du verletzt?", fragte sie Dominic, voller süßer Sorge. „Drew war bei den Special Forces in der Army, also könnte er etwas grober sein, als du es gewohnt bist."

Dominic sieht beleidigt aus. „Ich bin ein Marine, Audrey. Ich komme schon allein klar."

Sie nickt. „Vielleicht könntest du mir zeigen, wie du das mit dem Füße-Wisch-Ding gemacht hast. Es war nicht wie die Takedowns, die ich gelernt habe."

„Klar." Er geht mit ihr dorthin, wo sie vorher standen, und beginnt, sie zu unterrichten.

Okey-dokey. Ich schlendere einfach zurück zu meinem Boxsack. So einen muss ich mir auch besorgen. Ich finde einen Rhythmus und lasse all meinen Stress in kräftige Schläge fließen.

Ein paar Minuten später kommt Drew wieder zum Kurs. „Zurück an die Arbeit!"

Der Rest des Kurses verläuft reibungslos. Drew weigert sich die ganze Zeit, Dominic oder Audrey anzusehen, sein Fokus ausschließlich auf mir und den anderen Frauen. Mir macht das nichts. Er ist wirklich hilfreich, indem er uns beibringt, wie man mit der meisten Kraft schlägt und tritt und, was noch wichtiger ist, *wohin* man in verschiedenen Szenarien schlägt und tritt.

Der Kurs endet, und alle verneigen sich vor Drew und danken ihm für den Unterricht mit einem scharfen „Danke, *Sensei!*" Sogar Dominic. Nicht ich. Ich verneige mich vor niemandem.

Ich gehe von der Matte und gehe zu meinen Socken und Schuhen. Wenn ich in Summerdale bleiben würde, würde ich mich vielleicht für weitere Lektionen anmelden, sowohl für Selbstverteidigung als auch um für meine Drehbuchidee zu recherchieren.

Ich höre Dominic und Audrey, die hinter mir reden.

„Du solltest dein Buch rausschicken", sagt Dominic. „Es klingt faszinierend. Ich glaube nicht, dass eine Soldatengeschichte jemals mit einer weiblichen Hauptrolle erzählt worden ist. Ich wette, sie machen einen Film daraus."

„Danke, aber es ist noch nicht fertig", sagt sie.

Ich gehe ihnen aus dem Weg, als sie ihre Socken und Schuhe holen. Sie sind so vertieft in ihr Gespräch, dass sie mich nicht einmal bemerken.

Drew erscheint an meiner Seite. „Gute Arbeit heute, Eve. Ich hoffe, du kommst wieder."

„Das würde ich, aber ich weiß nicht, wie lange ich in der Stadt sein werde."

„Wir können das Woche für Woche machen", sagt er abgelenkt und blickt auf Audrey.

„Das könnte ..." Ich spreche nicht weiter, weil ich merke, dass ich seine Aufmerksamkeit nicht mehr habe.

„Ich konnte nicht umhin, von deinem Buch zu hören, Aud", sagt Drew. „Was hält dich zurück?"

Audrey zieht ihren Pferdeschwanz nach vorn und verdreht das Ende. Sie hat lange braune Haare, die ihr fast bis zur Taille reichen. „Ich weiß nicht."

„Du weißt es", sagt er.

„Sie sagte, sie weiß es nicht", sagt Dominic und springt zu ihrer Verteidigung.

Audrey sieht zwischen den beiden Männern hin und her. „Es ist einfach noch nicht fertig."

Ich gehe nach unten, trete nach draußen und überlasse sie ihren Bewunderern. Einen Augenblick später höre ich ein Donnern von Schritten und werfe einen Blick zurück. Audrey rennt praktisch zur Tür hinaus.

Wir gehen zusammen auf den Bürgersteig.

„Geht's dir gut?", frage ich.

Sie ist ein wenig außer Atem. „Ja. Hat dir der Unterricht gefallen?"

„Es war –"

Drew erscheint draußen neben uns. Mein Gott, der Mann ist wie ein Ninja. Ich habe nicht einmal gehört, wie sich die Tür geöffnet hat.

„Audrey, ich habe dir was zu sagen, und ich möchte, dass du zuhörst", sagt er.

Sie legt ihre Hand an die Kehle. „Okay."

„Ich weiß, dass dein Buch gut genug ist, weil du es geschrieben hast. Du solltest es rausschicken."

Sie lässt ihre Hand fallen. „Das kannst du nicht wissen. Es braucht noch den letzten Schliff."

„Lass es mich lesen. Ich liebe Militärgeschichten, also ist es genau mein Ding. Ich kann sogar für dich die Fakten überprüfen."

Sie mustert ihn einen langen Moment, scheint es in Betracht zu ziehen.

„Es wäre nicht das erste Mal, dass ich deine Sachen lese", sagt er. „Ich habe viele E-Mails von dir gelesen, und sie haben mir gefallen."

Ihr bleibt der Mund offenstehen. „Drew."

„Haben sie."

„Diese E-Mails waren so blöd, von einem übereifrigen Teenager."

Er beugt sich vor, seine Stimme wird rau. „Ich habe sie nie für blöd gehalten. Sie haben mir geholfen, eine schwierige Zeit zu überstehen."

Ihre Augen werden sanft. „Oh!"

„Außerdem, warum hast du so viel Zeit damit verbracht, dein Buch zu schreiben, wenn du nie gewollt hast, dass es jemand liest? Sobald es veröffentlicht ist, kann jeder es lesen."

Ihre Lippen krümmen sich nach oben, ihre Augen sind hoffnungsvoll. „Denkst du wirklich, dass es veröffentlicht wird?"

„Absolut."

„In Ordnung, ich schicke es dir per Mail." Sie lächelt. „Aber ich muss dich warnen, es ist lang. Vierhundert Seiten."

Er sieht ihr intensiv in die Augen. „Ich bleibe die ganze Nacht wach, um es zu lesen."

„Wow", sagt sie. „Das musst du wirklich nicht."

„Ich leide sowieso an Schlaflosigkeit."

Unser Drew hier ist nicht der große Flirter.

„Klar", sagt Audrey. „Tut mir leid, das zu hören. Vielleicht bringt dich mein Buch zum Schlafen."

Er schüttelt den Kopf. „Das bezweifle ich."

Die Tür öffnet sich, und Dominic erscheint und schließt sich uns an. „Das war ja mal ein Kurs!"

Drew sieht ihn misstrauisch und mit zusammengekniffenen Augen an. „Du hattest schon Training. Warum bist du in einem Anfängerkurs?"

Dominic dreht sich zu Audrey. „Sie sagte, ich solle kommen."

Audrey strahlt.

Drew murmelt etwas vor sich hin und geht wieder rein.

„Ich sollte besser los", sage ich und gehe zum Parkplatz.

„Bye, Eve", sagt Audrey. „Ich sehe dich dann morgen bei Jenna zu Hause. Wir bringen die Ladys Night zu ihr, da sie und Paige gerade erst Babys bekommen haben. Du und ich, wir können einen schönen Pinot Grigio genießen, während die Stillenden ihr Mineralwasser schlürfen."

„Klingt gut." Ich genieße tatsächlich ab und zu ein Glas Wein mit Freunden.

Ich steige in mein Auto. Dominic starrt mich durch die Windschutzscheibe an. Ich winke ein wenig, lasse den Motor an und fahre vom Parkplatz. Mein Herz schmerzt wieder, weil ich ihn zurücklasse, aber ich weiß, es ist zum Besten.

Ich trete aufs Gaspedal, als ich zur Route 15 komme, der einzigen Straße mit einem Tempolimit von 45 Meilen pro Stunde in der Stadt. Ein großes rotes Gebäude fällt mir ins Auge, und ich sehe es an. Oh, das ist das Tierheim hinter der Tierarztpraxis. Mein Auto stößt an eine Bodenwelle, als ich auf ein Schlagloch treffe, das ich nicht gesehen habe. Und dann wird es schwer zu lenken, das Auto zittert heftig. *Mist!* Ich glaube, ich habe einen Platten. Ich werde langsamer und fahre an den Straßenrand.

Ich schalte den Warnblinker an und steige aus, um den Reifen auf der Beifahrerseite zu überprüfen. Es ist dunkel hier draußen. Glücklicherweise steht eine Straßenlaterne nicht weit von meinem Wagen. Es sind nicht zu viele auf dieser Straße unterwegs oder irgendwo in der Stadt. Die Straße ist auf beiden Seiten von Wäldern umgeben, nur hier und da steht ein Haus. Ich zittere, als mir jeder Horrorfilm durch den Kopf schießt. Die Wälder. Eine dunkle Nacht. Eine einsame Frau am Straßenrand gestrandet.

Ich grabe mein Handy aus der Handtasche und leuchte mit der Taschenlampe auf den Reifen. Ja, der ist so richtig platt.

Ein roter Dodge Challenger hält hinter mir an. Eine klassische Angeberkarre. Großartig! Genau das, was ich brauche,

ein muskelbepackter Mann, der eine Frau in Not „retten"
will. Ich kann vielleicht nicht meinen eigenen Reifen wech-
seln, aber ich kann verdammt nochmal den Abschleppdienst
rufen, und ich kann Karate. In gewisser Weise.

Dominic steigt aus. Mein Herz klopft doppelt so schnell.
Er ist genau in dem Moment aufgetaucht, in dem ich ihn brauche.

Nur ein Zufall, oder? Ist nicht so, als hätte ich ihm eine
Nachricht geschickt und um Hilfe gebeten.

Als er mich erreicht, hat er einen selbstgefälligen Blick auf
seinem wunderschönen Gesicht. „Zuerst verfolgst du mich
durch das ganze Land, dann rufst du mich wegen eines Tier-
notfalls an, tauchst in meinem kostenlosen Karatekurs auf
und jetzt hast du eine Panne direkt vor meinem Haus. Wüsste
ich es nicht besser, würde ich sagen, du stehst auf mich, Eve
Larsen."

Ich schließe die Distanz zwischen uns, atme den Duft
sauberer Männerhaut ein, mit einem Hauch seines Parfums,
mein Herz hämmert. Ich platze meine neueste Sorge heraus.
„Was ist mit Audrey? Ihr beiden scheint euch nahe zu sein."

„Audrey steht auf Drew."

Ein warmes Leuchten beginnt tief in mir. „Nicht, dass es
mich was angeht."

Er streicht mir eine Haarsträhne hinters Ohr, eine zarte
Geste, die mich umhaut und meine Knie weich werden lässt.
„Dann sorg' dafür, dass es dich was angeht."

10

Dominic

Eve leckt ihre Lippen, ihr Blick fällt auf meinen Mund, bevor sie ihn zurück zu meinen Augen reißt. Ich kenne diesen Blick, und ich mag ihn. „Ich muss den Abschleppdienst rufen."

„Den brauchst du nicht. Du hast ja mich." Ich gehe zu ihrem Wagen. „Öffne den Kofferraum für mich."

Sie zögert einen Moment lang und beschließt dann, meine galante Geste anzunehmen. Grundlegende Fahrzeugwartungen bekomme ich hin. Dad hat meinen Brüdern und mir beigebracht, wie man Dinge repariert. Er war im Verkauf, aber so praktisch im Haus, dass er unsere Küche umgebaut und eigenhändig einen Wintergarten hinzugefügt hat.

Ich hole das Reserverad, den Wagenheber und den Radschlüssel aus dem Kofferraum und gehe hinüber zu dem Platten, um zur Sache zu kommen.

„Mein Vater hat mir einmal gezeigt, wie das geht", sagt sie. „Ich habe nur Probleme, die Radmuttern vom Reifen zu bekommen."

„Ja, die können hart sein." Ich hebele die Erste los. „Denkst du, du wirst mit Karate weitermachen, solange du hier bist?"

„Warum warst du da?"

„Aus dem gleichen Grund wie du. Ich wurde eingeladen."

Eve presst die Lippen zu einer flachen Linie zusammen. „Ich weiß nicht, wie lange ich in der Stadt sein werde." Sie fängt an, am Straßenrand auf- und abzugehen.

Die Wahrheit ist, ich war in dem Kurs, weil ich wusste, dass Eve bei Drew sein würde. Ich habe lange genug darüber gebrütet. Eve hat überhaupt nicht mit ihm geflirtet.

Nachdem ich mit dem Reifen fertig bin, stehe ich auf und strecke meinen Rücken. „Alles fertig. Du solltest ihn zu Murray's bringen, um dir einen neuen Reifen zu kaufen."

„Ist ein Mietwagen. Ich muss zuerst die Mietwagenfirma anrufen. Vielleicht geben sie mir einfach ein anderes Auto."

Ich lege alles zurück in den Kofferraum, einschließlich des beschädigten Reifens, und schließe ihn.

„Vielen Dank für deine Hilfe", sagt sie.

„Gern geschehen." Ich trete näher. Ich will sie berühren, ihre Wange streicheln, ihren Kiefer nachziehen. Ich widerstehe nur, weil meine Hände vom Reifen schmutzig sind. „Möchtest du auf einen Drink mit reinkommen? Ich wohne im Apartment über der Praxis."

Sie sieht auf die andere Straßenseite zu meinem Haus. „Kurzer Arbeitsweg."

„Und ob."

„Sind die Tiere unten nicht laut?"

„Die meisten Tiere sind im Tierheim weiter hinten. Es gibt nur hin und wieder einen chirurgischen Patienten unten. Wenn sie Lärm machen, will ich es hören, damit ich nach ihnen sehen kann. Im Allgemeinen schlafen sie. Henry ist jetzt wieder zu Hause, falls du dich das fragst."

Sie starrt wieder zu meinem Haus. „Das ist großartig."

„Eve, komm mit zu mir. Ich habe dein Lieblingsgetränk auf Lager: Wasser."

Sie wedelt durch die Luft. „Ich komme nur auf ein freundschaftliches Getränk. Es wird nichts passieren."

Hoffnung weht durch mich hindurch. „Okay."

„Ich meine es so."

„Ich weiß."

Ich gehe zurück zu meinem Auto und warte darauf, dass sie in ihren einsteigt. Nicht viel Verkehr, also kann ich ihr folgen. Ein paar Minuten später parkt Eve auf dem kleinen Kiesgrundstück neben dem Haus, und ich halte neben ihr. Es gibt eine runde Auffahrt für Patienten sowie zusätzliche Parkplätze auf der anderen Seite.

Ich führe sie zum Hintereingang, der zur Treppe und meiner Wohnung führt. Es ist einfach – Wohnzimmer, Küche, Schlafzimmer und Badezimmer. Eines Tages würde ich gern ein Haus getrennt von der Arbeit kaufen, aber im Moment ist mein Geld in die Praxis gebunden, die ich übernommen habe.

Ich schließe die Tür zu meiner Wohnung auf, gehe hinein und schalte das Licht an. „Da sind wir."

Sie tritt rein und schaut sich im Wohnzimmer um. Es gibt nur ein beigefarbenes Sofa, einen Couchtisch und Beistelltische mit Leselampen. Ich lese hauptsächlich über die neuesten Techniken der Veterinärmedizin. Mein Hund PJ blitzt uns eulenhaft von seinem Bett neben dem Sofa aus zu, wo er sich zusammengerollt hat.

„PJ!", ruft sie. „Du hast ihn adoptiert."

„Hab' ich. Er geht mit mir arbeiten und schläft, kommt dann mit mir nach Hause und schläft."

„Aww! Das ist großartig." Sie hebt ihn hoch und kuschelt ihn an sich, reibt ihre Wange an seinen kleinen Kopf. Er toleriert es. Gerade so.

„Lass mich ihn rausbringen, damit er sein Geschäft erledigen kann", sage ich. „Mach es dir bequem."

Sie setzt ihn ab. „Lauf zu Dominic."

PJ läuft geradewegs zu seinem Bett und dreht sich im Kreis wie immer, bevor er sich niederlässt.

„Nein", sagt Eve. „Raus, PJ! Du hast ein Geschäft zu erledigen."

Ich gehe rüber und hebe ihn hoch. Boston Terrier können stur sein. Er macht meistens nur, wonach er sich fühlt.

„Er hört nicht so gut, oder?", fragt sie.

„Ich vermute, er versteht nur Spanisch."

„Wirklich?"

Ich grinse.

Sie schüttelt den Kopf, lächelnd, und sieht sich um, bevor sie sich auf dem Sofa niederlässt.

Ich bringe PJ raus, lasse ihn das perfekte Grasbüschel in der Nähe eines Baumes beschnuppern, bevor er endlich pinkelt, und bring ihn wieder rein. Er geht gleich wieder ins Bett. Eve lehnt sich über die Seite des Sofas, um mit ihm zu reden und ihn zu streicheln.

Ich gehe in die Küche, wasche mir die Hände und gieße ein Glas Wasser ein. Als ich mit dem Wasser zurückkomme, sagt sie: „Wo ist der Fernseher?"

Ich reiche ihr das Glas Wasser. „Ich habe keinen."

„Du hast keinen?", schreit sie geradezu.

PJs Ohren heben sich, aber er ist zu müde, um auch den Kopf zu heben.

„Ist das ein Problem?", frage ich und setze mich neben sie.

„Du weißt, ich bin TV-Autorin."

„Das hast du erwähnt."

Sie starrt mich an. „Du hast noch nie *Irreverent* gesehen."

Das ist keine Frage. „Wenn du dich dadurch besser fühlst, könnte ich mir einen Fernseher besorgen. Normalerweise streame ich was auf dem Laptop, wenn ich Lust habe rumzuhängen."

„Rumhängen? Im Moment gibt es viele tolle, faszinierende Inhalte. Echt scharfe Drehbücher, verdrehte Handlungen, fantastische Charaktere."

Irgendwie habe ich sie und ihren ganzen Beruf beleidigt. „Ich bin sicher, *Irreverent* ist großartig. Wir könnten es uns ansehen, wenn du willst."

„Ich habe in dieser Staffel Episode zwei geschrieben."

„Wenn es wichtig ist für dich, sehe ich es mir an."

Sie verzieht das Gesicht. „Für dich ist es offensichtlich nicht wichtig."

Sollte ich mir einen Fernseher besorgen, für den Fall, dass sie eines Tages vorbeikommt?

„Eve, haben wir unseren ersten Streit? Das würde mehr bedeuten als nur eine Nacht."

Sie wirft ihre Hände in die Höhe. „Das hier war ein Fehler. Du solltest mit jemandem zusammen sein, der hierbleibt." Sie stellt ihr Glas auf den Couchtisch, bevor sie zur Tür geht. „Ich weiß nicht einmal, warum ich hier bin."

Ich renne ihr hinterher. Gerade als sie nach dem Knauf greift, lege ich über ihren Schultern meine Handflächen an die Tür und halte sie zu.

Sie wirbelt herum, ihre Augen blitzen. „Dominic!"

„*Ich* weiß, weswegen du hier bist."

Ihre Augen weiten sich, der Atem stockt. „Ich bin nicht das, wonach du suchst."

Ich nehme ihr Kinn und streichle ihre weiche Wange. „Ich habe überhaupt nicht gesucht." Sag mir, dass du das nicht willst, und ich lasse dich in Ruhe." Ich küsse sie sanft, und dann wieder und wieder.

Sie stößt ein leises Seufzen aus, wirft ihre Arme um meinen Hals und erwidert den Kuss hungrig. Ich lege meine Arme um sie, übernehme den Kuss, probiere ihren süßen Mund. Lust feuert durch mich hindurch. Ich habe nie jemanden so sehr gewollt wie sie.

Sie unterbricht den Kuss. „Was tust du denn da?"

„Ich weiß nicht." Ich küsse ihre Lippen, ihre Wange, ihren Kiefer. Ihre Finger gleiten durch mein Haar, ihr Kopf neigt sich zur Seite, was mir einen besseren Zugang gewährt, und ich küsse eine Spur zu ihrem Hals. Ich beiße sanft hinein. Sie stöhnt, ihre Hände streichen über meinen Rücken. Ich kehre zu ihrem Mund zurück und genieße das üppige Gefühl und ihren Geschmack. Ich ziehe sie näher, und sie hebt ihr Bein hoch und drückt sich gegen mich. Verlangen krallt sich in mich.

Ich lehne mich zurück, um sie anzusehen.

Sie atmet schwer, ihre Augen sind geweitet. „Hör nicht auf!"

Ich hebe sie hoch und trage sie zum Schlafzimmer.

Sie kichert. „Ich bin noch nie ins Bett getragen worden. Das ist genau wie in den Filmen."

„Es ist zielführend", sage ich und lege sie auf die Matratze.

Sie öffnet mir ihre Arme. Mein Atem stockt, mein Herz begibt sich auf Sturzflug. Ich schließe mich ihr an, unsere Körper passen perfekt zusammen, während ich jeden Zentimeter exponierter Haut küsse und schmecke und mir Zeit nehme.

Ihr Kuss wird fordernder, als sie an meinen Klamotten zieht. Ich entferne sie schnell und mache kurzen Prozess mit ihren. Und dann küssen wir einander, rollen über das Bett, sie oben und dann ich. Nichts spielt eine Rolle außer Haut auf Haut. Ich kann nicht genug von ihr bekommen. Weiche Haut, langgliedrige feste Muskeln, ihr seidiges Haar, ihr Duft nach Vanille, so köstlich.

Und als wir uns endlich vereinen, ist es, wie nach Hause kommen. Ich nehme ihr Gesicht in meine Hände, küsse sie und sauge an ihrer Unterlippe. Sie hebt ihre Hüften unter mir, und dann ist es nichts anderes als ein wilder Ritt, während jede Bewegung, jedes sanfte Stöhnen mich weiter anspornt. In dem Moment, in dem ich spüre, wie sie zittert, als sie kommt, verliere ich die Kontrolle, pumpe in sie, bis mein eigener Orgasmus explodiert und in Wellen durch mich brandet.

Ich sacke auf sie und atme schwer.

„Wow", sagt sie.

Ich hebe den Kopf. „Wow!"

„Ich kann nicht über Nacht bleiben. Jenna erwartet, dass ich ihr am Morgen helfe."

Ich drehe mich auf meine Seite und streichle ihr müßig über die Schulter. „Schreib' ihr, dass du um sieben Uhr morgen früh zurück bist. Dann stehe ich zur Arbeit auf. Ist immer noch früh."

Sie dreht sich auf die Seite und sieht mich an. „Ich hatte lange keine Beziehung. Ich bin geschieden nach einigen schrecklichen Beziehungen. Und die große Distanz legt irgendwie ein Verfallsdatum fest, was auch immer das ist."

„Meine Scheidung war auch genug, um mich von Beziehungen abzuschrecken. Lass uns einfach Zeit miteinander verbringen, während du hier bist, ohne uns um die Zukunft zu sorgen."

Sie seufzt und fährt mit der Hand über meinen Bizeps.

„Wir könnten uns auch *Irreverent* ansehen", füge ich hinzu.

Sie lächelt, ihre Augen leuchten auf. Mein Herz schlägt heftiger. „Ja?"

Ich kuschele mich an ihren Hals und flüstere ihr rau ins Ohr: „Unter anderem."

~

Eve

Eine warme männliche Hand liegt auf meinem nackten Bauch, während Dominic sich von hinten in Löffelchenstellung an mich schmiegt. Ich bin groggy, aber wach, als Licht durch die Jalousien dringt. Ich habe letzte Nacht wahrscheinlich insgesamt drei Stunden geschlafen, und es war nicht nur für überwältigenden Sex, bei dem sich einem die Zehen zusammenrollen. Wir haben uns *Irreverent* angesehen, und Dominic hat meine Episode gemocht. Wir haben auch viel geredet, das Leben an der Ostküste mit dem Leben an der Westküste verglichen, er hat mir von seiner Familie und seiner Kindheit in Michigan erzählt, ich sogar von meiner komplizierten Beziehung zu Mom und wie wir versuchen, wieder eine Bindung aufzubauen, bevor es zu spät ist. Manchmal denkt man, man hätte alle Zeit der Welt mit jemandem, aber das Leben ist zerbrechlich. Man weiß es einfach nie.

Ich streichele seinen Unterarm und will dieses warme Bett nicht verlassen. Es ist schwer für mich, mich einer anderen Person zu öffnen, aber ich lasse es zu, verletzlich ihm gegenüber zu sein. Ich fühle mich, als hätten wir einander letzte Nacht wirklich kennengelernt. Das ist ein gutes Gefühl. Das Beste daran ist, dass ich mir keine Sorgen machen muss, die Beziehung zu vermasseln. Sie wird natürlich enden, nicht wegen etwas, das ich verbockt habe. Ich weiß, ich werde traurig sein, wenn die Zeit kommt, aber ich versuche, den Moment zu genießen, wie er gesagt hat, und nicht an die Zukunft zu denken.

Ich mag ihn, mag ihn *wirklich*.

Seine Hand läuft über meine Seite und über meine Hüfte.

„Morgen", flüstert er in mein Ohr.

Ich sehe ihn über die Schulter an. „Morgen. Ich bin so müde."

Er hebt mein Bein hoch und über seine Beine und öffnet mich ihm. „Dann bleiben wir noch ein bisschen länger im Bett."

„Du bist unersättlich."

Seine Finger tauchen zwischen meine Beine, kreisen sanft über den magischen Punkt, während seine Erektion von hinten gegen mich drückt, mich neckt, aber nicht in mich eindringt. Ich stöhne leise. Er achtet genau darauf und weiß, was ich mag. Ich schließe die Augen und lasse den Ansturm der Empfindungen übernehmen.

Seine Stimme ist ein tiefes Grollen an meinem Ohr. „Ich liebe es, zu spüren, wie du loslässt, Eve. Das ist eine schöne Sache."

Ich presse mich gegen ihn. „Nimm mich!"

„Noch nicht. Ich möchte noch ein bisschen mit dir spielen." Seine Hand bewegt sich, um meine Brust zu streicheln, umkreist die Spitze und drückt sie dann sanft.

„Dominic, ich brauche dich!", flehe ich ihn geradezu an.

Er zuckt plötzlich weg. Verwirrt drehe ich mich auf den Rücken, um ihn anzusehen.

„Hi, Daddy", sagt die Stimme eines kleinen Mädchens.

11

Ich kreische und tauche unter die Decke. *Daddy?* Dominic ist ein Dad? Bei all dem, was wir gestern Abend über uns und unsere Familien gesprochen haben, hat er nicht erwähnt, dass er eine Tochter hat. Ich kann nicht fassen, dass er es nicht erwähnt hat! Hat er gedacht, dass es nicht wichtig ist? *Himmel!* Was für ein Dad ist er?

Dominic setzt sich auf und zieht die Decke um sich herum zurecht. Seine Stimme ist vorsichtig. „Hallo, Nora. Wie bist du denn hier reingekommen?"

Eine kehlige weibliche Stimme antwortet: „Ich habe eine Kopie des Schlüssels anfertigen lassen, als du uns am 4. Juli hier hast übernachten lassen."

Dominic schweigt einen erschütterten Moment. Ich merke schon, dass diese Frau anstrengend ist.

„Den brauche ich zurück, Lexi", sagt er scharf. „Gib uns eine Minute."

Lexi ist seine Ex-Frau. Er hat sie letzte Nacht erwähnt. Nur, dass sie ihn für den Ex-Mann ihrer Schwester verlassen hat, kein Wort von einem Kind. Mein Magen dreht sich um. Es war eine Lüge durch Auslassung, aber trotzdem eine Lüge. Das eine Mal, dass ich einem Mann vertraue, wird mir sofort gezeigt, warum ich es nicht kann.

Die Decke wird zur Hälfte von mir gezogen, und ich hebe

den Kopf, um sie festzuhalten. Ein kleines Mädchen mit himmelblauen Augen und dunklen Haaren, die ihr auf die Schultern fallen, versucht, durch Hochklettern an der Decke ins Bett zu kommen. Ich schätze, sie ist etwa zwei oder drei.

Dominic setzt sich auf. „Nora, lass die Decke los. Ich muss aufstehen und mich anziehen."

Sie lässt los und starrt auf seine nackte Brust. „Wo ist dein Pyjama, Daddy?"

Ich knirsche mit den Zähnen und starre Lexi finster an. Sie schenkt mir ein verschlagenes Lächeln. Sie ist hübsch auf eine Weise, die einem sagt, dass sie viel Zeit im Salon und beim Dermatologen verbringt. Makellose Haut, glattes, glänzendes schwarzes Haar, perfektes Make-up. Ich hasse sie jetzt schon. Ernsthaft, wer schickt ein Kleinkind in jemandes Schlafzimmer? Sie muss uns hier drin gehört haben.

„Komm schon, Schatz", sagt sie und nimmt Nora an der Hand. „Wir werden Daddy unsere großen Neuigkeiten erzählen, nachdem er seinen Kaffee getrunken hat. Erwachsene sind immer mürrisch, bevor sie ihren Kaffee hatten."

Die Tür schließt sich hinter ihnen. Ich starre Dominic stumm an und warte auf eine Erklärung.

Einen Moment lang schließt er die Augen. „Ich weiß."

„Wie konntest du nicht erwähnen, dass du eine Tochter hast?"

„Ich bin neu in sowas. Ich wusste nicht, wann ich das ansprechen sollte."

„Vielleicht irgendwann während unseres dreistündigen Marathon-Gesprächs?" Ich rolle aus dem Bett und sammle meine Kleider ein. „Gott, das eine Mal, dass ich einem Typen so vertraue, dass ich mich ihm tatsächlich öffne, und du hast dich kein bisschen geöffnet." Ich ziehe eiligst meine Sachen an.

„Ich habe erst am Vatertag erfahren, dass es sie gibt, als Lexi Nora zu mir brachte, nachdem ihr Stiefvater gestorben war."

Ich nehme meine Socken und Schuhe und meine Handtasche. „Also weißt du seit vier Monaten, dass du eine Tochter hast, und es ist immer noch nichts, worüber du sprichst?"

„Ich weiß nicht, was ich tue, okay?", bellt er.

„Offensichtlich! Wie konntest du vorher nichts von ihr wissen?"

„Als Lexi ging, sagte sie mir, sie sei schwanger von dem Kerl, für den sie mich verlassen hat. Ich war zu geschockt, um es in Frage zu stellen, und bin nicht mit ihr in Kontakt geblieben."

„Woher weißt du, dass Nora wirklich deine Tochter ist?"

„Diesmal habe ich einen Vaterschaftstest machen lassen."

Ich streiche mit einer Hand durch mein Haar. „Das ist so verkorkst. Ich kann nicht einmal glauben, dass ich einmal gedacht habe – weißt du was, vergiss es. Ruf mich nicht an —"

Ich renne aus der Tür, so eifrig zu fliehen, dass ich nicht einmal antworte, als Lexi hämisch sagt: „Ich fand's auch schön, dich kennenzulernen."

Verdammte Männer mit ihren Geheimnissen! Ihren Lügen und dem Verrat. Das, genau das hier, ist der Grund, warum ich Beziehungen so lange gemieden habe. Ist es zu viel verlangt, einen ehrlichen Mann haben zu wollen?

Mein Magen brennt, Galle steigt in meinen Hals. Ich will ihn nie wieder sehen.

Dominic

Ich werfe was über, putze mir die Zähne und spritze mir kaltes Wasser ins Gesicht. Ich bin sauer, dass Lexi unangekündigt hier aufgetaucht ist und die kleine Nora reingeschickt hat, obwohl sie wusste, dass ich nicht allein im Bett war. Sie muss Eves Auto draußen gesehen haben, ganz zu schweigen davon, dass wir nicht gerade leise waren. Arme Eve! Ich verstehe, dass sie von den Nachrichten überrascht war, und ich gebe ihr nicht die Schuld, dass sie geflohen ist. Ich hoffe nur, dass sie mich nicht für immer ausschließt. Ich muss mich immer noch an die Tatsache gewöhnen, dass ich tatsächlich ein Kind habe. Ich weiß nicht, wann oder wie ich es den Leuten sagen soll, denn das beinhaltet eine Geschichte, die ich nicht gern erzählen möchte.

Ich öffne die Tür zum Schlafzimmer, und PJ schießt herein, Richtung Bett, das ich hier für ihn habe. Ich schätze, er will die Szene genauso meiden wie ich.

Nora sitzt auf dem Sofa, wo sie sich irgendwas auf Lexis Handy ansieht. Ihr Blick klebt daran, ohne zu blinzeln. Nora ist zu jung, um fernzusehen, erst zwei, aber ich habe dazu nicht viel zu sagen. Seit ich von ihr erfahren habe, habe ich versucht, ein gemeinsames Sorgerecht zu erwirken. Das Äußerste, was ich bekommen habe, sind sonntägliche beaufsichtigte Besuche in Lexis Wohnung in der City. New York City ist für uns hier ‚die City'.

„Ich habe die Kaffeemaschine für dich angemacht", sagt Lexi fröhlich. „Du musst dir wirklich besseren Kaffee kaufen." Ihre Stimme, die ich immer sexy fand, ist wie eine Kralle, die an meinem Inneren kratzt. Schrecklich!

Ich beiße die Zähne zusammen und halte meine Stimme für Nora zivilisiert. „Du musst mich wissen lassen, wann ihr auf einen Besuch vorbeikommt." Ich strecke meine Hand aus. „Gib mir den Schlüssel. Du hättest ihn nicht ohne meine Erlaubnis nachmachen dürfen."

Sie schnaubt und geht zu ihrer Handtasche an der kleinen Frühstücksbar, die die Küche vom Wohnzimmer trennt, und nimmt den Schlüssel von ihrem Schlüsselbund. „Hier. Ich verstehe nicht, warum das so eine große Sache ist."

Ich stecke den Schlüssel in meine Tasche. „Die große Sache ist, dass dies mein privater Raum ist, und du kannst ihn nicht betreten, wann immer du willst!" Meine Stimme wird am Ende laut.

Nora sieht zu uns herüber. „Hungrig."

Lexi nimmt sich einen Snackbehälter mit Cheerios aus ihrer Tasche und gibt ihn ihr.

Ich nehme mir eine Tasse Kaffee und versuche, meine Gedanken zu ordnen. Ich will, dass Lexi so schnell wie möglich verschwindet. Gleichzeitig muss ich mit ihr auskommen, wenn ich Nora weiter sehen will.

Ich trinke einen Schluck schwarzen Kaffee und lehne mich gegen die Theke.

Lexi bringt einen hölzernen Barhocker von der anderen Seite der Frühstücksbar in die kleine Küche und kauert sich darauf. „Gute Nachrichten!", zwitschert sie.

„Was?"

„Du wirst Nora noch viel öfter sehen."

Mein Herz donnert. Lässt Lexi Nora hier? Ich sehe zu Nora, die sich mit einer Hand Cheerios in den Mund stopft, während sie mit der anderen Hand das Handy hält. Cheerios fallen auf ihren Schoß und das Sofa. Und ich bin mir nicht sicher, ob ich bereit dafür bin, Vollzeit-Dad zu sein.

„Wie kommt das?", frage ich vorsichtig.

Sie seufzt und starrt an die Decke. „Ich konnte sie in keiner der guten Vorschulen in der Stadt unterkriegen." Sie senkt ihre Stimme. „Sie ist bei jeder Vorstellung durchgefallen, weil sie sich nicht auf den Fragenden einlassen will. Sie sitzt nur da und weigert sich, zu spielen oder zu sprechen. Es ist, als ob sie absichtlich versucht zu scheitern."

„Sie ist zwei. Sie versucht nicht, irgendeine Situation zu manipulieren. Sie müssen wissen, wie man schüchterne Kinder aus sich rauslockt. Hast du ihnen erzählt, wie sehr sie Tiere liebt? Vielleicht hätte sie ihnen ihr Lieblingsbilderbuch mit Tieren zeigen können. Sie ist so klug, dass sie alle benennen kann, unterscheidet sogar zwischen den grauen und weißen Nashörnern."

„Man darf nichts mitbringen. Es muss natürlich aussehen. Jedenfalls habe ich an ein paar Hebeln gezogen, um sie reinzubekommen, aber nichts geht. Ohne Eintritt in eine der besten Vorschulen kann sie nicht in die beste Privatschule für Grundschulkinder kommen, und die ist nur einen Steinwurf von dort entfernt. Alle Türen sind für uns verschlossen."

„Du sagst also, weil sie eine schüchterne Zweijährige ist, ist sie fürs Leben verdammt? Was ist mit der öffentlichen Schule?"

„Da gehen alle abgelehnten Kinder hin."

Ich bemühe mich um Geduld. „Vielleicht würde sie sie mögen und umgekehrt."

„Das spielt keine Rolle." Sie seufzt. „Außerdem sind wir ausgeschlossen. Meine Freunde haben ihre neuen Vorschul-kinder-Mom-Freunde und ihre eigenen Spielgruppen. Also richten wir uns danach und passen uns an. Wir ziehen um."

„Wohin?"

„Hierher!"

Sorge dämpft meine Freude darüber, meine Tochter in der Nähe zu haben. „Das heißt zu mir?"

Sie sieht sich um. „Gott, nein! Diese Wohnung ist viel zu klein. Ich habe meine Wohnung verkauft und ein Haus am See erstanden. Hallo, Nachbar! Jetzt wirst du uns die ganze Zeit sehen."

Ich stoße einen erleichterten Atemzug aus. „Das ist groß-artig! Ich würde sie gern öfter sehen. Vielleicht könnte sie am Wochenende bei mir übernachten. Wir könnten uns die Wochenenden abwechseln."

„Sie ist zu jung für Übernachtungen. Seit Sam gestorben ist, ist sie sehr an mich gebunden." Noras Stiefvater, Sam, glaubte, Nora sei sein Kind, weshalb er Lexi so schnell gehei-ratet hat. Soweit ich das sagen kann, war er gut zu Nora.

Wir sehen beide zu unserer Tochter, die an ihrem Bild-schirm klebt. Sie scheint nicht so sehr an Lexi gebunden zu sein. Ich würde es glauben, wenn ich öfter sehen würde, wie Lexi sie hält, oder Nora es möchte, an ihrem Bein hängt oder darum bittet, hochgenommen zu werden.

„Hast du eine Schule für sie hier gefunden?", frage ich. „Es ist Oktober; sie haben bereits begonnen."

Sie lächelt. „Hab' ich. Die episkopale Vorschule hatte einen Platz frei, und das Beste daran ist, dass die öffentlichen Schulen hier als die besten im Staat eingestuft werden. Und ich werde wieder arbeiten. Mein alter Chef sagt, ich kann von zu Hause aus Teilzeit arbeiten." Lexi ist im pharmazeutischen Vertrieb.

„Okay, das sind gute Nachrichten. Mir gefällt nicht, wie

du hier reingeplatzt bist, um es mir zu erzählen, aber ich bin froh, es zu hören."

Sie springt vom Barhocker, bedient sich bei einer Tasse Kaffee und lehnt sich an die Theke neben mir. „Wer war die Blondine? Jemand Ernstes?"

Ich schüttele den Kopf, nicht bereit, von Eve zu erzählen. Ich vertraue Lexi nicht weiter, als ich sie werfen könnte. „Sie besucht gerade ihre Schwester in der Stadt."

Sie lächelt zu mir auf. „Dann ist das vielleicht eine Chance auf einen Neuanfang für uns als Familie."

Ich hebe den Becher, um eine Grimasse zu verbergen. Nach einem Schluck Kaffee sage ich: „Ich freue mich auf mehr Zeit mit Nora, aber wir beide sind für immer fertig."

„Mmm-hmm. Okay, ich verstehe schon. Du bist gerade mit einer langbeinigen Blondine aus dem Bett gestiegen. Bleiben wir für alles offen."

Ich starre sie an. „Lexi, du hast mein Vertrauen gebrochen, als du meine Tochter vor mir verheimlicht hast. Ich habe ihre Babyzeit vollkommen verpasst, weil du gelogen und gesagt hast, sie sei nicht meine Tochter. Es gibt kein Zurück zu dem, was wir hatten. Das hast du zerstört."

„Es könnte das Beste für Nora sein."

„Wir können sie gemeinsam erziehen, aber du und ich werden nie wieder zusammenkommen."

Lexi spricht weiter, als hätte ich gar nichts gesagt „Sie braucht diese Art von Stabilität. Weißt du, dass sie, seit Sam gestorben ist, jeden Abend versucht hat, zu mir ins Bett zu kriechen?"

„Du lässt sie nicht?"

„Ich gebe ihr ein Kissen und eine Decke, damit sie auf dem Boden neben mir schlafen kann. Ich teile mein Bett nur mit meinem Geliebten."

Ich halte den Atem an. „Sie ist ein kleines Mädchen, das unter dem Verlust des einzigen Vaters leidet, den es je kannte."

„Das sage ich ja. Wenn wir eine Familie werden, wäre es gut für sie." Sie trinkt einen Schluck Kaffee, verzieht das

Gesicht und kippt ihn ins Spülbecken. „Nächstes Mal, wenn ich vorbeikomme, bringe ich dir guten Kaffee. Nora, wir gehen jetzt."

Nora sieht auf, ihr Blick geht von ihrer Mom zu mir. „Daddy."

Ich gehe zu ihr und setze mich neben sie aufs Sofa. Ich war vorsichtig und habe sie nicht berührt, will sie zu mir kommen zu lassen, anstatt sie einfach in meine Arme zu ziehen, wie ich das gerne will. Kinder, denke ich, sind wie Tiere, sie brauchen Zeit, um warm mit einem zu werden. Man muss sich ihr Vertrauen verdienen.

Sie blickt mit großen, unschuldigen Augen, die Farbe des Himmels wie meine, zu mir auf. „Besuchst du mein neues Haus?" Sie spricht sehr gut für ihr Alter. Sie wird in ein paar Monaten drei.

„Nicht heute. Ich muss arbeiten, aber ich würde dich gern am Wochenende besuchen."

Sie klettert auf meinen Schoß und starrt mich an. „Ist ein Hund wieder krank?"

„Ich bin mir nicht sicher, aber ich muss da sein, um nach-zusehen. Manchmal habe ich auch Katzen, Eidechsen oder Vögel. Jeder Tag ist eine Überraschung."

Sie streichelt meine Wange. „Guter Tiaz." Tierarzt ist noch schwierig für sie.

„Sie nennen mich Dr. Russo."

Sie verzieht das Gesicht. „Hunde können gar nicht sprechen."

Ich unterdrücke ein Lachen. „Nicht die Hunde. Ihre Besitzer nennen mich so."

„Gibst du den Hunden Spritzen? Ich hasse Spritzen."

„Manchmal ja. Um sie gesund zu halten, genau wie bei dir."

Sie windet sich von meinem Schoß und verteilt die Cheerios über den ganzen Boden.

„Lass uns die aufheben, Nora", sage ich.

Sie bückt sich, um sie aufzuheben, und schiebt sich eins in den Mund.

„Iss die nicht mehr", sage ich und halte die Snackdose hin. „Leg sie hier rein und dann werfe ich sie weg."

Lexi stürzt herüber und ergreift Noras Hand. „Nein! Die sind schmutzig. Gehen wir." Sie hebt sie hoch und geht zur Tür hinaus.

„Bye, Daddy!"

Ich lehne mich erschöpft gegen das Sofa. „Bye, Nora."

Eve

Ich lasse Dominic hinter mir. Ich habe jetzt seine Nummer blockiert, also keine Anrufe oder SMS mehr. Glücklicherweise habe ich mich seit dem verheerenden Morgen vor vier Tagen voll und ganz mit Jenna und dem Baby beschäftigt. Ich habe Jenna alles über das überraschende Wecken seines kleinen Mädchens am Morgen erzählt, das er nicht erwähnt hatte. Sie denkt, ich sollte ihm eine Chance geben, es zu erklären, worum er mich in seinen SMS gebeten hat, bevor ich ihn blockiert habe. Nachdem ich mit ihm über meine Vergangenheit gesprochen hatte, was für mich nicht leicht ist, hatte ich erwartet, zumindest grundlegende Dinge über ihn zu erfahren. Was für ein Dad erkennt nicht an, dass er ein Kind hat?

Es ist ein wunderschöner Sonntag kurz vor Mittag, und Jenna und ich nehmen Theo mit auf einen Kinderwagenspaziergang um den Lake Summerdale. Eli macht eine wohlverdiente Pause, nachdem er am Samstag eine Tagesschicht gearbeitet hat und in der Nacht mit Theo aufgestanden ist. Ich habe angeboten, ein paar nächtliche Fütterungen zu übernehmen, aber sie haben das Kinderbett in ihrem Zimmer, damit sie schnell zu ihm kommen, und erledigen es ohne mich. Leider wache ich trotzdem auf, wenn ich ihn weinen höre. Es ist wie ein sehr lauter Wecker um zwei Uhr morgens.

Ich atme die frische Luft ein, mit einem Hauch des kommenden Winters. Ich vermisse den Winter nicht, aber ich vermisse die leuchtenden Rot-, Orange- und Gelbtöne des Herbstlaubs. Der See ist das Zentrum der Stadt, mit Straßen, die wie Speichen an einem Rad von ihm wegführen. Wir befinden uns auf einem gepflasterten Wanderweg um den See.

„Die Blätter beginnen gerade, sich zu verfärben", sagt Jenna. „Es ist Theos erster Herbst. Siehst du das Rot da drüben hervorlugen?" Sie beugt sich vor, um nach ihm in seinem Kinderwagen zu sehen. Er schläft.

„Sieht so aus, als würde er schlafen, wenn du dich nur weiterbewegst", sage ich.

„Ich werde dieses Babygewicht im Handumdrehen verlieren", scherzt sie.

„Bitte. Du hattest nie Babygewicht. Es war alles Baby."

„Ich hab' schon was. Glaub mir." Sie sieht plötzlich alarmiert aus. „Dominic", flüstert sie.

Ich blicke auf und sehe Dominic, Lexi und Nora, die auf uns zukommen. Nora ist zwischen ihnen und hält mit jeder Hand einen. Mein Magen dreht sich langsam. Sie sehen aus wie eine Familie. Ich möchte mich umdrehen und in die andere Richtung gehen, aber diese Konfrontation lässt sich nicht umgehen.

„Hi Dominic", sagt Jenna und lächelt ihn an. „Darf ich dir Baby Theo vorstellen? Er schläft allerdings."

Er wirft einen Blick auf das Baby. Nora folgt ihm und packt den Fuß des Babys durch die Decke. Dominic nimmt ihre Hand aus dem Kinderwagen. „Herzlichen Glückwunsch!"

„Danke", sagt sie und sieht Nora neugierig an.

„Das ist meine Tochter, Nora."

Nora umklammert sein Bein, plötzlich schüchtern.

Lexi kommt zu uns. „Ich bin Lexi, Noras Mom."

Dominic stellt mich und Jenna vor. Dann sagt er: „Eve, ich wollte mit dir reden."

Ich bemühe mich um einen neutralen Ausdruck, verberge, wie sehr es mich schmerzt, ihn so zu sehen. „Nicht nötig. Wie ich sehe, bist du mit deiner Familie beschäftigt."

„Schön, jetzt offiziell vorgestellt worden zu sein", sagt Lexi und klingt amüsiert.

Ich werfe ihr einen Todesblick zu. Es ist nichts Lustiges daran, einfach reinzuplatzen, während der Ex gerade mit jemand anderem im Bett ist. Ein Moment unangenehmer Stille wird unterbrochen, als Nora ruft: „Enten!", und auf den See zurast.

Dominic rennt ihr nach. Lexi zuckt lässig mit den Schultern und folgt ihnen.

Jenna und ich gehen in zügigem Tempo weiter. Sobald wir aus der Hörweite sind, sagt sie: „Ich verstehe, was du mit Lexi meinst. Sie klang, als würde sie sich lustig über dich machen, weil du nackt im Bett erwischt worden bist, während sie diejenige ist, die sich da reingeschlichen hat."

„Und das Kleinkind auch noch vorgeschickt hat."

„Böse Frau. Nora ähnelt Dominic um die Augen. Es *ist* seltsam, dass er Nora nie erwähnt hat. Ich arbeite ständig mit ihm im Tierheim und für Spendenaktionen, und er hat nie ein Wort gesagt. Sie scheint zwei oder drei zu sein. Es muss ein Schock für ihn gewesen sein, sie erst vor ein paar Monaten kennengelernt zu haben. Vielleicht muss er sich noch an die Vorstellung gewöhnen."

Ich atme kräftig aus. „Sieht so aus, als ob sie versuchen, sich um Noras Willen zusammenzuraufen."

Sie schweigt ein paar Augenblicke. „Vielleicht. Aber sie haben sich aus einem bestimmten Grund scheiden lassen."

„Mom und Dad auch, und jetzt sind sie wieder zusammen."

„Aber Lexi hat ihn betrogen. Ich bin mir nicht sicher, ob man das verzeihen kann, weißt du? Dass sie ihm sein Kind so lange vorenthalten hat. Es klingt, als hätte sie es ihm nur gesagt, weil ihr Mann gestorben ist."

„Sie braucht wahrscheinlich Unterhalt für das Kind." Ich schüttle den Kopf. „Es ist viel zu chaotisch. Ich möchte nicht da reingezogen werden. Er muss sich um einiges kümmern; seine Tochter braucht ihn; seine Ex braucht ihn. Ich nicht. Es ging mir gut, bevor ich ihn kennengelernt habe, und danach wird es mir auch wieder gutgehen."

Sie legt ihren Arm um meine Schultern und umarmt mich von der Seite. „Es tut mir leid, dass es so ausgegangen ist."

Meine Unterlippe zittert, und ich beiße mit meinen Zähnen darauf. „Ja."

„Wenn es hilft, er sah aus, als wollte er wirklich mit dir reden. Vielleicht ein paar Sachen klären."

„Tut es nicht."

12

Drei Tage später denke ich immer noch an Dominic. Ein Teil von mir will mit ihm reden, reinen Tisch machen oder was auch immer. Die Dinge haben ein wirklich schlechtes Ende genommen. Aber dann sage ich mir, dass es keinen Sinn hat, die Fakten wieder aufzuwärmen. Er hat mir eine große Sache vorenthalten, deshalb kann man ihm nicht trauen. Den meisten Männern nicht. Außer Dad war noch nie ein Mann für mich da, wenn ich ihn brauchte. Man kann sich einfach nicht auf einen Mann verlassen. Ich wusste das, aber wie ein Dummkopf habe ich wieder vertraut. Ich bin wieder im Karate-Kurs, hauptsächlich um die Scheiße aus einem Boxsack zu schlagen.

Drew begrüßt mich herzlich, sobald ich reinkomme. „Hey, du bist wieder da! Kann ich dich in den Wochenplan eintragen?"

„Klar, warum nicht. Ich werde wahrscheinlich bis Ende Oktober hier sein. So beschissen laufen die Streikverhandlungen. Alles in meinem Leben ist im Moment beschissen. Daher der Boxsack."

„Großartig! Bin gleich zurück."

Ich lege meine Socken und Schuhe in ein Fach im Regal. Ein paar Leute auf der Plattform dehnen sich und üben ihre

Schläge und Tritte. Jeder hier ist ein weißer Gürtel. Audrey ist nicht da. Sie wurde in den Fortgeschrittenenkurs befördert.

Ich gehe zur Öffnung in den Seilen, um auf die Plattform zu klettern, als Drew mich abfängt und einen ordentlich gefalteten Karateanzug mit einem weißen Gürtel auf der Oberseite hält.

Er reicht ihn mir, seine Augen auf meine gerichtet, ganz sachlich. „Das ist dein *Gi*. Komm mit, ich zeige dir die Damenumkleide, und dann können wir uns für ein paar Minuten in meinem Büro treffen."

„Bevor ich das mache, wie viel kostet jede Stunde?"

„Es gibt eine feste Gebühr, aber wenn du finanzielle Probleme hast, können wir eine Lösung finden. Reden wir in meinem Büro."

Ich folge ihm zur Damenumkleide, wo sich eine Gruppe von Frauen umzieht. Der Club der verheirateten Frauen, hier für den Augenschmaus. Könnten sie nicht dasselbe Prickeln bekommen, wenn sie einen Fernsehstar oder ein Model im Internet bewundern? Ich sag' ja nur, es ist viel Zeit und Geld, nur um wöchentlich Drew anstarren zu können.

Ich sehe von der Seite eine der Frauen an, ob sie etwas unter ihrem *Gi* trägt. Okay, sie hat ein T-Shirt darunter an. Ich ziehe mir meine Jogginghose aus und die weiße Karatehose an. Sie ist irgendwie steif. Als Nächstes ziehe ich das Oberteil über mein T-Shirt, wickle den Gürtel um mich und binde ihn in einen Doppelknoten. Ich sehe in einen Spiegel in der Nähe, überrascht, wie professionell ich aussehe. Mit diesen Händen könnte ich tödlich sein. *Hi-ya!*

„Schön, dich wiederzusehen, Eve", sagt eine rothaarige Frau zu mir.

Ich drehe mich um und sehe, dass sie mich anlächelt. Ihre beiden Freundinnen winken mir zu. „Finde ich auch. Tut mir leid, ich habe eure Namen vergessen."

Sie rasseln sie herunter, und ich zeige auf jede nacheinander, um die Namen in meinem Kopf zu zementieren. „Marcy, Carla, Jen, richtig?"

„Fast", sagt die kleine Brünette. „Joan."

„Joan. Wir sollten Namensschilder im Anfängerkurs tragen."

„Du wirst das bald hinbekommen", sagt Joan freundlich.

Sie gehen, und ich stehe einen Moment lang da und staune darüber, wie freundlich alle in Summerdale zu mir sind. In L.A. ist das nicht so. Ich gehe rüber zu Drews Büro nebenan.

Er sitzt hinter einem alten Holztisch und bedeutet mir, ich solle den Plastikstuhl ihm gegenüber nehmen. Er schiebt einen zweiseitigen Vertrag über den Schreibtisch. Es geht vor allem darum, wofür Robinson Martial Arts Academy steht: Ehre, Respekt, Selbstwertsteigerung, *blablabla*. Ich überfliege eine Reihe von Haftpflichtsachen und komme endlich zu den Wochen- und Monatsgebühren. Es gibt auch einen Rabatt für einen einjährigen Vertrag. Das ist für mich tatsächlich wöchentlich machbar. Ich bin L.A.-Preise gewohnt.

„Wöchentlich ist in Ordnung", sage ich, nehme einen Stift aus einem Pappbecher voller Stifte auf seinem Schreibtisch und unterzeichne den Vertrag.

Er steht auf und verbeugt sich ein wenig. „Willkommen in der Robinson Martial Arts Academy."

Ich stehe auf und verbeuge mich auch, da es eine gegenseitige Verbeugungssituation ist. „Danke dir!"

„Du solltest mich *Sensei* nennen. Es bedeutet Lehrer."

Er kommt hinter dem Schreibtisch hervor und bedeutet mir, ihm zu folgen. „Kommt dein Freund heute auch?"

Ich wirbele zu ihm herum. „Er ist nicht mein Freund."

Seine Brauen ziehen sich zusammen. „Oh!"

Ich frage mich, ob er jetzt darüber nachdenkt, ob Dominic wegen Audrey hier war, und ob ich sagen sollte, dass das nicht der Fall war, aber dann entscheide ich, es wäre das Beste, wenn ich mich einfach aus der ganzen Drew-Audrey-Sache raushalte.

Ich trete auf die Matte. Die Frauen aus der Umkleide folgen einen Moment später.

Drew joggt in den vorderen Teil des Raums und reibt sich die Hände. „Fangen wir an, Klasse."

„Ja, *Sensei*!", sagen wir alle zusammen.

Nach dem Unterricht fühle ich mich gut, wie aufgepumpt von meinem Workout. Ich habe den Boxsack wirklich ordentlich verdroschen mit meinen kräftigen Schlägen und Kicks.

Drew taucht an meiner Seite auf, als ich zurück zur Damenumkleide gehe. „Gute Arbeit heute, Eve. Deine Form war viel besser bei deinen Schlägen."

„Danke, *Sensei*."

„Du kannst mich Drew nennen, wenn wir nicht auf der Matte sind."

Ich sehe ihn an. Er lächelt nicht, aber seine Augen scheinen weniger vorsichtig zu sein. Ist das der Beginn einer Freundschaft? Vielleicht könnte ich ihn für meine Drehbuchrecherche mehr zu seinem Hintergrund befragen.

„Wie geht's Jenna und dem Baby?", fragt er.

„Großartig! Jenna macht das so gut mit ihm. Theo ist umwerfend."

„Natürlich ist er das. Er ist ein Robinson." Theo ist sein Neffe.

Ich lächle. „Du solltest am Wochenende vorbeischauen, um ihn zu besuchen. Wir bestellen am Samstagabend was zum Essen mit meinen Eltern. Je mehr, desto besser."

„Vielleicht werde ich das."

Ich lächle, als ich die Damenumkleide erreiche. Er tritt zurück und wirbelt dann in eine defensive Haltung, um sich den drei Frauen zu stellen, die ich vorhin getroffen habe. Whoa. Killerreflexe.

„Hi, *Sensei*", sagt Marcy kichernd. „Der Kurs war großartig heute Abend."

Die anderen Frauen beeilen sich, zuzustimmen.

„Freut mich, das zu hören." Er verschwindet in sein Büro.

Ich ziehe mich schnell um, meine Gedanken kehren wieder zu Dominic zurück. Ich wünschte, ich könnte ihn aus dem Kopf bekommen. Und aus meinem Herzen. Verdammt soll er sein! Ich wäre nicht so verdreht seinetwegen, wenn er nicht in mein Herz gedrungen wäre.

Ich verabschiede mich von den anderen Frauen und gehe zur Kammer für meine Socken und Schuhe.

Gerade als ich meine Sneakers fertig geschnürt habe, öffnet sich die Tür. Bevor ich überhaupt aufblicke, weiß es ein Teil von mir. Ich sehe Dominic in die Augen, mein Herz rast, bin sofort aufgeregt, meine Nerven roh und verletzlich.

Er ist gekommen!

Das spielt keine Rolle. Er hat gelogen, und man kann ihm nicht trauen.

„Ich hatte gehofft, dich hier zu finden", sagt er. „Können wir reden? Ich würde es gern erklären."

„Dominic, du musst mir gar nichts erklären." *Weil es vorbei ist.*

Ich gehe zur Tür. Er hält sie für mich offen, lässt mich vor sich nach unten gehen. Er folgt und holt mich auf dem Bürgersteig ein.

„Einen Drink", sagt er und streicht eine Strähne hinter mein Ohr. Er ist nah genug, dass sein köstlicher Duft über mich wäscht, was mich in den Knien schwach werden lässt. Saubere Seife, Meer und etwas, das deutlich nach sexy Dominic riecht.

Ich stoße einen zittrigen Seufzer aus. Das hier ist der einzige Mann, der es seit Urzeiten geschafft hat, meine Barriere zu überwinden. Und wenn es nur Sex wäre, wäre ich jetzt fertig. „Okay, einen Drink. Im Horseman Inn. Ich habe gesehen, wozu ein Getränk bei dir führt."

Er streichelt mir die Haare aus dem Gesicht zurück, seine Lippen streifen meine Schläfe. „Danke dir!"

Dominic und ich treffen uns auf dem Parkplatz des Horseman Inn. Es ist eine kurze Fahrt. Er hält mir die Tür des Restaurants offen, und ich gehe mit steifen Beinen hindurch. Ich weiß nicht, warum ich mich für weitere Verletzungen öffne. Wir haben einander nichts versprochen. Was immer er zu sagen hat, sollte überhaupt keine Rolle spielen.

Ich verlangsame meinen Schritt, und seine Hand drückt auf meinen unteren Rücken und führt mich vorwärts.

Ein paar Minuten später bekommen wir einen Ecktisch im hinteren Gastraum. Es ist ruhig hier drinnen an einem Mittwochabend, und wir sind die Einzigen im hinteren Raum. Ein paar Jungs sehen sich das Spiel im Fernsehen über der Bar an. Was ein neutrales Setting angeht, kann man es nicht besser machen.

Eine Kellnerin um die sechzig, mit blond gefärbten Haaren, kommt an unseren Tisch. „Hi, Dr. Russo."

„Hi, Ellen, wie geht's Tiger?" Er kennt wahrscheinlich jeden in der Stadt durch dessen Haustiere.

„Es geht ihm schon viel besser, danke. Ist gleich wieder losgesprungen."

„Freut mich, das zu hören", sagt Dominic.

Ellen dreht sich zu mir um. „Und Sie müssen Jennas Schwester sein, Eve. Sie sehen genauso aus wie sie."

Ich lächle. „Das stimmt. Schön, Sie kennenzulernen!"

„Die Küche schließt in einer halben Stunde, wenn Sie was essen wollen. Ansonsten ist die Bar bis zehn Uhr geöffnet."

„Nur Sprudelwasser für mich", sage ich.

„Ich nehme das Gleiche", sagt Dominic.

Sie neigt den Kopf. „Sollen Sie haben."

Dominic wechselt die Plätze, um neben mir zu sitzen. „Hör zu, es tut mir leid, dass du so von Nora erfahren musstest. Lexi hatte kein Recht, einfach reinzukommen."

Mein Magen brennt. „Es ist nicht so, als hätten wir einander irgendwas versprochen."

„Es war trotzdem nicht richtig."

Ich starre auf den Tisch, ein Kloß von Emotionen hat sich in meinem Hals festgesetzt. Ich weiß nicht, wie oder wann, aber irgendwie hat Dominic es mir angetan. Ich hasse es, mich so verletzlich zu fühlen.

Er neigt mein Kinn nach oben und zwingt mich, ihn anzusehen. „Ich muss mich immer noch an die Vorstellung gewöhnen, dass ich ein Kind habe, und ich war mir nicht sicher, wann ich es erwähnen sollte. Ich wusste nicht, ob wir eine gemeinsame Zukunft haben, oder ob es dich vergraulen würde."

„Ich hätte es dir nicht vorgehalten, wenn du ehrlich gewesen wärst."

„Ich bin eingerostet bei diesem Beziehungskram und neu in der Dad-Sache. Das ist meine einzige Entschuldigung."

Ich bin immer noch nicht sicher, ob ich ihm vertrauen kann. „Das war eine ziemlich große Sache, die du da geheim gehalten hast. Was hast du mir sonst noch nicht gesagt?"

„Ich weiß nicht, Eve. Was hast du mir sonst noch nicht gesagt?"

„Ich habe dir von meinen Eltern erzählt", bringe ich erstickt hervor. Obwohl ich nichts von der Scham wegen meines Unfalls und der danach folgenden Sucht erzählt habe. Ganz zu schweigen von den Details der schrecklichen Reihe von Beziehungen während dieser Zeit und meiner Scheidung. Ich habe mich in ein paar schlimme Situationen gebracht. Es war schwer genug, mich zu einer Sache zu öffnen, und dann wurde ich mit dieser riesigen Überraschung geschlagen.

Er reibt mir den Rücken mit einer beruhigenden Geste. „Ich bin mir sicher, dass wir mit der Zeit mehr übereinander erfahren könnten. Solange du hier bist, würde mir das gefallen. Ich wusste nur nicht, was ich über Nora sagen sollte oder wann. Noch einmal: Es tut mir leid, dass du es so erfahren hast."

Ich starre auf den Tisch, meine Kehle ist zugeschnürt. „Ihr saht wie eine Familie aus, als ich euch am Sonntag am See gesehen hab'. Ich möchte dem nicht im Weg stehen. Das ist Nora gegenüber nicht fair." Ich schlucke kräftig und zwinge mich, seinem Blick zu begegnen. „Ich bin mir nicht sicher, dass das hier eine gute Idee war."

„Du hast gesagt, ein Getränk. Wir hatten es noch nicht."

Ich sehe, wie Ellen mit unseren Gläsern Mineralwasser kommt. Ich zwinge mich, freundlich dreinzublicken, auch wenn ich innerlich aufgewühlt bin. Sie stellt das Wasser vor mich. „Danke Ihnen!"

„Gern geschehen", sagt sie. „Und für Sie." Sie stellt Dominics Wasser ab. „Sicher, dass Sie nichts essen möchten?"

„Wir brauchen nichts", sagt Dominic.

Sie nickt und geht davon. Ich habe wirklich Durst nach dem Karatekurs, also trinke ich schon mal, während er anfängt zu reden. Ich bemühe mich, einen neutralen Ausdruck zu bewahren. Ich will mir nicht anmerken lassen, wie schwierig es ist, über diese Nacht zu reden, denn dann weiß er, dass es mir zu wichtig ist.

„Eve, ich möchte nie viel über meine Scheidung erzählen, denn ehrlich gesagt, ist es demütigend. Schlimm genug, dass sie mich betrogen hat, aber dann auch noch mit seinem Baby schwanger zu sein. Das lässt mich wie einen Idioten dastehen."

„Nur, dass sie gelogen hat."

„Du kannst dir vorstellen, wie geschockt ich damals war und wie verletzt. Ich habe es nie in Frage gestellt, und im Nachhinein hätte ich es tun sollen." Er fährt sich mit einer zittrigen Hand durchs Haar. „Das hätte von Anfang an ich bei Nora sein sollen, nicht Sam."

Ich will ihn trösten, meine Arme um ihn legen und ihm den Schmerz nehmen, aber ich bin wie erstarrt. „Du hast recht."

„Sam ist im vergangenen Mai bei dem, was er geliebt hat, ums Leben gekommen: beim Rennen. Ich kannte ihn nicht gut. Hatte ihn vorher nur einmal getroffen. Er war von Lexis Schwester geschieden, als ich mit Lexi zusammenkam."

Die Neugierde geht mit mir durch. „Wie hast du Lexi kennengelernt?"

„Irgendwie zufällig auf einer Party. Sie war die Freundin eines Freundes. Ich hatte gerade mit Veterinärmedizin begonnen. Wir haben nach nur wenigen Monaten geheiratet und uns kurz vor unserem zweijährigen Jubiläum scheiden lassen."

„Ich habe nur ein Jahr Ehe geschafft. Er war in eine andere Frau verliebt, also hatte es keinen Sinn."

„Das muss hart gewesen sein."

„Nicht so schlimm wie das, was du durchgemacht hast."

Er atmet scharf aus und sieht zur Decke. „Das stimmt. Jedenfalls wusste ich nichts von Nora, bis einen Monat nach Sams Tod. Lexi hat mich am Vatertag mit den Neuigkeiten überrascht und uns vorgestellt. Die ganze Zeit, in der ich meine Tochter bewundernd anstarrte, redete Lexi über Kindesunterhalt, da ihr mit dem Tod ihres Mannes eine große Veränderung im Lebensstil bevorstand. Ich hatte eine Lebensversicherung, aber nicht genug für Lexi, um weiter Geld auszugeben, wie sie wollte."

„Entschuldigung, ich versuche nicht, voreingenommen zu sein, aber was hast du je in Lexi gesehen? Sie klingt wie eine Abzockerin."

Er stößt ein freudloses Lachen aus. „Sie ist arm aufgewachsen und hat sich den Weg daraus gekrallt. Das verstehe ich. Aber bevor wir geheiratet haben, war sie einfach ... lustig, bereit für alles. Es gab eine Zeit, als Lexi mich ansah, als wäre ich ihre Welt." Er wirft mir einen schiefen Blick zu. „Ich dachte, das bedeutet, dass wir zusammen alt werden. Sie hat ihr wahres Gesicht gezeigt, nachdem wir geheiratet hatten, gab Geld aus, das wir nicht besaßen, und harkte immer auf mich ein, für meinen Job nach dem Abschluss Verbindungen in einer wohlhabenden Gegend zu knüpfen. Nach nur sechs Monaten war es zwischen uns ausgefranst. Sie schien einfach nie glücklich zu sein. Ich habe versucht, es hinzubekommen, aber ich hatte auch eine Menge Unikram zu erledigen. Ich kann nicht sagen, dass es ihre Schuld war, dass die Ehe gescheitert ist. Sie war einsam."

„Das ist keine Entschuldigung für das, was sie getan hat."

Er presst seine Lippen grimmig aufeinander. „Stimmt. Jedenfalls hat Lexi mich Nora als Daddy vorgestellt. Ich dachte, es wäre verwirrend für sie, aber Nora hat einfach mitgemacht. Sie ist zweieinhalb, wird drei im Dezember. Ich frage mich, ob, wenn Sam nicht gestorben wäre, ich jemals erfahren hätte, dass ich eine Tochter habe." Seine Stimme erstickt.

Ich drücke seine Hand. „Das ist solch ein Verrat! Schlimmer noch als Betrug, weil ein Kind involviert ist."

Er trinkt einen Schluck Wasser und seufzt. „Ich habe schon vermutet, dass sie meine Tochter ist, als ich ihre Augen sah, aber ich habe trotzdem einen Vaterschaftstest machen lassen. Sie hat Lexis Gesicht. Ich habe mich gefragt, ob, wenn es ein Junge wäre, er mir mehr ähneln würde. Nicht, dass ich von einer Tochter nicht begeistert bin." Ein sanfter Blick kommt über seine Augen. „Sie ist umwerfend!"

Er liebt sie, und ich freue mich darüber. Gleichzeitig weiß ich, dass ich nicht in dieses Bild gehöre.

„Klingt nach einer komplizierten Situation. Das Letzte, was ich will, ist, da reingezogen zu werden."

„Tust du ja auch nicht. Dieses Leben wird von dem getrennt sein, das wir haben."

Ich zwinge mich, meine schlimmste Angst auszusprechen. „Lexi will, dass ihr drei eine Familie seid, das heißt zwei Eltern, die mit ihrem Kind zusammenleben. Das merke ich."

„Aber das ist nicht das, was ich will. Sie hat ein paarmal vorgeschlagen, dass wir wieder zusammenkommen, und Nora als Ausrede benutzt. Aber ich kann ihr auf keinen Fall verzeihen, was sie mir genommen hat. Ich habe *zwei Jahre* im Leben meiner Tochter verpasst!"

Ich betrachte seinen aufrichtigen Ausdruck, und etwas in mir entspannt sich. Ich stehe hier keiner Familie im Weg. Er liebt Lexi nicht.

Er fährt fort: „Du solltest außerdem wissen, dass Lexi und Nora nach Summerdale ziehen. So kann ich Nora jeden Sonntag sehen, und ich hoffe mehr."

Mir bleibt der Mund offenstehen, und ich schließe schnell den Mund. „Wow! Hast du das erwartet?"

Er reibt sich mit einer Hand über das Gesicht. „Du hast gesehen, wie Lexi tickt, dass sie meinen Schlüssel kopiert hat und einfach so bei uns reingeplatzt ist, und mich am Vatertag mit der Ankündigung überrascht hat, dass ich Vater bin.

Natürlich wusste ich das nicht. Sie ist aus ihrem hochnäsigen Mom-Zirkel ausgeschlossen worden, weil Nora nicht in eine der privaten Vorschulen in der Stadt gekommen ist, also beginnt Lexi hier von vorn."

„Weil du hier bist."

„Das und weil wir gute öffentliche Schulen haben."

Mein Verstand geht alle Fakten durch, während ich versuche herauszufinden, wie ich mich fühle.

„Mir liegt was an dir, Eve." Er streichelt mir die Haare aus dem Gesicht zurück und berührt meine Wange. Ich spüre, wie meine Abwehr zerbricht. „Bitte schließ mich nicht deswegen aus."

„Ich möchte nicht verletzt werden", flüstere ich.

„Das wirst du nicht." Er küsst meine Schläfe, meine Wange, meinen Kiefer. Seine Worte sind heiß gegen mein empfindliches Ohr. „Alles zwischen uns wird von jetzt an offen und ehrlich sein. Nur das, womit du dich wohlfühlst."

Ich ziehe mich zurück, um ihn anzusehen, schwebe am Rande zwischen Vernunft und Emotionen.

Seine blauen Augen sind warm auf meinen und zart, so zart. Er nimmt mein Gesicht in seine Hände und senkt langsam den Kopf, bis seine Lippen meine treffen. Der Ansturm der Emotionen beim Kontakt, das überwältigende Gefühl von Richtigkeit entscheidet für mich. Ich gebe mich dem hin und genieße das Gefühl seiner samtigen Lippen, seines Geschmacks, seines Dufts.

Er zieht sich zurück, seine Finger verharren noch für ein letztes Streicheln, meinen Kiefer entlang bis zur Linie meines Halses. Ein Schauer durchfährt mich. „Lass mich dich nach Hause bringen."

Ich nicke und stehe auf wackeligen Beinen auf. Ich weiß nicht, wohin das hier führt, aber ich will es herausfinden. Ich bin bereit für was Echtes.

13

Dominic

Ich fahre zu Jenna und Eli, um Eve zum Abendessen abzu-
holen, unser erstes richtiges Date. Ich bin nervös wie ein
Teenager. Ich weiß, dass das in meinem Alter und mit meiner
Erfahrung lächerlich ist. Es ist nur, dass Eve anders ist. Besonders. Emotionen, von denen ich dachte, dass sie lange
begraben waren, kommen wieder auf – Hoffnung auf eine
Zukunft, Sehnsucht, intensive Lust. Ha! Wir haben das Pferd
in dieser Abteilung ein wenig von hinten aufgezäumt, aber
ich werde versuchen, die Dinge so weit zu verlangsamen,
dass wir uns kennenlernen können.

Ich klingele an der Tür und schaukele auf meinen Fersen
hin und her.

Jenna öffnet, ihre grünen Augen leuchten vor Schalk. „Dr.
Russo, ich wusste gar nicht, dass Sie auch Hausbesuche
machen!" Ihre Hunde, Mocha und Lucy, eilen herbei, um
mich zu begrüßen. Nach einem kurzen Bellen schnüffeln sie
beide laut an mir. Ich bin mir sicher, dass sie mich erkennen.
Ich habe mich um Mocha gekümmert, bevor er adoptiert
wurde, und seitdem habe ich beide für ihre Untersuchungen
gesehen.

Jenna tritt zurück und bittet mich herein. „Eve macht sich
noch fertig. Sie hat sich schon vier Mal umgezogen."

Ich verberge ein Lächeln. Vielleicht nimmt Eve das so ernst wie ich. Mocha, ein brauner Pitbull, stupst meine Hand an, weil er gestreichelt werden will. Ich reibe seine Seite.

„Hey, Dominic", sagt Eli und erscheint aus der Küche, mit dem Baby auf dem Arm. Theo sieht behaglich aus in einem grünen Strampler mit passender Mütze.

„Hey!" Ich nähere mich ihnen. „Und wie geht's diesem kleinen Mann?"

Theo hebt den Kopf von der Schulter seines Vaters, um mich anzustarren.

Ich lächle. „Hi! Du siehst aus, als würdest du gleich einschlafen."

Eli lächelt zu ihm hinab. „So leicht ist das nie. Theo fordert Bewegung. Wir müssen entweder laufen, bis wir zusammen-brechen, oder ihn mit auf eine Autofahrt nehmen."

„Wenn er einmal läuft, wird er wahrscheinlich ständig in Bewegung sein."

Jenna schlägt sich gegen die Stirn. „Daran hatte ich nicht einmal gedacht. Jetzt haben wir es noch leicht."

„Ich würde nicht leicht sagen", sagt Eli.

Eve taucht auf und kommt eilig herunter zu uns. „Tut mir leid, dass du warten musstest."

Mein Mund wird trocken. Sie ist so schön! Ihr blondes Haar hat honigfarbene Strähnen, und der kurze Schnitt betont ihre hohen Wangenknochen, blauen Augen und üppigen Lippen. Und sie hat genau die richtige Anzahl an Kurven.

„Du bist das Warten wert", sage ich heiser.

Ihre Lippen teilen sich, ihre Augen weiten sich.

„Wow!", sagt Jenna. „Hier gibt's ernsthafte Chemie. Geht nur, ihr zwei. Viel Spaß heute Abend! Meinetwegen müsst ihr euch nicht beeilen zurückzukommen. Eli und ich bekommen einen Abend allein mit unserem anspruchsvollen Nachwuchs schon hin."

Eli lacht. „Ich hoffe, dass wir mehr als einen Abend allein hinbekommen können, da uns etwa achtzehn Jahre bevorstehen."

„Keine Sorge, als Teenager wird er viel einfacher zu

handeln sein", sagt Eve mit einem verschlagenen Lächeln. „Oder auch nicht."

Ich winke zum Abschied und führe Eve aus der Tür. Wir gehen zu meinem Auto, und ich öffne ihr die Beifahrerseite. „Du siehst schön aus", sage ich ihr.

Ihre Wangen färben sich zartrosa. „Danke!"

Sie steigt ein, ich schließe die Tür und nehme auf dem Weg zur Fahrerseite ein paar tiefe Atemzüge. Heute Abend fühlt sich irgendwie wie ein Test an, um zu sehen, ob wir eine Zukunft haben.

Sobald ich den Motor anlasse, sagt sie: „Ich habe mein Outfit nicht wirklich viermal gewechselt. Jenna wollte mich ärgern."

„Ich würde mich besser fühlen, wenn du es hättest, denn dann käme ich mir nicht so komisch vor, weil ich mich zweimal umgezogen habe."

„Das hast du?", fragt sie leise.

Ich hebe ihr Kinn und küsse sie. „Ich will, dass heute Abend alles perfekt für dich ist."

„Wohin fahren wir?"

„Happy Endings in Clover Park gleich hinter der Grenze in Connecticut. Das ist ein Restaurant und eine Bar, und hinten gibt es eine Tanzfläche, Jukeboxen und Billardtische. Klingt gut. Ich war bis jetzt nur in der Bar."

„Ich kenne das Lokal."

Ich fahre aus der Einfahrt und in Richtung Route 15. „Also warst du schon mal da?"

„Als ich klein war, war das das Garner's Sports Bar and Grill. Der hintere Bereich ist neu. Meine Familie und ich sind früher zum Brunch dahingegangen, und dann, nach der Scheidung, sind nur Dad und ich manchmal zum Abendessen dort gewesen. Wir haben in einer Wohnung in Eastman gelebt, der Stadt neben Clover Park."

„Für mehr Offenheit hat Audrey mich zu einem Drink an der Bar dort eingeladen, was rückblickend seltsam erscheint, da sie mir erzählt hat, dass sie jede Woche zur Ladys Night in die Horseman Inn Bar geht und sich dort regelmäßig mit ihren Freundinnen trifft."

„Sie wollte dich ganz für sich allein."

„Oder sie wollte nicht, dass uns jemand zusammen sieht."

„Ich fange an zu denken, dass wir nicht so viel Offenheit brauchen. Ich würde zum Beispiel lieber nichts von deinen früheren Verabredungen mit Frauen hören, die ich kenne oder nicht kenne."

„In Ordnung, aber ich möchte alles über deine Geschichte wissen."

Sie neigt den Kopf zur Seite, ihre Augen funkeln. „Nun, da war Ron, der einen Fußfetisch hatte. Ich musste die Grenze ziehen, als –"

„Ja, halt an! Ich muss nicht die sexuellen Neigungen früherer Männer kennen. Nur, na ja, außer deinem Ex-Mann, gab es da jemanden, mit dem es ernst war?"

„Sagen wir einfach, ich wollte verzweifelt mit den Männern in meinem Leben zusammenbleiben, und sie konnten mich nehmen oder verlassen, und sie haben mich normalerweise verlassen. Ich weiß, dass das eher ein Spiegelbild davon ist, wo ich zu diesem Zeitpunkt in meinem Leben war und welche schlechten Entscheidungen ich getroffen habe. Ich hatte jahrelange Therapie, um mein Selbstwertgefühl an einen Ort zu bringen, an dem ich bessere Entscheidungen treffe. Bis ich schließlich entschied, dass das Single-Leben für mich besser geeignet ist als jedes Mal dieser Aufruhr von Emotionen, wenn ich wieder mit jemandem eine Verbindung eingehen wollte. Und dann habe ich dich getroffen, und hier sind wir."

Ich halte langsam an, bevor ich auf die Route 15 fahre, und werfe ihr einen mitfühlenden Blick zu.

Sie starrt geradeaus. „Ich habe zu viel gesagt."

„Nein, ich bin froh, dass du das gemacht hast. Wir haben beide einige Sachen durchgemacht, aber das ist Geschichte. Wir müssen nicht darüber reden, wenn du nicht willst."

„Will ich wirklich nicht."

„Kein Problem. Erzähl mir von deiner Arbeit. Die klingt faszinierend."

Das bringt sie zum Reden. Und sie ist verdammt lustig, als sie das Autorenzimmer beschreibt und die Seltsamkeiten ihrer Kollegen, einschließlich des Hausleguan, den einer hat und von dem er nicht aufhören kann zu erzählen, und eines anderen Schreibers, der sich zum Brainstorming hinlegen muss und das häufig in der Mitte ihres Konferenztisches tut.

Bevor ich es weiß, sind wir schon in Clover Park. Im Gegensatz zu Summerdale, das wie ein Rad mit dem See im Zentrum der Stadt angelegt ist, ist Clover Park ein ordentliches Gitter mit der Main Street, die im Zentrum verläuft, und Seitenstraßen des Gitters, die zu Häusern, Kirchen und Schulen führen. Ich fahre auf den Parkplatz hinter dem Restaurant, gehe herum und öffne ihre Tür für sie.

„Hat deine Mom dir beigebracht, einer Frau die Tür aufzuhalten?", fragt sie. „Das ist eine aussterbende Tugend."

„Mein Dad hat das gemacht. Manche Frauen schätzen es, manche hassen es. Wo stehst du?"

Sie lächelt zu mir auf. „Mir gefällt das. Es fühlt sich an, als ob du dir extra Mühe gibst, damit ich mich wohlfühle."

„Das ist genau richtig."

Jetzt ist es schon dunkel, da wir die zweite Oktoberwoche haben, und die Luft beißt. Eve zittert. „Ich hätte eine Jacke mitbringen sollen. An dieses Wetter bin ich nicht mehr gewöhnt."

„Ich wünschte, ich hätte eine für dich."

Wir gehen schnell um die Seite des Gebäudes, und ich öffne die Tür für sie. Wir treten ein zu etwas, das aussieht wie eine Geburtstagsparty für jemandem. An jedem Tisch im Gastraum und am Pult der Tischanweiserin sind Ballons mit „Happy Birthday" sowie Luftschlangen. Jeder im Gastraum hat ein Stück Geburtstagskuchen vor sich. Es ist über das Geschwätz der Menge schwer zu hören, wie die Tischanweiserin uns begrüßt.

„Geschlossene Gesellschaft?", frage ich.

Die Tischanweiserin, eine junge Brünette, lächelt. „Nein.

Es ist Maggie O'Hares Halbgeburtstag. Sie feiert hier gerne, in der Hoffnung, dass viele Leute mitmachen. Einundneunzigeinhalb und immer noch fit."

„Feiert sie immer ihre Halbgeburtstage?", fragt Eve.

„Als sie neunzig wurde, entschied sie, dass ein Jahr zu lang ist, um mit dem Feiern zu warten. Das ist nur eine Ausrede für eine Party."

„Sie klingt wie eine lustige Lady", sagt Eve.

Die Tischanweiserin nickt. „Sie werden sie wahrscheinlich später mit ihrem Mann Jorge Tango tanzen sehen. Es sind hauptsächlich ihre Enkel und Urenkel hier, aber sie haben nur die beiden langen Tische hinten reserviert. Sie können überall sitzen, oder, wenn Sie es ein bisschen ruhiger wollen, versuchen sie's mit der Bar."

Ich sehe Eve an. „Bar?"

Sie nickt.

Genau in dem Moment steht das Geburtstagskind auf. Maggie ist eine weißhaarige Lady, die ein Diadem und ein Leopardentrikot mit einem fluffigen rosa Rock trägt. „Da ich heute halben Geburtstag habe, bin ich diejenige, die Geschenke verteilt", sagt sie. „Jeder bekommt eine kostenlose Stunde in Jorges Tanzstudio."

Es kommt ein kollektives Stöhnen von der Menge.

„Das schenkst du uns immer", beschwert sich ein Mädchen im Teenageralter.

„Du willst uns nur zum Tanzen bringen", sagt ein Junge.

Maggie macht eine großartige Geste. „Wer dieses großartige Geschenk ausschlagen will, sollte mir beweisen, was für ein guter Tänzer er ist. Hinterzimmer, alle!" Sie bedeutet einem älteren Mann mit schwarzen und grauen Haaren, sich ihr anzuschließen. Ich schätze, es ist Jorge, so, wie er sie ansieht. Sie führen eine Conga-Reihe ins Hinterzimmer.

Ich sehe zu Eve, ob sie vielleicht doch im Gastraum sitzen will, aber sie zeigt auf die Bar. „Sie kommen zurück", sagt sie.

Wir gehen zur Bar und nehmen zwei freie Plätze am Ende. Hier ist auch viel los, mit einer Gruppe von Frauen, die sich zusammengetan haben und lachen wie alte Freundinnen.

Eine von ihnen hebt ihr Glas: „Auf den Happy Endings Book Club!"

„Auf Happy Endings!", sagt eine andere.

„Ich hatte einen viel besseren Namen für den Club", sagt wieder eine andere. Sie hat rote Haare und ein Falken-Tattoo auf der Brust, das unter den dünnen Trägern eines schwarzen Tanktops zu sehen ist.

Eine atemberaubende blonde Frau mit langen Haaren und figurbetontem rosa Kleid schnaubt. „Mad, niemand wollte SLITS genannt werden."

„Ach, wirklich, Prinzessin Hailey. Nun, ich würde nicht sagen, dass HEBC wirklich von der Zunge rollt. Anders als slits." Sie lässt ihre Zunge herausschießen.

Die Frauen brechen in Lachen aus, bevor sie mit den Gläsern anstoßen und trinken.

Ich beuge mich an Eves Ohr und flüstere: „Willst du irgendwohin, wo es ruhiger ist?"

„Soll das ein Witz sein? So zu lauschen ist Gold für einen Schriftsteller. Ich sammle Dialoge und skurrile Persönlichkeitsmerkmale überall, wo ich hingehe."

„Im Ernst? Ich könnte also als Figur bei *Irreverent* auftauchen?"

Sie lächelt geheimnisvoll.

„Der schneidige Tierarzt mit der tollen Angeberkarre. Die Leute würden dafür auf jeden Fall einschalten."

„Ehrlich gesagt, ich benutze nie eine Person. Es ist eine Kombination von Merkmalen, alle zusammengemischt."

„Oh!"

Sie stupst meine Schulter mit ihrer an. „Aber ich persönlich genieße den schneidigen Tierarzt mit der Angeberkarre."

„Und ich genieße die schöne Autorin mit einem Herzen aus Gold."

Sie drückt eine Hand an ihr Herz und blinzelt ein paarmal. „Du glaubst, ich habe ein Herz aus Gold? Mir wurde gesagt, dass ich verschlossen bin, sogar kalt."

Ich nehme ihr Kinn und streichle ihre Wange mit dem Daumen. „Nicht die Eve, die ich kenne."

Unsere Blicke begegnen sich. Ich bin mir nicht sicher, wer sich zuerst bewegt, aber als Nächstes küssen wir uns leidenschaftlich. Ich wurde noch nie so zu einem Kuss hingezogen, wie sie mich anzieht, wie einen Ertrinkenden, der mehr und mehr braucht.

Plötzlich löst sie sich und legt ihre Hand an meine Brust, als wollte sie mich aufhalten. „Wir sollten was zu essen bestellen und was machen, was man bei einem Date macht."

„Was machst du normalerweise bei einem Date?"

Sie lächelt mich schelmisch an und streicht über meine Brust. „Ich lasse die Männer mich anbeten und den ganzen Abend schmeichelhafte Dinge sagen."

„Hmm, lass mich mir ein paar gute Sachen überlegen, die ich sagen könnte."

„Du musst darüber nachdenken?", sagt sie und tut empört.

Ich lächle. „Was für andere brillante Dinge hast du noch geschrieben? Hast du schon mal einen Film gemacht?"

„Eigentlich arbeite ich an einem Drehbuch über eine Fantasy-Welt namens Nadirr. Ich hatte ein paar optionale Skripte, aber bisher wurde keines erstellt. Es dauert lange, bis etwas in einen Film verwandelt wird, wenn überhaupt. Ich versuche es schon seit sieben Jahren."

„Fürs Fernsehen schreiben bezahlt also die Rechnungen, während du versuchst, einen Film zu machen."

„Eigentlich mag ich beides."

„Das ist toll, seine Arbeit zu mögen."

„Ich liebe sie."

Ich denke, sage aber nicht, *Dann bist du scheinbar am richtigen Ort, in L.A.* Ich will den Moment nicht ruinieren, indem ich das anspreche, was uns letztendlich trennen wird.

Eine Stimme übertönt die Menge der Frauen. „Es sind diese verdammten Campbell-Gene. Keine Sorge, er wird in etwa zwanzig Jahren ruhiger werden."

Mehr Lachen von den Frauen und ein Stöhnen.

Eve zieht einen kleinen Notizblock aus ihrer Tasche. „Ich muss das Zeug aufschreiben!"

Eve

Ich lächle immer noch über gestern Abend, als ich am nächsten Morgen in Dominics Wohnung dusche. Das Abendessen mit ihm war nicht nur so entspannt und unterhaltsam, wir hatten auch eine tolle Zeit danach, haben mit den Geburtstagsleuten und den witzigen Frauen von der Bar getanzt. Dann sind wir zu ihm gefahren, wo Dominic so nett war, sich noch mehr *Irreverent* anzusehen, was, wie er sagte, jetzt seine neue Lieblingssendung ist. Es hat mich daran erinnert, wie sehr ich meine Arbeit vermisse. Leider laufen die Verhandlungen nicht gut. Einige Beschwerden der Autoren wurden mit Gegenreaktion des Produzentenverbandes an die Presse weitergegeben. Es ist nie gut, wenn es in einem Pressekampf darum geht, wer in den Augen der Öffentlichkeit recht hat. Das einzig Gute ist, dass ich meinen Aufenthalt in Summerdale verlängern kann.

Hier ist so viel für mich. Ich verbinde mich mit meinem Baby-Neffen, fange mit Mom von vorn an (wir haben diese Woche wieder zusammen zu Mittag gegessen), genieße die Zeit mit meiner Schwester und meinem Schwager, treffe alle möglichen netten Menschen und knüpfe zum ersten Mal eine tiefe Verbindung zu einem guten Mann. Vorher hatte ich Angst, eine Beziehung einzugehen, aber als ich Jennas und Elis Beispiel aus nächster Nähe sah, den Schmerz darüber, dass Mom mich verlassen hat, überwunden habe, Dominic kennengelernt und ihn mich habe kennenlernen lassen, hat mir das alles erlaubt, offen für mehr zu sein.

Ich war noch nie so glücklich. Aber es ist alles nur vorübergehend. Mein wahres Leben mit meiner Traumkarriere ist 3.000 Meilen entfernt.

Ich schalte die Dusche ab, nehme ein Handtuch von einem Haken in der Nähe, trockne mich schnell ab und verdränge die Angst vor der Zukunft. Es ist die einzige Möglichkeit, das Jetzt zu genießen, und das Jetzt ist wirklich fantastisch! Ich entferne das Kondenswasser vom Badezimmerspiegel. Mein

Gesicht glüht vor Glück. Oh, ich habe einen Bartbrand seitlich an meinem Hals. Dominics Dreitagebart kommt nach einem halben. Ha-ha! Wir können die Hände nicht voneinander lassen.

Ich seufze, während ich eines von Dominics alten T-Shirts anziehe. Ich habe tatsächlich das Gefühl zu fliegen. Ich putze mir die Zähne mit der Zahnbürste, die er mir gegeben hat, und gehe zurück ins Schlafzimmer, um mir die Sachen von gestern anzuziehen, mit frischer Unterwäsche, die ich in meine Handtasche gepackt hatte. Hey, ich hatte nie erwartet, ihn nach unserem Date widerstehen zu können.

PJ hebt seinen Kopf und wirft mir einen müden Blick von seinem Fleecebett neben Dominics Bett zu. Er hat noch ein kleines Bett im Wohnzimmer und zieht je nach Laune von einem zum anderen. Meistens schläft er. Er bellt nie oder jammert, akzeptiert einfach das Leben, wie es kommt. Er ist fast wie eine Katze.

„Du kannst wieder schlafen", sage ich ihm.

Ich sitze auf der Matratzenkante, um meine Socken und Schuhe anzuziehen. Dominic ist für seine Samstagsschicht zur Arbeit gegangen, während ich ausgeschlafen habe. Ich weiß, dass er am Samstagnachmittag auch noch Zeit im Tierheim verbringt. Jenna hat mich ermutigt, ein paar Samstagnachmittagsschichten zu übernehmen, also dachte ich, ich würde mich ihm später anschließen. Sie geht oft mit den Hunden und macht alles, was sonst noch nötig ist. Hoffentlich hat er nichts dagegen, wenn wir mehr Zeit miteinander verbringen. Es ist nur so, dass ich nicht weiß, wie lange ich hier sein werde, also möchte ich irgendwie all das Glück einsaugen, das ich bekommen kann.

PJs Kopf hebt sich, seine schwarzen spitzen Ohren stellen sich auf, als die Wohnungstür geöffnet wird.

Ich gehe ins Wohnzimmer. „Hi!" Ich freue mich sowohl, Dominic zu sehen, als auch das, was er dabeihat – Kaffee und eine Kuchenschachtel von Summerdale Sweets. Ich liebe alle Rezepte meiner Schwester.

„Guten Morgen, Sonnenschein! Ich habe ein spätes Frühstück mitgebracht."

„Du wirst einfach immer fantastischer."

Er lächelt breit. „Ist das so?" Er stellt den Kaffee und die Schachtel auf die Küchenzeile. Er dreht sich zu mir um, und ich werfe mich in seine Arme und umarme ihn um die Mitte.

Er hält mich einen Moment lang, bevor er sich zurücklehnt. Seine große Hand streichelt mir über die Seite meines Gesichtes. „Ich wusste nicht, dass du einen süßen Zahn hast."

Ich muss unwillkürlich lächeln. „Ich bin nur glücklich. Ich hatte eine tolle Zeit gestern Abend und freue mich, dich heute zu sehen. Hast du was dagegen, wenn ich heute Nachmittag im Tierheim bin? Jenna wollte, dass ich wenigstens einmal ihren Platz einnehme, um zu helfen."

Er küsst mich. „Das klingt großartig."

Ich schaukele auf den Fersen vor und zurück. „Großartig!" Ich wende mich der Kuchenschachtel zu und öffne sie. Mmm, Heidelbeer- und Himbeermuffins mit Streuseln. „Ich glaube, ich bin verliebt."

„Was?"

Ich nehme einen Muffin und beiße hinein. „In die hier." Ich kaue und schlucke. „Dafür könnte ich sterben. Danke!" Meine Emotionen sind mir anzusehen. *Ich glaube, ich bin verliebt.* Ich habe das über die Muffins gesagt, aber ein Teil von mir meinte es über ihn.

Er betrachtet meinen Gesichtsausdruck. „Ich muss dich füttern."

Ich trinke einen Schluck Kaffee. „PJ hat dich vermisst, als du weg warst."

Er drückt mich an den Tresen, seine Augen leuchten vor Unfug. „Hat er das?"

Ich nicke, Blut strömt durch meine Adern. Er hebt mich auf den Tresen und stellt sich zwischen meine Beine. „Ich habe ihn auch vermisst."

Ich stelle mein Frühstück auf den Tresen und lege meine Arme um seinen Hals. „Dominic." Ein Wort, das mir mittlerweile so viel bedeutet. Ich weiß nicht, wie ich hier weggehen soll.

Und dann ist sein Mund auf meinem, seine Handfläche gleitet hinab über meine Wirbelsäule und drückt mich stärker gegen ihn. Dieser köstliche Kontaktpunkt schickt einen Rausch der Begierde durch mich.

„Nimm mich", sage ich zwischen den Küssen.

Er zieht mir die Kleider aus und unterbricht dabei kaum den Kuss. Plötzlich dreht er mich um und beugt mich über die Theke.

Verlangen kämpft mit nagender Sorge. Ich habe nicht vergessen, wie Lexi mit Nora hier hereingeplatzt ist. „Warte! Wir sind hier vollkommen im Offenen."

Seine Finger gleiten zwischen meine Beine und streicheln mich mit neckenden Kreisen. „Und?"

„Was, wenn deine Ex wieder reinkommt?"

Er küsst und beißt sanft an meinem Hals entlang, während seine Finger ihre Folter fortsetzen. Er zieht mein Ohrläppchen zwischen die Zähne. „Ich habe die Schlösser austauschen lassen."

Meine Gliedmaßen werden schwach, als meine letzte Verteidigung zerbröckelt. Ich höre das Knistern einer Kondompackung, und dann packt er meine Hüften, hält mich fest und dringt ein. Ich keuche, als er mich bis zum Anschlag ausfüllt.

Er flüstert mir ins Ohr: „Du bist so sexy! Ich werde dich jetzt kommen lassen."

Mein Atem kommt zitternd, ich weiß, dass er dieses sexy Versprechen einlösen wird. Er nimmt mich in langsamen, tiefen Stößen, während er mich liebkost und streichelt, und mir genau das gibt, was ich brauche. Leidenschaft war noch nie so überwältigend. Mein Verstand wird leer, und ich lasse los, ergebe mich allem, was er geben kann.

Er flüstert Lob in mein Ohr: „Ja, genau so!"

Ein Dunst der Empfindung trägt mich weg, und dann trifft er genau die richtige Stelle, und ich gehe hoch in einer Explosion, die mich bis ins Innerste erschüttert, Empfindungen strahlen Welle um Welle aus. Er reißt mich fest gegen sich, während er mit einem gutturalen Stöhnen loslässt.

Sein Atem klingt heftig an meinem Ohr. „Ich kann nicht genug von dir bekommen."

Mein Herz wird schwer. „Ich auch nicht." Es wird so schwierig werden, sich zu verabschieden. Ich wünschte, ich könnte aufhören, über die Zukunft nachzudenken, aber sie starrt mich einfach an wie ein großes AUSBLENDEN – der wunderschöne Summerdale-Film ist vorbei.

Er dreht mich zu sich um und hüllt mein Gesicht in seine warmen Hände. „Was ist los?"

„Nichts."

„Eve, sag es mir. Du klingst traurig. Ich dachte, du wärst glücklich, wie du es warst, bevor wir Sex hatten. Ich dachte, es war der Sex von letzter Nacht, der dich dazu gebracht hat."

Du bist es. Ich umarme ihn fest, drücke meine Wange an seine Brust und lausche dem soliden Schlagen seines Herzens. „Ich war einfach noch nie so glücklich, und es macht mir Angst, weil ich weiß, dass es mit der großen Distanz nicht halten wird."

„Wir lassen uns was einfallen."

„Aber du bist hier gebunden und ich bin –" Sein Mund bedeckt meinen und küsst den Protest von meinen Lippen. Der Kuss ist zärtlich, sogar liebevoll, sein Körper vermittelt, was Worte nie tun könnten. Die Emotionen sind real, und es ist nicht einseitig.

Er zieht sich zurück und lehnt seine Stirn gegen meine. Wir teilen einen Atemzug und dann einen weiteren, verbunden für einen zeitlosen Moment.

Das Klirren von Metall am Boden zieht unsere Aufmerksamkeit auf sich. Ich sehe hinüber. PJ hat gerade seine Leine zu unseren Füßen fallen lassen. Er sieht mit großen Augen von mir zu Dominic und zurück. Er will rausgehen.

Dominic schmunzelt. „Ich gehe mit dir."

Ich nehme einen Bissen von dem köstlichen Himbeermuffin. Daran könnte ich mich gewöhnen.

Als wir im Tierheim ankommen, bin ich überrascht, dass Audrey und Drew bereits dort sind. Sie sind im Katzenzimmer, wo Audrey Drew die verschiedenen Katzen zeigt.

Dominic klopft an das Glas und winkt ihnen zu. Audrey kommt heraus, Drew dicht hinter ihr.

„Wow!", sagt Audrey. „Sieht aus, als hättest du heute viele zusätzliche Hände. Hi, Eve, seid ihr beide zusammen gekommen?"

Ich zeige auf die Tür, durch die wir gerade gegangen sind. „Direkt durch diese Tür."

Sie mustert mich einen Moment lang und scheint etwas zu sehen, das ihr sagt, dass wir zusammen sind. Oh, Gott, habe ich, den *Gerade-Sex-gehabt-Blick*? Ich habe mir kaltes Wasser ins Gesicht gespritzt, bevor wir gegangen sind. Vielleicht ist es der Bartbrand an meinem Hals. Ich lege meine Hand dorthin, um es zu verbergen.

Dominic bietet Drew seine Hand an, und sie tauschen einen festen Handschlag aus. „Audrey hat dich auch eingeladen. Das ist großartig!"

Audreys blaue Augen tanzen mit kaum verhohlener Freude. „Er ist das neueste Mitglied des Buchclubs, und wir haben nachher darüber gesprochen, wie lohnend es ist, Zeit im Tierheim zu verbringen, und *voilà!*"

„Ich mag Hunde", murmelt Drew.

„Er hatte ein bisschen Zeit nach den Kinderkaratekursen", fügt Audrey hinzu. Sie versucht, nicht zu lächeln, aber sie schafft es nicht.

Ich unterdrücke ein Lachen. Scheinbar freut Audrey sich, Drew zu ihren Lieblingsaktivitäten mitschleppen zu können.

Dominic reibt sich die Hände. „Ich bin froh, euch beide hier zu haben. Eve und ich werden die Mahlzeiten für die Hunde durchgehen. Wenn ihr Wasser nach Bedarf auffüllen könntet? Und dann brauche ich Hilfe, um die Hunde spazieren zu führen. Ihr könnt immer zwei auf einmal nehmen. Wenn es mehr sind, werden sie zu aufgeregt, was nach dem Essen nie gut ist."

Dominic und ich gehen in ein Hinterzimmer, wo er das Hundefutter aufbewahrt. Als wir weggehen, höre ich, wie Audrey sagt: „Sie scheinen ein Paar zu sein, oder?"

Drew antwortet mit so leiser Stimme, dass ich es nicht verstehen kann. Verdammt!

Ich möchte sagen: „Ja! Wir sind ein Paar", aber etwas hält mich davon ab, es laut auszusprechen. In meinem Herzen sind wir zusammen. Irgendwie bedeutet, es laut auszusprechen, dass der Glückszauber gebrochen wird. Es gibt zu viel Unsicherheit über die Zukunft, zu viele Fragen, auf die ich die Antwort nicht kenne.

14

Eve

Ich treffe Mom im Horsemann Inn zum Mittagessen. Es ist unser drittes Mutter-Tochter-Essen, und ich fühle mich viel wohler, mit ihr zusammen zu sein, nur wir zwei. Ich schätze, ihre Diagnose war nötig, damit ich meinen Schmerz überwinde und wieder mit ihr eine Verbindung aufbaue, und vielleicht war sie dadurch auch eher bereit, um Vergebung zu bitten.

Dies ist unser zweites Mal in Folge im Horseman Inn. Ich glaube, sie mag es, Leute zu treffen, die sie in der Stadt kannte, bevor sie weggezogen ist. Wir sind an einem Dienstag hier, statt für unser übliches Mittwochsessen, weil ihre Operation für Donnerstagmorgen angesetzt ist, und sie dachte, sie könnte am Vortag nicht viel essen, da sie so nervös wäre.

Ich setze mich, und eine lächelnde Mom sitzt mir gegenüber und winkt der Besitzerin des Restaurants zu. „So schön, dich wiederzusehen, Sydney!"

Sydney lächelt gut gelaunt. „Schön, dass du und Eve wieder in der Stadt seid." Ich sage nie, dass eine Frau einen Mann braucht, um ihr Leben zu vollenden, aber es ist offensichtlich, dass Ehe und Mutterschaft Sydney gut bekommen. Sie war mal ein Bündel brodelnder Energie. Auch ein bisschen aggressiv, hat Leuten auf die Schulter geschlagen, wenn ihr danach war.

„Wir müssen Theo und Little Quinn zum Spielen zusammenbringen", sagt Mom.

„Ich bin mir sicher, das werden wir", sagt Sydney. „Lasst euch das Mittagessen schmecken!"

In dem Moment kommt ein großer Typ, mit zerzausten braunen Haaren und Stoppelbart, mit einem quietschenden Baby herein, das eine weiße Mütze und ein lila Kleid trägt. Er eilt zu Sydney. „Ich habe versucht, sie zu beruhigen, aber sie will nur Milch."

Sydney deutet auf ihn. „Mein Mann Wyatt und unser Teufelsbraten Quinn."

Wyatt stößt das Baby in ihre Arme und wendet sich zu uns. „Das ist ein Insider-Witz, weil wir uns auf liebevolle Weise Teufel nennen."

„Ich bin mir sicher, dass sie sehr süß ist", sagt Mom, als Quinn ein ausgewachsenes Schreien ausstößt, das meine Trommelfelle vibrieren lässt.

Sydney seufzt. „Lass uns gehen, Quinn, und dann muss ich wirklich arbeiten. Ich kann dich nicht den ganzen Tag rumtragen."

„Eigentlich ..." Wyatt folgt ihr mit einem Baby Björn.

Mom und ich tauschen einen verständnisvollen Blick aus.

„Theo ist ein viel umfänglicheres Baby", flüstert Mom.

„So schreit er nie." Obwohl er, um fair zu sein, auch viel Aufhebens machen kann.

„Ich bin so froh, dass ich Großmutter werden konnte", sagt Mom.

„Dank Jenna."

„Was ist mit dir, Eve?", fragt sie vorsichtig. „Ist das was, das du in deiner Zukunft willst?"

Meine Lippen trennen sich. Ich habe das nie gedacht, aber in letzter Zeit ist die Idee wirklich attraktiv. Trotzdem ist meine Zukunft so unsicher, dass ich nicht weiß, wie ich antworten soll. Wir werden von der Kellnerin unterbrochen, die Gläser Wasser hinstellt und uns die Speisekarten gibt.

Mom strahlt unsere Kellnerin an, die gleiche Frau, die uns bedient hat, als ich mit Dominic hier war. „Ellen, hi! Meghan Larsen."

Sie führen ein lebhaftes Gespräch. Anscheinend kennt Mom jeden in der Stadt und liebt es, hier zu sein. Sie ist weggezogen, nachdem Jenna das College abgeschlossen hatte, weil sie sich zu allein in ihrem Haus fühlte. Sie hat es verkauft und ist in eine Wohnung gezogen, die näher an ihrer Arbeit lag. Jetzt arbeitet sie Teilzeit von zu Hause aus in der Wohnung, die sie sich mit Dad teilt. Mom arbeitet in der Computerbranche. Ich verstehe davon nichts. Jenna hat dasselbe gemacht, bis sie ein Burnout hatte und beschloss, nach Summerdale zurückzuziehen, um eine Konditorei zu eröffnen. Ich habe dieses analytische Gen nicht geerbt. Ich gebe Mom viel Anerkennung dafür, dass sie wieder aufs College gegangen ist, nachdem sie mich und Jenna bekommen hatte. Ich bin mir sicher, dass es nicht einfach war.

Nachdem die Kellnerin gegangen ist, wage ich, die Frage zu stellen, die ich mir gestellt habe, seit Mom uns von ihrer Diagnose erzählt hat. „Ist das mit der Operation für dich okay?"

„Ist es. Heute jedenfalls. Frag mich nicht morgen. Ich hatte bisher nur eine Operation, um mir die Weisheitszähne ziehen zu lassen."

„Jede Operation ist beängstigend. Ich werde für dich da sein. Jenna, Eli und Dad auch. Theo wird Spaß mit seinem Onkel Caleb und Tante Sloane haben. Sie wollen mit einem Baby üben, bevor ihres kommt." Ich lächle und versuche, normal zu klingen, als hätte ich keine Angst, Mom zu verlieren, nachdem wir endlich wieder eine Verbindung haben.

Sie greift über den Tisch und nimmt meine Hand in ihre. Sie schweigt einen Moment lang und sieht hinab. Als sie mir endlich in die Augen blickt, sind ihre feucht. „Eve, ich kann dir nicht sagen, wie viel es mir bedeutet, diese Mutter-Tochter-Essen mit dir zu haben. Ich habe immer gehofft –" Ihre Stimme erstickt, als sie schluchzt.

„Mom, ist okay." Ich fummle nach einem Taschentuch in

meiner Handtasche, auch mir treten Tränen in die Augen. Ich kann mich vor ihrer Operation nicht so gehen lassen; dann wird sie wissen, wie besorgt ich bin. Ich gebe ihr ein Taschentuch.

Sie wischt sich die Tränen ab und atmet zitternd ein. „Ich habe mir versprochen, dass ich nicht zu emotional werde."

„Ist okay."

„Du bist mehr wie er, weißt du. Dein Dad."

„Ich weiß." Dad hat sich in einem Supermarkt bis zum Manager hochgearbeitet, aber er ist insgeheim ein Poet, der immer nach dem perfekten Wort oder Satz sucht.

„Deshalb hatte ich fast erwartet, dass du ihn wählst, als der Richter dich fragte, und tief in mir wusste ich, dass du mit ihm wahrscheinlich besser dran wärst."

„Mom, mir geht's gut. Wirklich. Ich habe das alles in dieser Therapie durchgearbeitet. Du hast dich mehr als einmal entschuldigt. Wir müssen es nicht noch einmal durchkauen. Ich habe dir verziehen. Ich möchte, dass wir weitermachen."

Sie nickt und beißt sich auf die Lippe. „Das will ich auch."

Ich ändere das Thema und erzähle ihr das Neueste von den Streikverhandlungen. Ich war noch nie so hin- und hergerissen von den E-Mail-Updates über die Situation. Ein Teil von mir ist entmutigt, dass sich der Streik hinzieht, weil das bedeutet, dass ich keine Arbeit hab', und ein Teil von mir ist erleichtert, dass ich Summerdale noch nicht verlassen muss.

Ich sehe hinüber, als ein dunkelhaariges Kleinkind an unserem Tisch vorbei in den hinteren Gastraum rennt. Seine Mom eilt hinterher. „Nora, ich habe dir gesagt, du sollst nicht ohne Mommy weiterlaufen. Das hier ist kein Spielplatz."

Mist! Es ist Dominics Ex-Frau. Ich halte die Speisekarte hoch und verstecke mein Gesicht. Das Letzte, was ich will, ist, mich mit ihr abgeben zu müssen. Ich habe auch keine Zeit mit Nora verbracht, weil Dominic nicht will, dass sie sich an mich bindet. Zuerst war ich verletzt, als er mir das sagte. Aber ich verstehe das. Ich reise ab.

Ich beobachte, wie Nora auf einen Stuhl klettert und die Serviette vom Tisch nimmt, sie auf ihren Schoß legt und ihre Mom erwartungsvoll ansieht.

„Braves Mädchen", sagt ihre Mom.

Nora strahlt. Ihr strahlendes Lächeln erinnert mich an das ihres Dads, so wie es ihre Augen aufleuchten lässt. Seine Augen funkeln, manchmal belustigt, manchmal vor sexy Unfug.

„Kennst du sie?", fragt Mom mich.

Ich blinzle ein paarmal und richte abrupt meine Aufmerksamkeit wieder auf sie. „Nicht wirklich."

„Das kleine Mädchen ist entzückend." Mom dreht sich um und winkt ihr zu. Nora winkt zurück.

„Mom, mach das nicht! Erreg' nicht ihre Aufmerksamkeit."

Sie dreht sich zu mir zurück. „Was ist denn los?"

„Nichts. Wink ihr einfach nicht zu."

Ellen kommt zurück, um unsere Bestellungen entgegenzunehmen. Als sie geht, mustert Mom mich für einen langen Moment und wählt ihre Worte sorgfältig aus. „Jenna hat mir erzählt, dass du mit jemandem in der Stadt zusammen bist, einem alleinstehenden Vater."

„Du und Jenna redet über mich?"

„Normalerweise nicht, aber ich habe zufällig erwähnt, wie sehr ich mir wünschte, du würdest in Summerdale bleiben und –"

„Das tust du?"

„Natürlich tue ich das. Genau wie dein Dad und Jenna. Und ich bin sicher, wenn Baby Theo reden könnte, würde er dasselbe sagen. Ich habe nichts gesagt, weil ich weiß, dass es deine Entscheidung sein muss. Es ist dein Leben. Es ist egoistisch von mir, dich in meiner Nähe haben zu wollen, um verlorene Zeit wieder gutzumachen. Das ist nicht deine Verantwortung."

Ich sehe rüber, als Nora einen Plastikbecher mit Trinkhalm bekommt und einen großen Schluck trinkt. „Ich schätze nicht."

„Jenna hofft, dass dein Single-Dad dich dazu bringen könnte, bleiben zu wollen."

Ich versteife mich. „Ich gebe meinen Job für keinen Mann auf. Es ist nicht einfach, in das Autorenzimmer einer Erfolgsshow zu kommen. Ich wurde gerade zum Story-Editor befördert. Ich könnte in der nächsten Staffel als Produzentin genannt werden. Ich wäre verrückt, es für die Möglichkeit eines Happy Ends aufzugeben. An sowas glaube ich nicht, Jenna ist die Ausnahme."

Meine Brust verkrampft sich. Alles, was ich gesagt habe, ist die schmerzhafte Wahrheit. Und ich mag es nicht, dass Jenna und Mom die Wichtigkeit meiner Karriere abwerten. Sie machen beruflich, was sie tun wollen. Wir alle treffen Lebensentscheidungen.

Mein Blick fällt auf Nora, die lebhaft redet, ihre Augen hell und glücklich. Lexi hört zu und nickt. Ich bin froh, das zu sehen.

Mom blickt in den hinteren Gastraum. „Ist das seine Tochter, von der du nicht die Augen lassen kannst?"

Ich rutsche unbehaglich auf meinem Platz hin und her. Ich hatte es nicht bemerkt, aber ich schätze, ich habe nach Nora gesehen. Sie malt jetzt eine Kinderspeisekarte aus, sehr bedacht auf ihre Aufgabe, während ihre Mom auf ihr Handy sieht. „Ja. Ich habe sie nur einmal getroffen, deswegen erinnert sie sich vielleicht nicht an mich." *Eigentlich zweimal, aber ich habe mich beim ersten Mal hauptsächlich unter der Bettdecke versteckt.* „Ich will nichts mit ihrer Mom zu tun haben."

„Ist sie so engelsgleich, wie sie aussieht? Das Mädchen, meine ich."

Ich kann es mir nicht leisten, mich an Nora zu binden, ob engelsgleich oder nicht. „Ihr Dad lässt sie wie einen Engel klingen. Ich bin mir sicher, dass sie auch ihre Fehler hat."

„Haben wir das nicht alle?"

Nach dem Mittagessen haben wir noch lange am Tisch gesessen und uns unterhalten. Mom hat mir viele Fragen über meinen Job gestellt und wie es in Hollywood für Schriftsteller so läuft. Ich weiß es zu schätzen, dass sie mich und meine Arbeit ernst genommen hat. Jetzt sind wir auf dem Parkplatz, um uns zu verabschieden.

Moms Augen werden feucht. „Ich genieße unsere gemeinsame Zeit so sehr!" Sie umarmt mich und lässt nicht los.

Meine Kehle schnürt sich zu. Es fühlt sich fast wie ein letzter Abschied an.

Sie zieht sich zurück und nimmt mein Gesicht in seine Hände. „Ich weiß, dass dir deine Arbeit wichtig ist, aber ich wünsche dir auch, was deine Schwester hat: Einen liebevollen Ehemann und ein Kind, das du lieben kannst."

„Warum nicht auch noch ein paar Hunde?", frage ich sarkastisch. „Ich werde einfach Jennas Leben übernehmen, und die Transformation wird abgeschlossen sein. Die Tochter, die du immer wolltest."

Sie sieht tief in meine Augen. „Ich liebe dich. Das habe ich immer. Das werde ich immer."

Meine gesammelte Fassade bricht, und eine Träne entweicht. „Mom, sag das nicht, als würden wir uns verabschieden."

„Ich möchte nur die, die ich liebe, wissen lassen, wie ich empfinde."

„Dir wird es wieder gut gehen. Das ist eine vorübergehende Sache, wie du gesagt hast."

Sie streichelt meine Wange. „Ich bin mir sicher, dass du recht hast. Trotzdem liebe ich dich."

Meine Brust schmerzt furchtbar. Die Worte fühlen sich an, als wären sie aus einem dunklen, geschützten Ort tief in ihrem Inneren gerissen worden. „Ich liebe dich auch."

Sie lächelt mich wässrig an und geht dann zu ihrem Wagen.

Und ich stehe einfach auf dem Parkplatz und fühle mich wie ein verlorenes kleines Mädchen. Sie wird sterben und mich wieder alleinlassen.

Ich schüttele den Kopf über mich selbst. Nein, sie hat *Angst*, dass sie sterben wird. Deshalb fühlt es sich wie ein Abschied an. Sie wird das durchstehen. Sie muss es.

~

Jenna und ich halten während Moms Operation im Warte-zimmer des Eastman Krankenhauses Wache. Dad ist mit Eli in die Cafeteria gegangen, um Kaffee zu holen, und Theo ist bei Elis Bruder Caleb und dessen Frau Sloane.

„Wir hätten inzwischen was hören sollen", flüstere ich Jenna zu.

Sie arbeitet sich durch ein Päckchen Kirsch-Twizzlers und kaut wild darauf herum. „Ich weiß. Sollten wir jemanden fragen?"

„Ich bin sicher, dass sie es uns sagen würden, wenn was nicht stimmt."

Sie mampft auf einem weiteren Twizzler herum. „Gestern ist sie vorbeigekommen, um mir zu sagen, dass sie mich liebt, und hat mich dann für eine wirklich lange Zeit umarmt. Es war fast so, als hätte sie gewusst, dass es das war."

„Sag das nicht."

„Es stimmt aber."

„Sie hat dasselbe mit mir gemacht", gebe ich zu. „Sie hatte nur Angst. Sie wird das durchziehen."

Dad und Eli kommen mit Kaffee für uns alle zurück. Nachdem sie ihn verteilt haben, nehmen sie auf beiden Seiten Platz, Dad bei mir, Eli bei Jenna.

„Irgendwas Neues?", fragt Dad.

„Noch nicht."

Sein Bein wippt auf und ab. Er stellt den Kaffee auf einen Beistelltisch. „Den brauche ich nicht. Ich bin so schon zappelig genug." Er dreht sich zu mir um. „Was gibt's Neues bei dir?"

„Nicht viel. Es wird noch gestreikt. Habe Spaß mit Theo und der Familie", sage ich und drücke Jennas Arm auf meiner anderen Seite.

Dr. Weitz taucht im Wartezimmer auf und nähert sich uns. Sie ist in ihren Fünfzigern, also denke ich, dass ihre Erfahrung zu unserem Vorteil ist. Dad springt von seinem Platz.

„Sie hat es gut gemacht", sagt Dr. Weitz zu Dad. Als sie sieht, dass wir alle an jedem ihrer Worte hängen, spricht sie mit uns als Gruppe. „Nichts Unerwartetes. Sie ist im Aufwachraum. Sobald die Narkose nachlässt, können Sie sie besuchen."

Dad bricht auf seinem Stuhl zusammen. „Danke, Dr. Weitz."

Sie nickt. „Eine Krankenschwester wird kommen und Ihnen sagen, wann Sie sie sehen können." Sie dreht sich um und geht.

Dad fährt mit einer zittrigen Hand durch seine blonden Haare. „Ich kann mich erst entspannen, wenn ich sie sehe."

Ich lehne meinen Kopf an seine Schulter. Ich weiß, was er meint. Ich kann es auch nicht abwarten, sie zu sehen.

Eine Stunde angespannter Unterhaltung, vier Twizzler, ein halber Kaffee und erschreckende Bilder auf dem Nachrichtensender, der im Fernseher des Wartezimmers läuft, lassen mich gleich aus meiner Haut fahren.

„Warum dauert denn das so lange?", fragt Jenna. „Ich werde jetzt herausfinden, was los ist."

Sie marschiert zum Empfangsbereich. Sogar von hier aus können wir hören, wie sie laut verlangt, Mom zu sehen. Eli tritt zur Verstärkung an ihre Seite. Nach einem kurzen Gespräch mit dem Typen hinter dem Tresen kehren sie zu ihren Plätzen zurück.

„Sie schicken jemanden, der nach ihr sieht", sagt Eli.

Wir sitzen alle auf der Stuhlkante. Ich will weinen, aber ich kann nicht. Alles ist innen verschlossen, das Unwissen, die Angst, die erst kürzlich gefundene Verbindung zu Mom. Ich darf sie nicht verlieren. Ich will sie nicht verlieren.

Ein paar Minuten später erscheint eine junge Krankenschwester, ihre Hände fest vor sich ineinandergelegt. „Hi, ich bin Melissa. Ich habe gerade nach Meghan gesehen, und sie braucht ein bisschen länger, um aus der Narkose zu kommen, als erwartet, aber keine Sorge. Manchmal passiert das. Hat sie schon mal so auf die Anästhesie reagiert?"

„Ich glaube nicht, dass sie vorher je eine Narkose hatte", sagt Dad.

„Sie sagte mir, sie habe sich ihre Weisheitszähne ziehen lassen", sage ich. „Sie hat nichts von einer Reaktion auf die Anästhesie erwähnt."

„Okay, wir überwachen sie weiter und sagen es Ihnen dann. Wie gesagt, versuchen Sie, sich keine Sorgen zu machen. Jeder reagiert anders auf die Anästhesie."

Sie dreht sich um und geht schnell zurück durch die Doppeltüren, die uns von Mom fernhalten.

Dad sinkt in sich zusammen, legt seinen Kopf in die Hände. Selbst nach ihrer höllischen Scheidung lieben sie einander immer noch. Ich erhasche Jennas Blick, und sie macht eine Geste, ich solle mit ihr den Platz tauschen. Ich stehe auf, und sie nimmt meinen Platz und legt einen Arm um Dad. Eli sitzt in stiller Unterstützung neben ihr.

Ich lasse mich auf dem Sitz ihnen gegenüber fallen, die Qual ein enges Band um meine Brust. Ich kann kaum atmen. Ich ziehe mein Handy raus und will Dominic schreiben, aber dann weiß ich nicht, was ich sagen soll. Ich will ihn zum Trost hier haben, aber ich habe nicht das Recht, ihn darum zu bitten. Wir sind nicht in einer festen Beziehung. Nicht wie Jenna und Eli.

Ich blicke zurück in Richtung Empfang, und mein Atem stockt, als ich einen vertrauten, selbstbewussten Gang bemerke, der direkt auf mich zusteuert. Dominic!

Er ist genau in dem Moment aufgetaucht, in dem ich ihn brauche.

15

Meine letzte Abwehr zerbröckelt. Ich liebe diesen Mann. Er ist aufgetaucht, als ich ihn am meisten brauche, und nicht zum ersten Mal. Er war da, als ich einen verletzten Hund gefunden habe, als mein Reifen platt war, er ist zum Karatekurs gekommen, um sich mit mir zu versöhnen, und er war an der Bar an dem ersten Abend, an dem wir uns kennengelernt haben, genau wie er es gesagt hatte. Das ist ein Mann, dem ich vertrauen kann, auf den ich mich verlassen kann. Emotionen verstopfen meine Kehle. Liebe ist nicht, wie ich es erwartet hatte. Es war ein langsamer, unvermeidbarer Rutsch, und jetzt, wo ich drin bin, kann ich kaum sprechen.

Ich eile auf ihn zu. Er schlingt seine Arme um mich ohne ein Wort. Ich sacke gegen ihn, sauge den Trost seiner starken, stetigen Präsenz auf.

Ein paar Augenblicke später löse ich mich von ihm, um ihn anzusehen. „Was tust du denn hier? Ich dachte, du hast zu tun."

„Ich habe meinen Terminplan geändert, um für dich hier zu sein."

Meine Augen werden feucht. „Du hast dich daran erinnert, dass heute der Tag ist."

„Natürlich habe ich das."

„Du musst nicht hier sein", sage ich über den Kloß in meiner Kehle.

Er berührt die Seite meines Gesichts. „Ich möchte es aber. Ist sie schon aus dem OP?"

„Ja, aber sie braucht länger als erwartet, um nach der Narkose wieder zu Bewusstsein zu kommen." Meine Stimme bricht. Er schließt mich in seine Arme und hält mich fest.

„Komm, setzen wir uns", sagt er. „Hast du schon was gegessen oder getrunken?"

„Nur Twizzler und Kaffee."

„Ich hole dir Wasser." Er führt mich zu den Stühlen, wo meine Familie sitzt. „Möchtest du sonst noch was?"

„Nur dich. Verlass mich nicht."

„Okay."

Ich liebe dich.

Wir setzen uns meiner Familie gegenüber.

„Hey, alle zusammen", sagt er in einem gedämpften Ton. „Ich kann verstehen, was es heißt, zu warten. Ich bin mir sicher, es wird ihr gut gehen. Sie ist eine starke Frau."

„Danke", sagt Dad.

Jenna nickt und legt ihren Kopf gegen Elis Schulter.

„Du weißt nicht, dass es ihr gut gehen wird", flüstere ich ihm zu.

„Sie hat zwei starke Frauen hervorgebracht, natürlich muss sie auch stark sein."

Ich blinzele Tränen zurück. Ein Teil von mir hat das Gefühl, dass Weinen Unglück bringt. Ich muss glauben, dass alles gut wird.

Er nimmt meine Hand und verflicht unsere Finger miteinander. Eine Träne entweicht. Jede schlechte Entscheidung, die ich mit früheren Beziehungen getroffen habe, steht in krassem Gegensatz zu der Art und Weise, wie Dominic mich behandelt. Er respektiert mich, kümmert sich um mich. Er ist für mich da. Ein wahrer Freund.

Fünfundvierzig furchterregende Minuten später kehrt die Schwester zurück. „Sie ist jetzt wach. Sie können zu ihr gehen. Einer nach dem anderen bitte."

Dad springt mit einem Jubel auf, und plötzlich umschlingen wir uns alle in einer großen Gruppenumarmung. Jenna lacht und weint zur gleichen Zeit, und das bringt mich zum Weinen.

„Wer zuerst?", fragt die Krankenschwester.

„Will eins von euch Mädchen zuerst gehen?", fragt Dad.

„Geh du, Dad", sagt Jenna.

Ich nicke. Wir haben beide gesehen, wie er in sich zusammengesackt war.

Er geht mit der Schwester.

„Ich dachte, deine Eltern wären geschieden", sagt Dominic.

„Nicht in ihrem Herzen", sage ich. „Sie leben jetzt zusammen."

„Ah!"

Ich lege meine Arme um seine Taille. „Ich will dich morgen Abend wiedersehen. Können wir noch ein Date haben?"

„Date-Abend plus Folgetag wie letztes Wochenende. Ich mag es, dich so lange wie möglich bei mir zu haben."

Ich drehe mich zu Jenna und will gerade schon fragen, ob sie mich entbehren kann oder ob sie Hilfe mit Theo braucht, als sie mit einem großen Lächeln sagt: „Ich würde Theo nie der wahren Liebe im Weg stehen lassen."

Ich werde rot, bin sprachlos. Ich kann es nicht leugnen.

Dominic sieht genauso verlegen aus. „Ich, äh, wir haben nicht ..." Er wendet sich an mich, als hätte ich die Antwort.

„Danke, Jenna", sage ich. „Dominic ist mir wichtig geworden."

Er lächelt breit, seine Augen blicken warm in meine. „Du mir auch."

Jenna klatscht. „Ja! Ich wusste es!"

∼

Dominic

Eve scheint weniger vorsichtig zu sein als zuvor. Sie

lächelt beim Essen oft. Jetzt sind wir wieder bei mir, und sie hat PJ auf dem Sofa im Schoß, gurrt ihm etwas vor und streichelt ihn sanft über seine knöcherne Stirn und hinter den Ohren.

„Du kommst mir verändert vor", sage ich und setze mich neben sie.

PJ wirft mir einen unheilvollen Blick zu, als hätte er Angst, dass ich Eves Aufmerksamkeit stehlen würde. Da hat er nicht unrecht.

„Inwiefern verändert?", fragt Eve.

„Ich weiß nicht. Lockerer. Entspannter."

Sie schenkt mir ein sanftes Lächeln. „Nun, Mom geht's gut, und ich genieße meine Zeit in Summerdale. Vor allem deinetwegen."

„Nicht Theo?", necke ich sie.

Sie lacht. „Theo natürlich auch. Er ist immer die Nummer eins. Aber du bist nah dran. Genau da oben."

Wärme breitet sich in meiner Brust aus. Zwischen uns hat sich definitiv etwas geändert. Sie ist mir gegenüber offener. Dadurch bin auch ich weniger vorsichtig. „Mit dir in meinem Leben scheint alles heller zu sein."

Sie lächelt und wird dann ernst. „Ich sollte dir sagen ..."

„Was?"

Sie konzentriert sich auf PJ und streichelt ihn sanft. „In der Vergangenheit hatte ich schlechte Beziehungen. Ich habe nur Leute ausgewählt, die nicht gut für mich waren, habe zu viel getrunken, Drogen, mich selbst nicht genug geschätzt. Ich hatte einen Autounfall, weil ich high gefahren bin. Glücklicherweise hab' ich nur einen Telefonmast getroffen, und die einzige Person, die ich verletzt habe, war ich selbst. Ich versuche immer noch, mir das zu verzeihen. Wenn ich darüber nachdenke, was hätte passieren können, wie viel schlimmer es hätte sein können –"

„Aber nichts anderes ist geschehen. Quäl' dich nicht mit Was-wäre-wenns in der Vergangenheit. Jetzt geht's dir gut."

Sie starrt mich an, blinzelt nicht. „Deswegen brauchte ich die Knie-OP. Der Unfall, der meine eigene dumme Schuld war. Und dann wurde ich süchtig nach Schmerzmitteln. Als Nächstes war es meine schreckliche Wahl, meinen Drogendealer zu heiraten, gefolgt von einer Scheidung. Du musst wissen, mit welchem Gepäck du es hier zu tun hast."

„Ich kann mir nur vorstellen, wie hart das für dich gewesen sein muss."

„Ja, nun", sagt sie unsicher. „Das beunruhigt dich nicht?"

„Dir geht's doch jetzt gut, oder?"

„Nach jahrelanger Therapie, ja. Ich bin drogenfrei und gehe toxischen Männern um jeden Preis aus dem Weg. Sie sind auch eine Art Droge, mit all dem Drama und den qualvollen Emotionen. Es war, als würde ich meinen Scheiß mit anderen Leuten machen, die mir überhaupt nicht geholfen haben, voranzukommen. Ich hab' festgesessen. Ich hab' toxische Männer fallen gelassen, aber keinen Mann wirklich an mich rangelassen. Mit dir will ich es versuchen."

Eine Woge der Zuneigung bringt mich dazu, PJ aus dem Weg zu schieben und sie auf meinen Schoß zu ziehen. PJ grunzt seinen Unmut, beruhigt sich aber schnell.

„Eve, danke, dass du das mit mir geteilt hast. Ich bin mir sicher, dass es nicht einfach war."

Sie streicht mit ihren Fingern durch das Haar in meinem Nacken. „Du scheinst nicht abgeschreckt davon zu sein."

„Es liegt jetzt hinter dir. Du hast harte Arbeit geleistet, um zu heilen, was großen Mut zeigt. Ich bin stolz auf dich."

Sie blinzelt. „Ich hatte Angst, du könntest mich verachten."

„Niemals."

Sie küsst mich zärtlich, und ein Rausch von Lust und Liebe durchdringt mich. Und jetzt bin ich derjenige, der mutig sein sollte, weil ich verliebt bin und einen Weg finden muss, damit das funktioniert.

Eve

Dominic und ich haben ein schönes Wochenende in der

dritten Woche in Folge. Manchmal kann ich nicht glauben, wie fantastisch die Dinge für uns laufen. Es gibt keine Geheimnisse mehr und, was am wichtigsten ist, es gibt Vertrauen. Das wird bei mir ganz großgeschrieben. Jedenfalls bleibe ich freitags bei ihm, und am nächsten Tag begleite ich ihn ins Tierheim, um mit den Tieren zu helfen. Ich verstehe, warum Jenna es liebt, freiwillig dort mitzuarbeiten. Es ist eine Bereicherung, sich um Hunde und Katzen zu kümmern, zu wissen, dass wir ihnen helfen, sich in ihrem vorübergehenden Zuhause wohlzufühlen, bevor sie ihr Heim fürs Leben finden. Drew und Audrey waren auch jeden Samstagnachmittag dort und scheinen eine gute Partnerschaft zu haben, wenn sie zusammenarbeiten und Aufgaben effizient erledigen. Ich habe sogar gesehen, wie Drew gelächelt hat! Zweimal!

Jetzt fahren wir am späten Samstagnachmittag zurück zu Dominic. Ich habe ungefähr anderthalb Stunden, bevor ich zu Jenna zum Familienabendessen muss. Mom ist aus dem Krankenhaus zu Hause und will unbedingt Theo wieder sehen. Es sind neun Tage seit ihrer Operation vergangen, und ihre Genesung läuft gut.

Als wir wieder bei Dominic sind, gehe ich mit PJ raus, damit er sein Geschäft erledigen kann, lobe ihn großzügig und bringe ihn wieder rein. Ich liebe es, mich um diesen mürrischen kleinen Boston Terrier zu kümmern. Dominic sagt, dass PJs Ausdruck eher eine Frage des Alters und der Gesichtsstruktur ist als tatsächliche Hochmut oder Unzufriedenheit. Trotzdem liebe ich seine Gesichtsausdrücke. Er erinnert mich an mich in meiner Jugend. Nie glücklich, habe immer versucht, mich abseits zu halten als die einzige Verteidigung, die ich hatte, bis ich mich in eine schlechte Beziehung gestürzt habe. Es war eine Menge heiß und kalt, eine Menge Katastrophen. Das ist vorbei. Jetzt bin ich an einem guten Ort in meinem Leben angekommen.

„Es ist schön draußen", sage ich. „Wir sollten einen Spaziergang um den See machen."

PJ wirft mir einen verstörten Blick über seine Schulter zu,

bevor er sich in seinem Fleece-Bett neben dem Sofa niederlässt.

„Du musst nicht", sage ich zu PJ, bevor ich mich an Dominic wende. „Was ist mit dir?"

„Ich bin irgendwie fertig. Hast du was dagegen, wenn wir einfach hier rumhängen? Das Sofa ruft meinen Namen." Er geht hin und lässt sich darauf fallen. „Ich glaube, es ruft auch deinen Namen." Er rutscht zur Seite und klopft auf das Kissen neben sich. Dann ruft er aus dem Mundwinkel: „Eve, Eve!"

Ich lege mich auf meine Seite und werfe einen Arm und ein Bein über ihn. „Deine Sofaimitation ist so überzeugend."

Er streichelt mein Haar zurück, seine Augen sind aufmerksam auf meine gerichtet. „Lange Nächte mit dir und frühmorgendliche Termine an Samstagen – das ist hart. Wenn das so weitergeht, muss ich jemanden in Teilzeit einstellen. Mein Liebesleben kann ich nicht einschränken. Du bist unwiderstehlich sexy."

Ich kichere, etwas, das ich sonst nie getan habe. „Hör auf. Das würdest du für mich tun?"

Er küsst mich. „Ich würde alles für dich tun."

Mein Herz schmilzt, Emotionen strömen durch mich, erfüllen mich mit Liebe, dass ich platzen könnte. Ich will ihm sagen, was ich empfinde. Doch dann ist sein Mund auf meinem, dringend und fordernd, und die Begierde übernimmt.

Es klingelt an der Tür, und wir lösen uns voneinander.

„Erwartest du jemanden?", frage ich.

„Nein." Er entwirrt sich von mir und steht vom Sofa auf. „Wahrscheinlich ein Pfadfinder, der Popcorn verkauft. Passt zur Jahreszeit."

Ich entspanne mich. Gut, ich bekomme mehr Kuschelzeit. Vor Dominic bin ich nie gekuschelt worden. Natürlich hält es nicht immer so lange. Normalerweise entzündet sich die Lust innerhalb von Sekunden, aber danach kuscheln wir wieder. Manchmal schlafen wir sogar umeinander geschlungen ein.

„Hi, warst du beschäftigt?", fragt die Stimme einer Frau.

„Hi, Daddy!"

Ich setze mich abrupt auf und glätte meine Haare. Nora und Lexi, die Frau, die ich nicht hassen will, weil sie sich gut um Nora zu kümmern scheint. Ich hasse nur, was sie Dominic angetan hat.

„Hi, Nora!", sagt er, als sie hereineilt. Sie umarmt sein Bein, und er zerzaust ihr Haar. So süß! Es scheint, dass Dominic eine Verbindung zu ihr hergestellt hat, seit er sie jetzt jeden Sonntag sehen kann.

Lexi sieht an ihm vorbei zu mir, wirft mir einen leeren Blick zu und wendet sich dann zu ihm zurück. „Wir sind auf dem Weg zum Spielplatz und wollten sehen, ob du uns begleiten möchtest. „Es gibt einen auf der anderen Seite des Sees."

„Schaukeln!", sagt Nora und zieht am Stoff von Dominics Jeans.

„Du magst Schaukeln?", fragt Dominic.

Nora nickt so heftig, dass ihr hoher Pferdeschwanz ihr ins Gesicht schlägt. Sie streicht ihn zurück. „Rutschen auch!"

„Rutschen auch?", fragt er mit aufgeregter Stimme. Er sieht mich an, eine Frage in seinen Augen. Er möchte gehen.

„Viel Spaß!", sage ich. „Ich wollte ohnehin gerade gehen."

Dominic kommt zu mir und sagt leise: „Danke für dein Verständnis. Ich würde dich ja einladen, uns zu begleiten, aber wir sind noch nicht da, weißt du?"

Ich ignoriere den Stich in meinem Herzen. Das hat er schon einmal gesagt. Nora hatte in ihrem Leben eine Menge Umwälzungen, und er will nicht, dass sie sich an mich hängt, weil wir keine dauerhafte Sache haben. Ich bin nur sauer, weil ich tatsächlich angefangen habe, mir eine Zukunft mit ihm vorzustellen. Ich hatte diese ganze Fantasie, eines dieser Paare an zwei Küsten zu sein. Ich würde während der Schreibsaison an *Irreverent* in L.A. bleiben und in der Nebensaison wieder nach Summerdale kommen. Er würde mich am Wochenende besuchen, und wir bekämen das hin. Meine Fantasie sollte beim Schreiben von Drehbüchern bleiben.

„Wir sind dann draußen!", ruft Lexi fröhlich.

Die Tür schließt sich hinter ihnen.

Schweigen erhebt sich zwischen uns. Dominic hat ein anderes Leben ohne mich, eine ganze Familie ohne mich. Ich weiß, dass es das ist, was Lexi will. Ich hasse es, dass er so viel Zeit mit ihr verbringt. Ich habe kein Wort dazu gesagt, wegen Nora. Ich würde nie zulassen, dass ein Kind verletzt wird, wegen dem, was ein Erwachsener will. Das bin ich, die Erwachsene, die Erwachsenenkram macht.

Ich nehme meine Handtasche. Die Worte klingen in meinen Ohren brüchig, aber ich schaffe es, sie rauszubringen. „Ich sehe dich dann Dienstag bei der Halloween-Party. Viel Spaß mit Nora!"

Er unterdrückt einen Seufzer. „Und ich dachte, ich könnte mich ein wenig ausruhen."

„Nicht mit einem Kleinkind."

Ich gebe ihm einen Schmatzer auf die Wange und eile aus der Tür und die Treppe runter. Nora hockt auf dem Schotterparkplatz und hebt Steine auf. Lexi grinst mich an, als ich vorbeigehe.

Ich sage kein Wort zu ihnen.

16

An diesem Abend helfe ich Jenna, den Tisch für unser bestelltes Essen mit unseren Eltern zu decken.

„Was ist los?", fragt sie. „Du wirkst distanziert, seit du von Dominic zurückgekommen bist. Habt ihr euch gestritten?"

„Nein, es ist nichts."

Eli kommt rein und trägt einen schlafenden Theo in seinem Autositz. „Ich werde ihn für ein Nickerchen in sein Bettchen legen. Dann hole ich das Essen ab."

„Er kann während des Essens nicht schlafen", sagt Jenna. „Mom macht sich große Mühe, hier zu sein, nur um ihre Dosis Baby zu bekommen."

„Ein einstündiges Nickerchen. Wenn sie hier sind, wird er viel mehr für Gesellschaft zu haben sein."

Sie seufzt und nickt. Eli geht nach oben.

„Theo ist seit vier Uhr morgens wach", sagt Jenna. „Wir konnten ihn erst heute Mittag um eins wieder zum Schlafen bringen, und jetzt ist sein Zeitplan vollkommen durcheinander."

„Tut mir leid! Ich hätte da sein sollen, um zu helfen."

Sie winkt das ab. „Du hast ein Recht darauf, ein Liebesleben zu haben. Wie oft kommt schon ein Typ wie Dominic daher?"

Ich presse die Lippen fest aufeinander. Niemals. Er ist die eine Chance im Leben. Aber ich gehöre nicht in seine kleine Familie. Und das Ding an zwei Küsten war Wunschdenken meinerseits, eine Wahnvorstellung, die von meinem lächerlich glücklichen Zustand ausgelöst wurde, seit er für mich da war, als Mom operiert wurde. Ich muss mich fragen, ob ich absichtlich einen Mann zu lieben gewählt habe, weil ich wusste, dass es nicht von Dauer ist. Eine Art Selbstverteidigungsmechanismus. Ich bin großartig in sowas.

Sie bedeutet mir, ihr in die Küche zu folgen, wo sie den Wasserhahn auf warm stellt. Im Spülbecken stehen ein paar Töpfe und Pfannen.

„Ich mach' das", sage ich. „Geh und ruh dich aus."

Sie seufzt. „Ich kann mich nicht ausruhen. Mom und Dad werden bald hier sein. Außerdem möchte ich erfahren, was mit dir los ist."

Ich prüfe das Wasser und träufle Spülmittel auf einen Schwamm. „Du bist sehr hartnäckig."

„Wie oft hat meine Schwester eine heiße Liebesaffäre direkt vor meiner Nase?" Sie hüpft auf die Theke und grinst mich an.

Ich konzentriere mich auf das Schrubben eines Brownieblechs. Ich habe schon gedacht, ich rieche Schokolade, als ich reinkam. Die hat sie wahrscheinlich für den Nachtisch gebacken.

Sie pikst in meinen Arm.

„Es ist dumm", sage ich.

„Du weißt, wie sehr ich gestrampelt hab', als Eli und ich zusammengekommen sind. Kein Urteil."

Ich schüttle den Kopf. „Ich fühle mich schuldig, wenn ich das auch nur ausspreche, weil ich keinen Platz in diesem Bild habe, und das Letzte, was ich will, ist, dass ein Kind in irgendeiner Weise vernachlässigt wird, es ist nur, dass Dominic gegangen ist, um mit Nora und Lexi auf den Spielplatz zu gehen. Sie sind vorbeigekommen, als ich dort war. Er wollte mich nicht einladen, weil Nora schon einen Umbruch in ihrem Leben hatte, als sie ihren Stiefvater verloren hat, dann umgezogen und in die Vorschule gekommen ist, also wollte er nicht, dass sie sich an mich bindet, falls ich nicht dauerhaft Teil ihres Lebens bin. Und das verstehe ich vollkommen. Ich will mich aus demselben Grund nicht an sie binden. Ergibt das irgendeinen Sinn?"

„Absolut. Also sind Lexi und Nora einfach unangekündigt aufgetaucht?"

Ich spüle das Blech aus, und Jenna hält ihre Hand dafür hin, das Trockentuch bereit. „Ja, sie waren auf dem Weg zum Spielplatz am See, also sind sie vorbeigekommen."

Ihre Augen verengen sich. „Ich mag Lexi kein bisschen. Sie muss dein Auto draußen gesehen haben. Ich glaube, sie versucht absichtlich, dir das Gefühl zu geben, ausgeschlossen zu sein."

„Es ist nicht Dominics Schuld, dass sie keine Grenzen hat." Ich schrubbe einen Topf extra kräftig. Obwohl er sich mehr durchsetzen könnte. „Ex-Gepäck, ich verstehe das."

„Er muss die Grenze ziehen."

„Er ist neu in der Dad-Sache." Meine Augen werden feucht, ich lasse die Schultern hängen. Ich stelle den Topf ab und starre aus dem hinteren Fenster. „Da reinzugeraten fühlt sich falsch an. Sie sind eine Familie."

„Er ist ein Single-Dad. Du kannst immer noch mit ihm zusammen sein. Es ist nur komplizierter."

„Vielleicht, wenn ich nicht im Bild wäre, könnte Nora ihre Eltern wie eine echte Familie zusammen haben."

Sie wirft mir einen harten Blick zu. „Du stellst dir eine Zukunft vor, die wahrscheinlich nie passieren wird. Würdest du jemals eine Frau zurücknehmen, die dir dein Baby vorenthalten hat, bis ihr Mann, mit dem sie *dich betrogen hat*, ums Leben gekommen ist?"

Ich lache ein wenig, weil es wie eine Seifenoper klingt. „Nein."

„Er ist nicht dumm. Er wird sich nie wieder in Lexi verlieben. Ich glaube, er versucht nur, es Nora leichter zu machen. Interpretier da nichts über dich rein."

„Aber wo passe ich ins Bild?"

„Zu ihm."

Ich mache mich wieder daran, den Topf zu schrubben.

„Und vielleicht eines Tages auch zu Nora", fügt sie hinzu.

Jedes Nervenende sträubt sich. „Ich, eine Stiefmutter?"

„Warum nicht? Du gehst toll mit Theo um. Manchmal denke ich, du kannst ihn besser beruhigen als ich. Und du bist genauso neu darin." Ihre Stimme stockt.

Ich drücke ihren Arm. „Du gehst großartig mit ihm um. Es ist einfacher für mich, weil ich nicht jedes Mal, wenn er weint, die Mutterhormone habe, die mich stressen. Ich habe gerade genug Abstand, um ruhig zu bleiben. Die Wogen werden sich für dich glätten."

Sie wischt eine Träne weg. „Hormone sind Mist. Eli ist so ruhig wie eh und je."

„Möchtest du wirklich mit einem Mann leben, der auf der hormonellen Achterbahn fährt?"

Ihre Augen werden größer. „Ich erschaudere bei dem Gedanken."

Wir brechen beide in Lachen aus.

„Setz dich hier drüben mit ihm neben mich", sagt Mom und klopft auf das Sofa.

Jenna nimmt Theo und setzt sich neben Mom, die sofort anfängt, für ihn zu gurren, und ihren Finger auf seine Hand legt, damit er ihn greifen kann.

„Mom, du siehst ein bisschen blass aus", sagt Jenna. „Vielleicht möchtest du dich hinlegen?"

„Wir könnten nach Hause fahren", sagt Dad.

„Noch nicht", sagt Mom. „Ich freue mich schon seit Tagen darauf." Sie kann Theo nicht halten, da sie sich immer noch von der Operation erholt, also bleibt sie einfach in seiner Nähe.

„Eve, könntest du die Brownies mit den Desserttellern rausbringen?", fragt Jenna.

„Klar."

Ich gehe in die Küche, um die Brownies in einem großen Plastikbehälter zu holen. Jenna ist gut darin, Backwaren frisch zu halten. Die Hunde bellen plötzlich, rasen zur Tür, was Theo zum Weinen bringt.

Ich werfe einen Blick ins Wohnzimmer. Drew ist da.

Ich lege die Brownies auf Dessertteller auf dem Esstisch. Der Raum ist gleich neben dem Wohnzimmer. „Dessert ist fertig!" Ich weiß, dass ich kein Essen auf den Wohnzimmertisch stellen sollte. Mocha und Lucy würden es sofort verschlingen. Jeder weiß, dass Schokolade schlecht für Hunde ist.

Drew kommt als Erster ins Esszimmer. „Hey, Eve! Kein Dominic?"

„Er ist mit seiner Tochter zusammen."

„Ah! Ist das komisch für dich?"

Ich bin überrascht von seinem Verständnis. Nach dem, was Jenna mir erzählt hat, ist er ein ahnungsloser Alpha. Obwohl sie vielleicht voreingenommen sein könnte, weil er nie einen ersten Schritt auf ihre beste Freundin zugemacht hat, Audrey. „Es ist anders."

„Der Schlüssel zum Umgang mit Kindern ist, mit ihnen zu reden, als wären sie kleine Erwachsene."

„Ist das so?"

„So gehe ich mit meinen Karateschülern um. Gibt ihnen das Gefühl, gehört zu werden."

Ich unterdrücke ein Lachen. Selbst mit meiner begrenzten Erfahrung mit Kindern klingt das nicht ganz richtig. „Gut zu wissen."

Meine Eltern, Jenna und Eli, kommen in den Raum und setzen sich. Die Unterhaltung fließt frei über Theo und seine erstaunliche Entwicklung. Jenna und Eli sind stolze Eltern, und die neuen Großeltern hängen an jedem Wort, weil sie genauso stolz sind.

Drew hebt mit einem amüsierten Blick seine Augenbrauen in meine Richtung. Ich lächle zurück.

„Will jemand was trinken?", frage ich. Ein Chor von Bitten kommt auf mich zu.

„Wasser."

„Milch wäre großartig."

„Kaffee."

Noch ein paar Milch, und das sind alle. Ich merke es mir schnell und gehe in die Küche. Ich habe früher als Kellnerin gearbeitet, während ich noch darum kämpfte, in ein Autorenzimmer zu kommen. Das war, bevor ich endlich einen Job als Schriftstellerassistentin bekam, der mir den Fuß in die Tür gab, den ich brauchte.

Als ich allen ihre Getränke serviert habe, wird Theo langsam unruhig. Jenna stillt ihn.

Sobald ich mich hinsetze, fangen alle an, Brownies zu essen, außer Drew, der seinen Teller weggeschoben hat. Er isst wahrscheinlich keine Süßigkeiten. Der Mann ist superfit, wie der Soldat, der er mal war. Ich bin mir sicher, dass das ganze Karate auch hilft.

„Und ich dachte, du bist extra um diese Uhrzeit gekommen, um meinen Nachtisch zu kriegen", neckt Jenna Drew. Eli füttert ihr einen Bissen Brownie.

„Tut mir leid, dass ich es nicht zum Abendessen geschafft habe", sagt Drew. „Ich habe einer Freundin geholfen, ein paar Sachen zu transportieren."

„Wem?", fragt Eli.

„Audreys Eltern bereiten sich darauf vor, ihr Haus zu verkaufen, und sie wollte ein paar ihrer Möbel. Eine Chaiselongue und einen Stickley-Schreibtisch mit passendem Stuhl. Ausgezeichnete Verarbeitung bei dem Schreibtisch."

„Ist es nicht so nett von dir, dass du einer *Freundin* einen Gefallen tust?", sagt Jenna.

Drew sieht sie mit steinernem Gesicht an. „Ich würde dasselbe für jeden tun."

„Mmm-hmm", macht Jenna. „Ich wette –" Sie wird von Eli unterbrochen, der ihr einen weiteren Brownie füttert.

Ich lächle. Gutes Timing! Jenna mag es, Drew mit Audrey zu piesacken, weil sie für Audrey frustriert ist. Ich sage, wenn es passieren sollte, dann wäre es wahrscheinlich längst passiert. Ich denke, sie müssen wirklich Freunde sein. Genau wie Audrey und Dominic. Und wer könnte keinen guten Freund gebrauchen? Vor allem, wenn Audreys gute Freundinnen jetzt alle verheiratet und mit ihren Babys beschäftigt sind.

Nachdem die Brownies verschlungen sind, räume ich die Teller ab und belade den Geschirrspüler. Ich fühle mich schuldig, Jenna verlassen zu haben, um mein halbes Wochenende mit Dominic zu verbringen.

Mein Neffe schreit, und ich gehe ins Esszimmer zurück, um zu helfen.

Jenna lässt ihn hüpfen und klopft ihm auf den Rücken. „Vielleicht sollten wir mit ihm rausgehen. Der Lärm tut mir leid."

„Ich könnte ihn mit dem Auto fahren", bietet Eli an.

„Oh, aber ich will ihn sehen", sagt Mom. „Ich wünschte, ich könnte ihn halten."

„Mom, ich mach' das schon", sagt Jenna angespannt. Sie geht mit ihm auf und ab, während alle zusehen, aber er beruhigt sich nicht, selbst nachdem er ein Bäuerchen gemacht hat.

„Wir sollten gehen", sagt Dad.

„Noch nicht", sagt Mom mit einem Zittern in ihrer Stimme. „Es ist noch so früh."

Drew geht zu Jenna hinüber. „Wenn es euch nichts macht, würde ich gerne helfen. Ich habe noch nicht viel Zeit mit meinem Neffen verbracht."

Jennas Augen weiten sich. „Bist du sicher?"

„Gib ihn mir."

Sie reicht ihm Theo. Drew hebt ihn aufrecht an seine Brust und lässt Theos Kopf auf seiner Schulter ruhen. „In Ordnung, kleiner Mann, wir machen eine Tour durch das Wohnzimmer."

In wenigen Augenblicken jammert Theo nur noch leise. Wir gehen alle ins Wohnzimmer, um zu sehen, was Drew gemacht hat.

Er sieht zu uns hinüber, spricht aber weiterhin mit leiser Stimme zu Theo, während er einen Weg um den Raum geht. Schließlich hält er am vorderen Fenster an und redet immer noch mit dem Baby. Spricht er mit ihm wie mit einem kleinen Erwachsenen?

„Er ist wie der Babyflüsterer", sagt Jenna.

Wir nehmen alle Platz, während Drew und Theo vorn am Fenster eine Bindung eingehen. Das Gespräch ist gedämpft, weil wir alle angestrengt lauschen, was Drew sagt.

Kurze Zeit später schläft Theo an Drews Schulter. Er kommt zu uns. „In welchem Zimmer ist sein Bettchen?"

„Wie hast du das gemacht?", fragt Jenna. „Wir bekommen ihn nie ohne eine Autofahrt oder einen langen Spaziergang zum Schlafen. Du hast einfach nur dagestanden."

Der Hauch eines Lächelns kreuzt Drews Lippen. „Ich habe ihm eine Geschichte über die Ereignisse erzählt, die zum Zweiten Weltkrieg geführt haben."

„Du hast ihn in den Schlaf gelangweilt", sagt Eli lachend.

Ich lache auch. Genau das hat er getan.

Drew wirft Eli einen finsteren Blick zu. „Ich finde das Bettchen schon."

„Es ist in unserem Zimmer", sagt Jenna.

Drew bringt Theo nach oben.

„Das werde ich nächstes Mal versuchen", sage ich. „Ich werde Theo alles über Vertragsverhandlungen erzählen."

„Ich werde ihm vom Ablauf bei der Polizei erzählen", sagt Eli.

„Und ich dachte, dass ich das mit den Schlafliedern großartig mache", sagt Jenna.

Drew kommt nach unten. „Ihr habt das gut gemacht. Theo ist großartig!"

„Danke", sagt Jenna.

„Ja, Bruder", sagt Eli.

„Du wärst ein toller Dad", sagt Mom zu Drew.

Drew atmet kräftig aus. „Ja, ich habe das schonmal getan, ich habe auf meine jüngeren Geschwister aufgepasst, nachdem Mom gestorben ist."

„Dad hat viel im Restaurant gearbeitet", sagt Eli. „Aber Caleb war mit acht der Jüngste. Das ist nicht das Gleiche wie die Betreuung wirklich kleiner Kinder oder Babys."

Drew murmelt etwas vor sich hin, sieht unbehaglich aus. Der arme Mann.

Mom dreht sich zu mir um. „Und du wärst eine großartige Mom. Du hast gute Instinkte und viel Liebe zu geben."

„Nicht jeder muss ein Baby haben, Mom", sage ich, bevor ich in die Küche gehe, um aufzuräumen.

Einen Augenblick später erscheint Mom an meiner Seite. „Ich bin ein bisschen zu übereifrig, weil ich zum ersten Mal Großmutter bin. Tut mir leid, wenn es so klingt, als würde ich dich unter Druck setzen."

Ich stelle die Spülmaschine an. „Ist okay." Ich schrubbe die Arbeitsflächen sauber und warte darauf, dass sie geht. Es tut ein bisschen weh, dass sie, als wir endlich eine Verbindung aufbauen, nur will, dass ich mehr wie Jenna bin.

Mom seufzt. „Bist du glücklich? Ich möchte doch nur, dass du glücklich bist."

Ich sehe sie an. „Ich versuche, glücklich zu sein. Ganz ehrlich, das ist eine Menge Arbeit. Ich glaube, ich werde aufhören, es zu versuchen und einfach sein, was auch immer."

„Das ist sehr klug. Ich wünschte, ich hätte meinen Verstand so zusammen gehabt, als ich in deinem Alter war."

Fassungslos lasse ich den Schwamm fallen. „Du findest, ich habe meinen Verstand beisammen?"

„Absolut. Du hast dir ein Leben weit weg von zu Hause geschaffen und deine Karriere in einer sehr wettbewerbsorientierten Branche erfolgreich aufgebaut."

Meine Kehle schnürt sich zu. „Danke!"

Sie öffnet mir ihre Arme und verzieht das Gesicht. Sie hat immer noch Schmerzen von der Operation. Ich gebe ihr eine sanfte, halbe Umarmung.

Als ich mich zurückziehe, sieht sie mir liebevoll in die Augen, und in diesem Moment fühle ich mich, als könnte ich ihr vertrauen. „Ich habe mich in Dominic verliebt", vertraue ich ihr an. „Den Single-Dad."

„Ach, Süße. Ich bin so froh, dass du Liebe gefunden hast!"

„Ja, aber ich weiß nicht, wie wir eine Zukunft haben

können, wenn wir auf unterschiedlichen Seiten des Landes leben. Das stresst mich und macht es schwer, die Zeit, die wir zusammen haben, zu genießen." *Und er ist an eine Tochter gebunden, die er nicht mit mir teilen will.* Es sollte nicht so wehtun, wie es das macht.

„Willst du meinen Rat?"

Ich nicke.

„Denk nicht so viel nach. Sieh einfach, was passiert. Ich beginne, den Wert darin zu erkennen, jeden Moment im Hier und Jetzt optimal zu nutzen."

Ich lächle ein wenig. „Wer ist jetzt hier klug?"

„Hab' ich auf die harte Tour gelernt."

„Ich versuche es."

„Versuche es nicht. Genieße es einfach. Wie oft verliebst du dich?"

Gute Frage. Ich glaube, das habe ich noch nie wirklich. Wer hätte gedacht, dass mein One-Night-Stand meine eine wahre Liebe sein könnte?

Ich möchte unbedingt an das Happy End glauben.

17

Dominic

Ich gehe am Sonntagvormittag um elf Uhr an die Tür, schon lächelnd in Erwartung, Nora zu sehen. Sonntags sind meine Besuchstage für sie, obwohl auch Lexi immer bei uns bleibt. Ich bin mir nicht sicher, ob das Nora zuliebe oder für sie ist. Ich gewöhne mich langsam dran. Normalerweise mischt sie sich nicht ein und macht Sachen auf ihrem Handy, es sei denn, Nora geht gezielt zu ihr.

„Guten Morgen", sage ich herzlich.

Lexi sieht heute zurechtgemacht aus, perfekt gestyltes Haar in weichen Wellen, übertriebenes Make-up an ihren Augen und ein Outfit, das weniger nach Mom und mehr nach Laufsteg aussieht – ein Blazer mit einem hauchdünnen Schal, eine taillierte Hose und hochhackige Stiefel. Nora ist ihr übliches niedliches Ich in einer langen lila Tunika mit blumigen lila Leggings. Ihr Haar ist in Zöpfen.

„Hi, Daddy!", sagt Nora und wirft sich an mein Bein.

Ich lege meine Hand an ihren Hinterkopf. „Hallo, Nora."

Lexi setzt ein schnelles Lächeln auf, greift hinter sich und drückt mir einen Kindersitz in die Hände. „Herzlichen Glückwunsch! Heute ist Daddy-Tochter-Tag. Ich glaube, sie hat sich jetzt genug an dich gewöhnt, um dich ohne mich zu besuchen. Ich fahre zum Einkaufen in die City. Ich schreibe dir, wenn ich zurückfahre."

Mein Herz sackt tiefer. „Du gehst?""

Sie lacht. „Entspann dich. *Du schaffst das.* Bye, Nora. Ich sehe dich dann heute Abend nach dem Essen."

„Bye, Mommy!", sagt Nora, geht in meine Wohnung und direkt auf PJ zu. Sie hatte noch nie ein Haustier, und sie ist fasziniert von ihm.

Lexi dreht sich um und eilt die Treppe hinunter.

„Du hättest mich vorwarnen können!", rufe ich ihr nach. „Dann hätte ich mich vorbereiten können."

Sie dreht sich nicht um und winkt nur über die Schulter. „Du machst das schon. Viel Spaß!"

Ich gehe wieder rein und schließe leise die Tür. Nora hockt neben PJ und steckt ihren Finger in sein Nasenloch. Er zieht den Kopf zurück und wirft mir einen flehenden Blick zu.

Ich schließe mich ihnen an und schiebe ihren Finger weg. „PJ mag es nicht, wenn man ihm in die Nase pikst. Fass ihn so an." Ich nehme ihre Hand und streiche mit ihr hinter seinen spitzen Ohren. „Er mag es auch, wenn seine Brust gerieben wird." Das zeige ich ihr auch. „Überall, wo er mit seinen eigenen Pfoten nicht hinkommt."

Sie macht es nach und streichelt seine Brust. „Okay."

Ich starre sie an und frage mich, was ich den ganzen Tag mit ihr machen soll. Lexi plant immer alles, und ich mache einfach mit. Ich habe hier kein Spielzeug für sie. Warum habe ich nichts gekauft? Ich habe nur Hundespielzeug.

Sie tätschelt PJ auf den Kopf. „Guter Hund, guter Hund." PJ senkt den Kopf auf den Boden und wirft ihr einen resignierten Blick zu.

Zumindest geht sie schon aufs Töpfchen. Ich weiß nicht einmal, wie man eine Windel wechselt. Ich bin absolut nicht vorbereitet dafür! Verdammt, Lexi!

Ich stehe auf und gehe ein wenig auf und ab, ganz kribbelig vor Nervosität. Ich könnte mit ihr auf den Spielplatz gehen, wie wir es gestern getan haben. Das hat ein paar Stunden gedauert.

„Hey, Nora, möchtest du auf den Spielplatz gehen?"

Sie steht auf. „Hunger."

„Oh, du hast Hunger. Hast du gefrühstückt?"

„Cheerios."

„Okay. Aber du hast wieder Hunger." Ich sehe nach der Uhr auf meinem Handy. Es ist kurz nach Elf. Hoffentlich sind die Restaurants schon zum Mittagessen geöffnet. Normalerweise gehe ich Sonntagabend einkaufen und habe nur noch gefrorene Burritos. Kann man einem Kleinkind einen Burrito geben, oder sind die Bohnen zu schwer zu verdauen?

„Was möchtest du gern essen?", frage ich.

Sie strahlt. „Moussaka."

Ich blinzle, überrascht, dass sie dieses Wort kennt. „Ich weiß nicht, wo man Moussaka bekommt. Wie wär's mit Pizza?"

Sie nickt.

„Großartig! Pizza. Und dann können wir zum Spielplatz gehen."

„Yay!"

Ich stoße einen erleichterten Atemzug aus. Das wird alles gut funktionieren.

„Wa-a-h!" Nora weint, ihre halbgekaute Pizza ist in ihrem offenen Mund zu sehen.

Panik lässt mein Herz rasen. Das Pizzaessen sollte der leichtere Teil des Tages sein. Eine Biene ist auf unserem Tisch gelandet, und bevor ich sie aufhalten konnte, hat sie sie unter ihrer Hand gefangen, und sie hat sie gestochen. Ich greife ihre Handfläche und inspiziere sie. Der Stachel sitzt tief.

Ich atme kräftig durch. „Okay, ich muss dich nach Hause bringen und eine Pinzette benutzen, um den Stachel rauszuholen."

Sie weint noch lauter. „Ich will meine Mommy!"

„Mommy ist nicht hier. Daddy wird sich um dich kümmern."

„Mommy!"

Ich hebe sie hoch und lasse die Pizza zurück. Sie isst so langsam, dass sie nur einen winzigen Teil davon in zwanzig Minuten gegessen hat. Ich habe meine auf. Ich kann immer noch zurückkommen, oder?

Sie windet sich in meinen Armen. „Mommy! Mommy! Mommy!"

Die Leute im Restaurant starren uns an.

Ich nicke ihnen zusichernd zu. „Bienenstich. Ich bringe sie nach Hause. Ich bin ihr Dad."

Die meisten wenden sich wieder ihren Mahlzeiten zu, außer einer älteren Frau, die mich weiterhin beobachtet, wie ich meine schluchzende Tochter zum Auto bringe und sie mühsam auf den Rücksitz bugsiere. Sobald der Sicherheitsgurt angelegt ist, hört sie auf, sich zu wehren.

„Ich habe einen Buh-Buh", sagt sie mit leiser Stimme und starrt ihre Hand an.

„Ich weiß. Fass es nicht an. Ich muss den Stachel rausholen."

„Aua!", weint sie.

Ich küsse ihre tränenfeuchte Wange. „Ich weiß. Nur ganz kurz."

Ich fahre zurück zu mir, meine Schultern heben sich bis zu meinen Ohren, während ich ihre erbärmlichen Schreie auf dem Rücksitz höre. Alle paar Minuten sagt sie: „Ich will meine Mommy."

Ich erwäge, Lexi anzurufen, aber es würde mindestens anderthalb Stunden dauern, um von der City hierher zurückzukommen. Nora wird nicht länger weinen als das, oder?

Als ich Nora, die jetzt abwechselnd schnieft und weint, in meine Wohnung bringe, sind meine Nerven am Ende. Und ich habe noch nicht mal das mit der Pinzette gemacht. Zum Glück bin ich es gewohnt, mit Tieren umzugehen, die Schmerzen haben. Das hier wird ähnlich sein. Ich kann das.

Ich bringe sie ins Bad, finde die Pinzette und setze sie auf den geschlossenen Toilettensitz. „Bleib da und beweg dich nicht."

Sie hält ihre Hand hoch und starrt sie an. „Böse Biene!"

„Bienen stechen nur, wenn sie sich gefangen fühlen. Wenn du das nächste Mal eine siehst, fass' sie nicht an, lass sie einfach vorbeifliegen."

„Böse Biene!"

„Okay, böse Biene." Ich hole Reinigungsalkohol aus dem Schrank und desinfiziere die Pinzette.

Ich hocke mich neben sie. „Du musst jetzt sehr stillhalten, damit ich dir nicht weh tue."

Ihre Unterlippe zittert. „Ich will meine Mommy."

Mein Herz zieht sich zusammen. *Töte mich jetzt.* „Du siehst Mommy später. Daddy wird sich um dich kümmern."

„Daddy ist im Himmel."

Einen Moment lang schließe ich die Augen. „Dann dein anderer Daddy." Ich greife ihre Hand und benutze die Pinzette mit meiner anderen. In dem Moment, in dem ich den Stachel berühre, zuckt sie zusammen.

„Auuu! Nein, Daddy! Nein!"

Ich versuche, ihren Arm besser in den Griff zu bekommen, aber sie dreht sich, windet sich heraus und läuft aus dem Badezimmer.

„Nora, warte!"

Sie rennt zur Haustür und versucht den Knauf. Zum Glück kann sie den Riegel darüber nicht erreichen. Als das fehlschlägt, stürzt sie hinter das Sofa und quetscht sich zwischen Möbel und Wand.

Es muss einen einfacheren Weg geben, das zu tun. Bei der Arbeit ist immer eine Helferin da, die das Tier hält, während ich daran arbeite. Manchmal müssen wir sie betäuben. Natürlich kann ich eine Zweijährige nicht betäuben. Was mögen Kinder sonst noch? Wenn ich nur einen Lutscher hätte, der sie ablenkt. Ich ziehe mein Handy raus und will gerade schon Lexi schreiben, aber der Stolz hält mich zurück. Seit ich von Nora erfahren habe, dränge ich auf mehr Besuche mit ihr. Wenn ich meinen ersten unbeaufsichtigten Besuch nicht bewältigen kann, wie wird das aussehen?

Dann erinnere ich mich, wie gut Eve mit ihrem Neffen umgeht. Sie sagt immer, dass Jenna sie seine zweite Mom nennt. Sie wird wissen, was zu tun ist. Ich schreibe ihr:

SOS. Ich habe Nora den ganzen Tag allein. Sie ist von einer Biene gestochen worden, und jetzt versteckt sie sich vor mir, nachdem ich erfolglos versucht habe, den Stachel rauszubekommen.

Ich warte einige quälende Minuten, während ich Nora im Auge behalte. Sie ist ungewöhnlich still. Ich schaue sie über das Sofa an. Sie steht sehr ruhig da und versucht, sich zu verstecken.

Ich trete weg. „Ich frage mich, wo Nora ist."

Sie kichert.

Okay, ich kann eine anaphylaktische Reaktion ausschließen. Ich brauche nur Verstärkung. Mein Handy vibriert mit einer Nachricht:

Eve: *Ich dachte, du willst nicht, dass Nora mich kennenlernt.*

Ich: *Das hier ist ein Notfall. Sie wird mich am Ende hassen, wenn ich sie weiter jagen muss, um den Stachel rauszuholen.*

Eve: *Du jagst ihr nach?*

Ich: *Sie hat versucht wegzulaufen. Jetzt versteckt sie sich. Bitte komm her! Hast was gut bei mir.*

Eve: *Ich habe keine Erfahrung mit Zweijährigen. Ich bin sicher, dass du das genauso gut hinbekommen wirst wie ich.*

Ich: *Es läuft grässlich!*

Ich mache ein Foto von Nora, die sich hinter dem Sofa versteckt, und schicke es Eve.

Eve: *Aww, armes Ding!*

Ich: *Das ist unser erster Besuch ohne ihre Mom. Wenn sie die ganze Zeit wütend ist, wird sie es nicht wieder tun wollen.*

Meine Augen werden heiß. Ich schlucke den Kloß in meiner Kehle herunter. Ich hatte nicht gedacht, dass es so schwierig sein würde. Ich war so vorsichtig, die Dinge langsam anzugehen, damit Nora mich kennenlernt.

Ich: *Bitte, Eve. Ich brauche dich.*

Die Worte sind roh und nackt und verletzlich. Ich beiße

die Zähne zusammen und warte auf ihre Antwort. Seit Lexi habe ich den Glauben verloren, dass es eine gute Frau gibt, auf die man sich auf lange Sicht verlassen kann, aber in diesem wichtigen Moment will ich nur auf Eve zählen.

Eve: *Komme jetzt zu dir.*

Ich schließe die Augen und Erleichterung rauscht über mich.

Und in dem Moment, in dem ich Eve vor meiner Haustür sehe, lächelnd und mit einer Stoffgiraffe, trifft es mich – ich brauche sie nicht nur für heute, sondern für immer, als festen Teil meines Lebens.

„Ich habe was zur Ablenkung mitgebracht", sagt sie und wedelt mit der Giraffe. „Theo macht es nichts, sie zu teilen."

„Danke", bringe ich heraus.

„Wo ist Nora?", fragt sie laut.

Hinter dem Sofa raschelt es, aber sie bleibt versteckt.

„Nora, meine Freundin Eve ist zu Besuch, und sie hat dir was mitgebracht."

„Es ist mein Lieblings-Plüschtier", sagt Eve fröhlich. „Eine Giraffe. Magst du Giraffen?"

Schweigen.

Eve signalisiert mir mit einer Geste, dass ich ruhig sein soll, gibt mir die Giraffe und geht dann zu PJ, wo er in seinem Bett liegt. Sie nimmt ihn und das Bett hoch und legt ihn an das Ende des Sofas, wo Nora ihn sehen kann.

„Da ich Nora nicht finden kann, lasse ich PJ mit meiner Giraffe spielen", sagt sie und setzt die Giraffe auf seine Seite.

PJ sieht langsam die Giraffe, dann sie mit seinem unverkennbaren herablassenden Blick an. Eve kniet sich neben ihn und streichelt ihn so, wie er es mag, hinter den Ohren, während sie für Nora mit ihm spricht. „Ist das nicht eine großartige Giraffe? Ich wusste, dass sie dir gefallen würde. So weich und pelzig, mit genau der richtigen Menge an Hals, an dem man sich festhalten kann."

Sie steht auf und kommt zu mir. „Schade, dass Nora nicht hier ist, um meine Giraffe zu sehen."

Ich lege meinen Arm um ihre Schultern, ziehe sie an

meine Seite und küsse ihre Schläfe. „Danke, dass du vorbeigekommen bist", flüstere ich an ihr Ohr. „Ich bin fast durchgedreht."

„Du machst das schon. Habe ich erwähnt, dass ich mal ein stures Kind war?"

„Nein."

„Oh, ja. Die Königin der Sturheit zu meinem eigenen Nachteil. Ich bin auch mehr als einmal weggelaufen. Es erfordert Geduld, Beharrlichkeit und" – sie senkt ihre Stimme – „einen kleinen Anreiz." Sie zwinkert.

Ich habe mich in dich verliebt. Mein Herz pocht, das Blut strömt durch meine Adern. Sie ist die Frau, von der ich nicht geglaubt habe, dass sie existiert. Ich will sie auf lange Sicht bei mir, eine wahre Partnerin im Leben.

Ihre Augen werden weich, als hätte sie meine Gedanken gehört. Es steht mir wahrscheinlich ins Gesicht geschrieben.

Ein schlurfendes Geräusch zieht unsere Aufmerksamkeit auf sich. Nora greift über PJ, um die Giraffe zu nehmen, und stolpert über ihn. Sie landet ausgebreitet auf ihm, und ihre verletzte Hand schlägt auf die Giraffe. Sie schreit zur gleichen Zeit, als PJ winselt und wegspringt, leicht hinkend.

Ich gehe zuerst zu Nora und hebe sie von dort hoch, wo sie quer auf PJs Fleece-Bett liegt. Wenigstens hatte sie eine weiche Landung. „Hast du dir schon wieder an der Hand wehgetan?"

Sie nickt, und Tränen strömen über ihr Gesicht. „Böser Hund!"

Eve nimmt die Giraffe und lässt sie vor Nora tanzen. „Sag Hallo zu Gizmo." Bei meinem überraschten Blick hebt sie eine Schulter mit einem Achselzucken.

„Hi, Gizmo", sagt Nora mit weinerlicher Stimme.

„Gehen wir alle ins Bad, um diesen Stachel rauszuholen", sage ich.

„Wie wäre es, wenn wir hier auf dem Sofa bleiben?", sagt Eve. „Nora kann Gizmo halten. Würde dir das gefallen?"

Nora nickt.

Eve setzt sie auf das Sofa und gibt ihr Gizmo. Sie dreht sich zu mir um. „Denkst du, sie lässt zu, dass ich sie halte?"

Nora plappert mit Gizmo und lehnt ihre Nase an die Nase der Giraffe.

Ich nicke. „Sie wird wahrscheinlich genug abgelenkt sein, um nichts dagegen zu haben. Ich werde die Pinzette holen."

Als ich zurück bin, sitzt Nora auf Eves Schoß, und die beiden reden mit der Stoffgiraffe auf Noras Schoß. Sie sehen schon gut zusammen aus, beide freuen sich, mit Gizmo zu sprechen. Meine Gedanken springen dorthin, dass Eve auch Teil von Noras Leben ist. Mir gefällt die Idee. Ich weiß nicht, wie es funktionieren würde, aber es fühlt sich richtig an.

Eve sieht mit einem Lächeln zu mir auf. „Ich habe mein Handy und kann Licht auf ihre Hand leuchten."

„Großartige Idee!"

Ich setze mich neben sie und ziehe Noras Hand zu meiner. Sie zieht sie zurück.

Ich halte meine Stimme ruhig, obwohl ich nervös bin, ihr wehzutun. „Nora, ich muss den Stachel rausholen, sonst tut es dir weiter weh."

„Nein."

„Ich muss das tun."

„Nein."

Eve meldet sich zu Wort: „Sobald du den Stachel rausgeholt hast, können wir Eis essen gehen. Gizmo auch."

Nora gibt mir ihre Hand.

„Anreiz", sagt Eve. Sie leuchtet mit einer Hand auf Noras Handfläche und hält sie mit der anderen.

Ich nehme Noras Hand und bewege mich langsam mit der Pinzette darauf zu.

„Wusstest du, dass Gizmo heute Geburtstag hat?", fragt Eve. „Singen wir ihm ein Geburtstagslied."

Eve fängt mit einer Off-Key-Stimme an, und Nora schließt sich an. Sie zuckt ein wenig mit der Hand, während ich arbeite, aber als sie den Song beenden, bin ich fertig.

„Alles in Ordnung", sage ich.

Nora inspiziert ihre Handfläche. „Ein Pflaster für mein Buh-Buh."

„Das kann ich machen." Ich gehe ins Badezimmer, lausche den fröhlichen Klängen meiner Tochter und meiner neuen Liebe, die lachen und reden. Das ist das Leben, das ich für meine Zukunft will. Eve, ich, Nora und zukünftige Kinder.

Ich schüttele den Kopf über mich selbst. Ich habe Eve noch nicht einmal gesagt, wie ich empfinde. Soweit ich weiß, könnte sie direkt zurück nach L.A. zurücklaufen. Natürlich wird sie dort am Ende landen. Und ich könnte Summerdale nie verlassen, nicht mit Nora und meiner Arbeit.

Was tut man, wenn man endlich eine fantastische gemeinsame Zukunft sieht, aber es unmöglich ist?

18

Eve

„Das hier war vielleicht ein Fehler." Ich sehe Dominic reuevoll an. Wir haben Nora einen Becher Schokoeis geholt, und sie hat mehr davon an sich, als sie gegessen hat.

Wir sind bei Shane's Scoops, der Gourmet-Eisdiele im nahe gelegenen Clover Park. Ich bin nebenan in Eastman aufgewachsen, also kenne ich alle Geschäfte hier. Es sind nicht viele Leute im Laden, wahrscheinlich weil es das letzte Oktoberwochenende und draußen kalt ist. Es sind nur ein paar Mädchen im Teenageralter an einem Tisch und ein älteres Paar an einem anderen.

Nora löffelt immer noch die geschmolzene Eiscremesuppe aus ihrem Becher. Eis läuft ihr das Kinn hinunter, und obwohl ich versucht habe, eine Serviette in ihr Oberteil zu stecken, ist so viel an der Serviette vorbeigefallen und jetzt überall auf ihrer hellvioletten Tunika. Dominic und ich waren so damit beschäftigt, unser Eis zu essen und zu reden, dass wir nicht bemerkt haben, wie chaotisch sie gegessen hat, bis es zu spät war.

Dominic nimmt noch mehr Servietten aus dem Spender an unserem Tisch und versucht, sie zu säubern, während sie ihn ignoriert und weiter in ihren Becher gräbt.

„Ziemlich gut, was, Nora?", frage ich.

„Ja." Sie hält den Becher an ihr Gesicht und versucht, den Boden abzulecken.

„Ich glaube, es ist alles weg."

Sie zeigt mir den Becher mit einer dünnen Schicht geschmolzenem Eis unten. „Mehr."

„Du kannst es trinken. So." Ich halte meinen eigenen Eisbecher hoch und trinke den Bodensatz.

Sie macht das Gleiche, aber nimmt einen zu steilen Winkel. Eis fließt über ihr Gesicht und läuft an ihren Wangen und dem Kinn herunter. Sie knallt den Becher auf den Tisch. „Alles weg."

Dominic nimmt mehr Servietten und tupft ihr das Gesicht ab.

„Hast du Wechselkleidung für sie mitgebracht?", frage ich.

„Ich habe nichts."

Sie windet sich von ihrem Sitz herunter und rennt zur Eisauslage, schlägt ihre mit Eis verschmierte Hände gegen das Glas und stellt sich auf Zehenspitzen, um alle Geschmacksrichtungen zu sehen.

„Tut mir leid!", sagt Dominic und zieht ihre Hände vom Glas weg. Er versucht, das Glas mit der Serviette zu reinigen, aber es verschmiert einfach.

Eines der beiden rothaarigen Mädchen hinter der Theke kommt mit Windex und einem Papiertuch in der Hand herum. Sie trägt ein Shane's Scoops T-Shirt. Die Mädchen haben die gleichen hellroten Haare wie Shane O'Hare, der Eigentümer des Ladens. Ich wette, das sind seine Töchter. Sie sehen wie etwa sechzehn oder siebzehn aus und ähneln einander sehr.

„Kein Problem. Wir sind es gewohnt." Sie wischt die Handabdrücke weg. „Sie sollten mit ihr auf die Toilette gehen und sie waschen." Sie deutet nach hinten.

Dominic nimmt Nora an der Hand und geht mit ihr auf die Toilette. Er kann ihr vielleicht das Eis von Gesicht und Händen waschen, aber ihr Oberteil ist vollkommen ruiniert.

Ich weiß nicht, wie wir mit ihr in den Spielwarenladen die Straße runter gehen können, wenn sie so beschmiert ist.

Ein rothaariger Mann kommt von hinten in den Laden. Shane. „Wie läuft es heute, Mädels?", fragt er. Er muss so Ende vierzig sein, aber er sieht genau so aus, wie ich mich an ihn erinnere. Als ich ein Kind und unerträglich schüchtern war, war er so nett zu mir. Er hat mich oft kostenlos probieren lassen, wenn ich mich nicht entscheiden konnte, ohne dass ich reden musste und nur auf sie gezeigt habe.

„Gut, Dad", sagt ein Mädchen, als wäre es total genervt davon, dass er fragt, wie es läuft.

„Wir haben dir gesagt, wir können den Laden an einem Sonntag schmeißen", sagt die andere und parkt eine Hand auf ihrer Hüfte.

„Freut mich, das zu sehen", sagt Dominic. „Vergesst nicht, die Theken, Tische und Löffel zu säubern, bevor ihr schließt."

„Wissen wir", sagen beide gleichzeitig gedehnt.

Er neigt den Kopf. „Abby, Hannah, habe ich euch schon mal gesagt, wie gerne ich euch nerve?" Er kitzelt die eine und nimmt die andere in den Schwitzkasten. Sie lachen und stoßen ihn an.

Ich verkneife mir ein Lächeln. Es ist so schön, eine glückliche Familie zu sehen. Ich sehe Shane's Scoops T-Shirts, die in einem kleinen Regal neben der Eisauslage verkauft werden. Sie haben Kindergrößen. Perfekt für Nora.

„Hi, kann ich eines der Shane's Scoops T-Shirts in Kindergröße bekommen?"

Shane geht rüber zu dem Regal. „Welche Größe?"

„Oh, ich weiß nicht. Sie ist zwei." Ich strecke meine Hand aus und senke sie. „Etwa so groß."

„Probieren wir das hier", sagt er und reicht es mir.

Ich halte es hoch. „Das kommt ungefähr hin. Wenn es ein bisschen lang ist, ist das okay."

Er kassiert, während seine Töchter sich hinter seinem Rücken etwas zuflüstern.

„Ich weiß nicht, ob Sie sich erinnern, aber ich bin als Kind schon öfter hierhergekommen. Eve Larsen. Ich habe dieses Lokal immer so geliebt."

Er mustert mich. „Ach, ja! Ich erinnere mich an Sie mit Ihrem Dad. Er hat immer Butter-Pekannüsse genommen, und Sie wollten erst probieren, bevor Sie sich entschieden haben. Sie waren eines der wenigen Kinder, die jedes Mal, wenn sie reinkommen, einen anderen Geschmack ausprobieren wollen."

„Das stimmt. Alles war so gut, dass ich mich nie auf einen festlegen konnte."

„Vielen Dank. Das ist gut zu hören, da sie alle frisch in unserem Geschäft zubereitet werden. Wohnen Sie in der Stadt?"

„Ich bin nur zu Besuch. Sie haben schöne Töchter."

Seine Töchter werden so rot wie ihre Haare. Er lächelt. „Danke! Ich habe noch zwei zu Hause, eine weitere Tochter und einen Sohn."

„Arbeiten sie alle für Sie?"

„Nur Abby und Hannah sind alt genug, aber ihre jüngeren Geschwister wollen unbedingt auch so nahe ans Eis kommen."

Die Mädchen nicken und sehen stolz aus, dass sie hier arbeiten dürfen.

Dominic taucht mit einer sauberen Nora auf, die eine fleckige Tunika trägt. „Besser hab' ich's nicht hingekriegt."

„Ich habe ihr ein T-Shirt besorgt", sage ich. „Komm her, Nora. Du kannst dieses coole Oberteil mit der Eiswaffel drauf tragen."

Sie kommt zu mir gerannt, und ich zeige es ihr. „Oh!" Sie reckt ihre Arme in die Höhe.

Ich schätze, ich soll ihr beim Ausziehen helfen. Ich ziehe ihre Tunika hoch und aus. Dann nehme ich ein paar Servietten und tupfe ihre Brust trocken, bevor ich ihr das neue T-Shirt über den Kopf ziehe. Ihre Arme stecken fest, als sie versucht, sie nach oben zu schieben, während ich versuche, sie zu den Armlöchern zu lenken. Nach ein paar Minuten Kämpfen ist das Oberteil angezogen.

Sie blickt darauf hinunter, wischt mit der Hand über die Eiswaffel und lächelt.

„Danke", sage ich zu Shane.

„Hier." Er reicht mir eine Plastiktüte. „Für das schmutzige Oberteil. Da sollten Sie so schnell wie möglich mit Flecken-entferner rangehen, sobald Sie nach Hause kommen."

„Danke, das werden wir."

„Herzlichen Glückwunsch zu Ihrer Familie, Eve", sagt Shane. „Ich hoffe, Sie alle bei Ihrem nächsten Besuch wieder hier zu sehen."

Meine Lippen teilen sich überrascht. Sehen wir aus wie eine Familie? Es ist mir nie in den Sinn gekommen, dass jemand denken könnte, ich gehöre zu ihnen wie eine echte Familieneinheit.

„Danke!" Meine Stimme bricht.

Dominic hält mir die Tür offen. Und dann überrascht mich Nora und nimmt meine Hand.

Es ist erst sieben Uhr, und ich bin erschöpft. Wir sind mit Nora in den Spielwarenladen gegangen und haben ihr ein Dreirad besorgt, nachdem sie eines im Laden ausprobiert und es geliebt hat. Wir haben sie gefragt, ob sie zu Hause eins habe, und sie hat es verneint. Auch Dominic sagte, er habe sie noch nie auf einem gesehen, also haben wir das fertig zusam-mengebaute gekauft, es mit nach Hause genommen und den Großteil des Nachmittags damit verbracht, mit ihr auf dem Bürgersteig zu laufen, während sie in die Pedale trat.

Danach sind wir zum See gegangen, um die Enten zu füttern, hatten ein kleines Picknick-Abendessen und sind dann zurück zu Dominics Wohnung gegangen. Dominic und ich waren so am Ende, dass wir einen Film auf seinem Laptop aufgerufen haben, damit wir alle einfach gucken konnten. *Finde Nemo*. Wir schlafen halb, PJ schnarcht laut wie üblich, wegen seines eingedrückten Gesichts, und Nora starrt mit weiten Augen.

„Hätten wir sie dazu bringen sollen, ein Nickerchen zu machen?", flüstere ich Dominic zu.

„Ich weiß nicht. Machen Zweijährige Nickerchen?"

„Ich weiß auch nicht."

„Ich glaube nicht, dass es funktioniert hätte. Sie ist immer noch voller Energie."

Der Film endet, und Dominic und ich sehen uns an. Wir haben immer noch mehr als eine Stunde, bis Lexi hier ist.

„Wann ist Noras Schlafenszeit?", frage ich.

„Auch das weiß ich nicht. Lexi hat mir nicht viele Informationen gegeben."

Nora klettert vom Sofa herunter und beginnt, sich im Kreis neben dem Couchtisch zu drehen.

„Mach das nicht, dir wird schwindlig", sagt Dominic.

Nora hält an und beginnt, sich in die andere Richtung zu drehen. Da erinnere ich mich, wie Drew Theo zum Schlafen gebracht hat, indem er über langweilige Erwachsenendinge geredet hat.

„Lass uns eine Tierdoku ansehen", sage ich. „Das wird sie wahrscheinlich so langweilen, dass sie einschläft."

„Sie mag Tiere."

„Okay, dann was anderes Langweiliges und Altersgemäßes."

Dominic findet eine Kochshow und macht sie an. „Schau mal, Nora, sie kochen coole internationale Rezepte!"

Sie klettert auf das Sofa und quetscht sich zwischen uns. Innerhalb weniger Minuten lutscht sie ihren Daumen und zwirbelt ihr Haar, ihre Augen blinzeln müde.

Na also. Sie wird bald eingeschlafen sein. Mein Kopf kippt nach vorn, als ich versehentlich einnicke, und ich wache ruckartig wieder auf.

Nora klettert in meinen Schoß und rollt sich auf ihrer Seite zusammen. Ich lege meine Arme um sie und liebe das Gefühl, sie zu halten. Ich wusste nie, was für ein besonderes Erlebnis es ist, ein Kleines zu halten, bis ich Theo gehalten habe.

Nora streckt ihre Hand aus und legt sie auf Dominics Arm, um uns alle miteinander zu verbinden.

Ein paar Minuten später wird Nora schlaff und schläft in meinen Armen.

„Sie mag dich", flüstert Dominic.

„Ich mag sie auch", sage ich.

Er lächelt mich an, seine Augen sind warm. „Ich bin so froh, dass du heute hergekommen bist."

„Also ist es für dich okay, dass Nora und ich Zeit miteinander verbringen?"

„Ist es. Sie soll dich kennenlernen."

Ich streichle ihr die Haare aus dem Gesicht. Die Haarbänder ihrer Zöpfe sind längst rausgefallen. Ihr langes, dunkles Haar ist flaumig und weich wie Seide. „Das fände ich auch schön."

Ich bin so entspannt mit Nora, die sich an meine Brust schmiegt, und Dominics Wärme an meiner Seite. So könnte es sein, ich als Teil meiner eigenen kleinen Familie, zusammen aufs Sofa gekuschelt, unser Hund PJ schnarcht an unserer Seite.

Kurz darauf klingelt es.

„Sie ist früh dran", sagt Dominic und springt vom Sofa.

Nora schläft immer noch fest in meinen Armen. Ich überlege, sie aufs Sofa zu legen, aber ich mag sie nicht mitten in einer möglicherweise unangenehmen Szene wecken.

Lexie tritt ein. „Ich habe einen früheren Zug genommen." Sie erstarrt und sieht mich an, wie ich ihre schlafende Tochter halte. „Was zum Teufel ist hier los?", zischt sie.

„Sie ist eingeschlafen", flüstere ich und stehe langsam vom Sofa auf, um sie in die Arme ihrer Mutter zu legen.

Lexi dreht sich zu Dominic um. „Das eine Mal, dass ich dir einen Besuch allein mit ihr gestatte, und du lässt deine neueste Sexpartnerin sich um unsere Tochter kümmern? Das war das letzte Mal, dass du einen Einzelbesuch bekommen hast."

„Sie ist mehr als das", sagt Dominic.

„Du sagtest, sie sei nichts Besonderes." Lexi nimmt Nora aus meinen Armen und eilt zur Tür.

Nora hebt kurz den Kopf. „Mommy."

Lexi geht weiter schnell zur Tür. „Das stimmt. Deine wahre Mommy ist hier. Wir fahren jetzt nach Hause."

Die Tür knallt hinter ihr zu.

Ich stehe da, überall taub, und plötzlich ist mir kalt. Ich verschränke die Arme und umarme mich selbst. „Ich wollte nie in deine Familie reingezogen werden."

Er zieht mich in seine Arme. „Lexi ist nur eifersüchtig. Sie wird sich an den Gedanken gewöhnen, dass Nora neue Leute kennenlernt."

„Das könnte dich das gemeinsame Sorgerecht kosten. Sie ist sehr kontrollsüchtig."

„Ich werde mit ihr reden."

Ich ziehe mich zurück und denke an Lexis fehlende Grenzen, ihre unangekündigten Besuche; selbst heute Abend ist sie zu früh gekommen, wahrscheinlich absichtlich, um Dominic unvorbereitet zu erwischen. „Du brauchst einen Anwalt." *Weil ich nicht der Grund dafür sein will, dass du deine Tochter verlierst.*

„Sie muss sich nur abkühlen."

Ich werfe ihm einen skeptischen Blick zu.

„Außerdem wissen wir nicht, ob …"

„Ob was?"

„Ob du ein dauerhafter Teil von Noras Leben sein wirst. Ich verstehe, warum Lexi vorsichtig ist."

„Jetzt bist du also plötzlich auf ihrer Seite. Vorhin hast du gesagt, du möchtest, dass Nora mich kennenlernt."

Er fährt sich mit einer Hand durchs Haar. „Es ist kompliziert. Können wir darauf zurückkommen, wenn wir sicher wissen, ob du kommst oder gehst?"

„Ich gehe. Es ist nur eine Frage des Wann."

„Wir lassen uns was einfallen, wenn die Zeit gekommen ist. Lass in der Zwischenzeit nicht zu, dass Lexi alles ruiniert."

Ich seufze, bin hundemüde. „Du hast recht. Denn dann gewinnt sie. Ich sollte jetzt besser gehen."

Er küsst mich. „Ich sehe dich bei der Halloween-Party."

„Es soll um 17 Uhr West Coast Time an Halloween ein

Update über den Streik geben. Ziel war es, bis Ende des Monats zu einem Konsens zu gelangen."

„Und dann werden wir dieses Gespräch führen."

Ich umarme ihn ein letztes Mal, bevor ich gehe.

Eine letzte Party zusammen, ein großes Gespräch, zwei gebrochene Herzen. Ich will glauben, dass alles klappt, aber ich weiß nicht, wie.

19

Dominic und ich sehen einander kurz an und brechen dann in Lachen aus. Ich hatte Angst, meine dunkle Stimmung würde den heutigen Abend ruinieren, aber es ist unmöglich, bei dem lächerlichen Aussehen seines Kostüms unglücklich zu sein. Er ist als Bleeker aus dem Film *Juno* verkleidet, trägt Schweiß-bänder an Kopf und Handgelenken, ein T-Shirt, Turnshorts und ganz nach oben gezogene Tennissocken. Wir stehen auf Jennas Veranda und bewundern einander unter dem Licht dort. Ich bin Juno, der schwangere Teenager.

Er legt eine Hand an meinen falschen, schwangeren Bauch. Es ist ein Kissen unter meinem Oberteil. Ich habe einen Hoodie zu einem Tanktop mit einem Rock und Leggings darunter hinzugefügt. Es war das Beste, was ich in letzter Minute als Kostüm hinbekommen konnte. *Juno* ist einer meiner Lieblingsfilme.

„Wie ist das passiert?", fragt Dominic.

„Alles fing mit einem Stuhl an", sage ich und zitiere den Film. „Und wie gefalle ich dir als Brünette?" Ich habe mir eine brünette Perücke ausgeliehen, die Jenna noch von einem anderen Kostüm hatte.

Er küsst mich. „Du siehst fantastisch aus!"

„Oh mein Gott, Leute, ich muss Fotos machen", sagt Jenna und blickt über meine Schulter auf Dominic.

Ich trete zurück, um Dominic für Fotos reinzulassen. Jenna trägt ein Bienenfühler-Stirnband und Theo ein Hummelkostüm, das wie ein großer gestreifter Schlafsack ist. Er muss es gemütlich haben, weil er draußen in der Kälte ist. Sie bleibt zu Hause für die Kinder, die Süßes oder Saures wollen, während Eli auf Patrouillendienst ist.

Mocha und Lucy umkreisen uns und schnüffeln. Dominic streichelt den Hunden die Seiten, einen mit jeder Hand.

„Ihr seid so Juno und Bleeker", sagt Jenna und macht Gesten, wo wir stehen sollen. Sie legt Theo in ein tragbares Kinderbett neben dem Sofa und lässt uns an der Eingangstür stehen. „Dominic, ich dachte nicht, dass es möglich ist, dass du dämlich aussiehst, aber die Schweißbänder tun es." Sie lacht. „Und die langen Socken!"

„Danke", sagt Dominic trocken.

Er legt einen Arm um meine Schultern, und ich lege eine Hand auf meinen riesigen Bauch.

Jenna macht ein paar Fotos mit ihrem Handy. „Mom würde verrückt werden, dich so zu sehen."

Ich verdrehe die Augen. „Ermuntere sie nicht auch noch."

Jenna steckt ihr Handy in die Tasche. „Viel Spaß, ihr beiden! Theo und ich werden uns *Der große Kürbis, Charlie Brown* ansehen. Jetzt, da ich ein Kind habe, habe ich die perfekte Ausrede, um all meine Kinderfavoriten noch einmal zu sehen."

„Ich bin mir sicher, dass er es lieben wird, dabei zu schlafen", sage ich. „Bye!"

Es klingelt an der Tür, und die Hunde bellen wie verrückt und stürmen hin. Theo wacht mit einem erschreckten Schrei auf. Genau deshalb klingele ich nie. Klopfen oder ein Schlüssel stört die Hunde nicht annähernd so sehr.

„Hier sind Kinder, für Süßes oder Saures", sage ich. „Soll ich hingehen?"

Jenna hebt Theo hoch und streichelt seinen Rücken, während sie zur Tür geht. „Nein, geht nur und habt Spaß auf der Party!"

Ich öffne die Tür zu einer Gruppe von drei kleinen Mädchen, die als Fee, Geist und Hexe verkleidet sind.

„Süßes oder Saures!", sagen sie einstimmig.

„Die Dame hinter mir wird euch helfen", sage ich und gehe an ihnen vorbei. Dominic folgt.

Ich sehe über meine Schulter zu Jenna, die das Baby in einem Arm hält, während sie den Mädchen mit ihrer anderen Hand die Schüssel mit Süßigkeiten hinhält.

Bevor wir Dominics Auto erreichen, rennen die Mädchen zum nächsten Haus und kichern. Ich winke einer Gruppe von Eltern zu, die auf der Straße stehen und die Mädchen begleiten.

„Ich vermisse Süßes oder Saures", sagt Dominic und öffnet mir die Autotür.

„Die guten alten Zeiten. Jetzt müssen wir unsere eigenen Süßigkeiten kaufen und uns schuldig fühlen, weil wir sie gegessen haben."

Er lacht und schließt die Tür.

Es sind nur fünf Minuten Fahrt zu Wyatts und Sydneys Haus, nicht lang genug für ein tiefes Gespräch, aber ein Teil von mir möchte wissen, ob er die Dinge mit Lexi geglättet hat. Ich will niemals der Grund sein, dass er von seiner Tochter abgeschnitten wird.

„Du bist ja so furchtbar still", sagt Dominic.

„Ich denke nur nach."

„Über?"

„Hat Lexi von ihrer Drohung Abstand genommen, dir keine Einzelbesuche mit Nora mehr zu erlauben?"

„Ich werde mit ihr am nächsten Sonntag während meines geplanten Besuchs darüber sprechen. Glaub mir, Lexi braucht Zeit, um sich abzukühlen."

„Ich möchte dir nichts ruinieren."

„Du hast mich letzten Sonntag gerettet. Wenn mein kleines Mädchen weint, ist es, als lägen meine Nerven überall blank. Ich war in Panik darüber, was ich tun sollte, hatte Angst davor, es zu vermasseln. Dann bist du aufgetaucht, so ruhig wie man nur sein kann."

„Ich schätze, da sie nicht mein Kind ist, habe ich nicht diese blank liegenden Nerven. Ich habe nur darüber nachgedacht, was ihr helfen könnte, so wie ich es mit Theo tue."

„Vielleicht hättest du Notaufnahme-Ärztin werden sollen. Du bist gut unter Druck."

„Ich stehe jede Woche unter Druck, die Frist für die Show einzuhalten. Es geht rasend schnell vom Drehbuch zur Aufnahme."

„Nerven aus Stahl. Hast du schon vom Streik gehört?"

Ich sehe auf mein Handy. Es ist 19 Uhr New York Zeit, das heißt, erst vier in L.A. „Noch nicht. Ich hoffe, es sind gute Nachrichten. Jeden Tag, an dem wir streiken, verlieren die Produzenten Geld, also sollten sie es beenden wollen."

„Ganz zu schweigen vom fehlenden Gehaltsscheck der Autoren. Geht's dir gut?"

„Jenna hat meine Miete diesen Monat übernommen. Ich werde es ihr so schnell wie möglich mit Zinsen zurückzahlen."

„Da bin ich mir sicher."

Wir verstummen beide, die anhaltende Unsicherheit über die Zukunft erhebt sich zwischen uns wie eine große Mauer. Einer von uns muss diese Mauer erklimmen, um zu dem anderen zu gelangen. Einer von uns wird ein großes Opfer erbringen müssen, und das kann schlimm damit enden, dass ich ihn verachte oder umgekehrt. Wenn ich das schreiben würde, wie würde ich ein Happy End gestalten? Leider bin ich mehr für meine Cliffhanger bekannt, als Dinge mit einer Schleife zu binden.

Vielleicht bedeutet das, dass es kein Happy End gibt. Es gibt nur das Glück, das ich jetzt empfinde. Wie heißt es noch, besser geliebt und verloren zu haben, als überhaupt nie geliebt zu haben? Scheiß drauf, so oder so ist es ätzend.

Wenige Minuten später fährt Dominic in die lange Einfahrt zu Wyatts und Sydneys Haus. Es ist ein wunderschönes Anwesen mit mehreren Hektar Wald und sanften grasbewachsenen Hügeln. Ein großes zweistöckiges Haus mit grauen Schindeln liegt direkt vor uns.

Ich zeige zum Fenster hinaus. „Oh, Jenna hat mir davon erzählt. Sieh nur: ein landumschlossener Leuchtturm!" Er ist grau, mit einer weißen Oberseite. Jenna sagt, dass es eigentlich ein Wasserturm ist, aber der Vorbesitzer mochte Leuchttürme, deswegen hat er ihn wie einen gestalten lassen.

„So seltsam, oder?", sagt Dominic. „Ich war hier schon mal. Wyatt hat einen großen Beitrag zum Tierheim geleistet. Wir haben hier sogar ein professionelles Fotoshooting mit Jungs und Hunden für einen Kalender gemacht. Den haben sie in der Stadt verkauft."

„Jetzt, wo du es erwähnst, erinnere ich mich, dass Jenna vor einiger Zeit was davon gesagt hat. Männer oben ohne und Hunde. Ich würde gern deinen Monat sehen."

„Nur meinen?"

„Natürlich! Ich werde doch nicht andere Typen anschmachten. Wenn der Monat zufällig verrutscht, ohne, dass ich was dafürkann, riskiere ich vielleicht einen Blick."

Er lacht. „Sie hat sicher eine Kopie behalten. Eli war auch drin."

Ein paar Minuten später sind wir an der Haustür. Normalerweise stehe ich nicht auf große Partys, aber ich kenne viele dieser Leute durch Jenna und Eli. Jenna hat mich ihren Freunden vorgestellt, und Elis Familie lebt in der Stadt. Dominic drückt die Klingel, und wir hören Hunde bellen und zur Tür stampfen.

„Das ist ein echt hundefreundliches Haus", sagt Dominic.

Einen Moment später öffnet Wyatt Winters, ein großer Mann mit dicken dunkelbraunen Haaren, die Tür mit einem weißen Shih Tzu im Arm, der eine rosa Schleife in seinem Haar trägt. Ein Pitbull-Mix in Marienkäfer-Kostüm und ein Golden Retriever mit Smoking-Hemd stehen an seiner Seite. „Snowball, Rexie, Scout, stehen!", befiehlt er den Hunden, die sofort still sind.

Er lächelt uns breit an. „Juno und Bleeker."

„Ja!", sage ich, froh, dass er es erkennt. „Ich dachte schon, ich müsste uns den ganzen Abend erklären."

Er tritt beiseite. „Du bist nicht die Einzige. Meine

Schwester Kayla ist auch Juno." Er dreht sich um und bedeutet uns, ihm zu folgen. „Kayla, Adam! Kommt, seht euch das an!"

Ich habe Kayla und Adam schon mal getroffen. Adam ist Elis älterer Bruder. Seine Frau Kayla ist übersprudelnd und süß.

Wir folgen ihm einen Flur hinunter zu einer großen, modernen Küche mit Granitarbeitsplatten und Edelstahlgeräten. Er deutet auf einen Tresen, wo verschiedene Getränke und Plastikbecher stehen. „Bedient euch. Bier ist im Kühlschrank." Er setzt den weißen Hund ab. Ich nehme an, das ist Snowball. „Kayla!"

Kayla, eine zierliche Brünette, erscheint einen Moment später. Oh, wow, sie sieht wirklich aus wie Juno mit ihrem dunklen schulterlangen Haar, den großen braunen Augen und der zierlichen Größe. „Eve, wir sind Zwillinge!"

Ich gehe näher ran, meine Augen kleben an ihrem Bauch. „Der sieht so echt aus!"

Kayla lacht und reibt sich den Bauch. „Weil er es ist. Ich bin in der achtzehnten Woche schwanger."

„Herzlichen Glückwunsch!", sage ich. „Meiner ist nur ein Kissen."

Sie streichelt mein Kissen. „Ich hab's gemerkt. Trotzdem, ein tolles Kostüm. Oh, Dominic, du siehst gut aus als Bleeker. Adam hat sein Stirnband schon abgenommen, weil er nicht so dämlich aussehen will. Ich habe ihm gesagt, dass es Spaß ist."

Adam taucht einen Moment später mit einer offenen Flasche Wasser auf. Er ist groß und schlank mit kurzen dunkelbraunen Haaren und einem stoppeligen Kiefer. Seine braunen Augen sind eine sanftere Version seines Bruders Drew. Er gibt Kayla die Wasserflasche. „Ich sagte dir, dass das Schweißband an meiner Stirn kratzt, das ist alles." Er sieht Dominic an und betrachtet langsam sein gesamtes Kostüm. „Schön."

„Ich bin selbstbewusst genug in meiner Männlichkeit, um mich wie ein Geek zu verkleiden", sagt Dominic.

„Vielleicht bist du einfach schon ein Geek, also ist es nicht so schwer für dich", sagt Adam und stupst ihn mit dem Ellbogen an. „Wie läuft es mit Best Friends Care? Drew kann von nichts anderem mehr reden."

„Wirklich?", sage ich überrascht. Drew ist ziemlich still, wenn er dort arbeitet. Ich konnte nicht mal sagen, ob es ihm gefiel.

„Oh, ja! Er spricht über all die Hunde und ihre verschiedenen Persönlichkeiten und darüber, welche Hunde gut als Therapiehunde sein könnten."

Dominic neigt den Kopf. „Hm. Er hat nichts zu mir gesagt. Da ich derjenige bin, der die Hunde für das Therapieprogramm auswählt, würde mich seine Meinung interessieren. Ist er hier?"

„Er bleibt an Halloween im Dojo, um den Kindern Süßigkeiten zu geben. Außerdem würde er nie ein Kostüm tragen wollen."

Kayla legt ihren Arm um die Mitte ihres Mannes. „Drew hat nicht viel für Partys übrig, genau wie Adam hier, aber Adam erträgt es um meinetwillen."

Adam sieht sie liebevoll an und legt einen Arm um ihre Schultern. Sie lächelt zu ihm auf, bevor sie sich wieder uns zuwendet. „In zwei Wochen werde ich meinen Ultraschall haben, und wir erfahren das Geschlecht und veranstalten eine Geschlechts-Enthüllungs-Party. Ihr seid eingeladen. Es wird so viel Spaß machen! Ich habe bei Summerdale Sweets die Dekoration und einen Kuchen bestellt, aus dem blaue oder rosafarbene Süßigkeiten kommen, wenn man ihn anschneidet."

„Kayla macht aus allem eine Feier", sagt Adam mit einem seltenen Lächeln.

Sie nickt enthusiastisch. „Ich bin so aufgeregt, obwohl ich mir auch ein bisschen Sorgen mache, dass Tank sich vernachlässigt fühlt."

„Das ist unser Hund", sagt Adam.

„Er hängt sehr an mir", sagt Kayla. „Ich habe vor, ihm bei der Party ein neues Spielzeug zu schenken. Es ist eine Karotte, in der man Leckerchen versteckt, und der Hund muss arbeiten, um sie rauszuholen. Unsere Katze, Simba, bekommt Katzenminze."

„Hört sich an, als hättet ihr die ganze Familie im Griff", sagt Dominic.

In dem Moment kommt Sydney, Wyatts Frau, mit Baby Quinn auf der Hüfte. Mein Herz drückt, als ich Quinns speckiges Gesichtchen sehe, das durch ein Teddybärenkostüm lugt. Sydney trägt Bärenohren an einem Stirnband.

„Bezaubernd!", verkünde ich. „Wie alt ist sie jetzt?"

„Neun Monate."

Ich reibe das flauschige braune Bärenkostüm an Quinns Arm. „Du aber ein gemütlicher kleiner Bär!" Ich lächle Sydney an. „Und Mama Bär."

Sie betrachtet mich und Dominic. „Mir gefällt das niedliche Paarkostüm, genau wie Kayla und Adam."

„Das habe ich auch gesagt", erwidert Wyatt.

„Wo sind deine Bärenohren, Papa Bär?", fragt Sydney ihn.

Er zieht sie pflichtbewusst aus der Gesäßtasche und setzt sie auf. Er sieht lächerlich aus, die Ohren sind zu klein für seinen männlichen Kopf. Und der Rest von ihm steckt in einem beigefarbenen Henleyshirt und Jeans. Nicht sehr bärenmäßig. Sydney trägt ein beigefarbenes Sweatshirt mit einem Bären auf der Vorderseite.

„Wer ist jetzt der Geek?", scherzt Adam.

Er und Dominic lachen.

Wyatt ist gereizt. „Warte nur, bis das Baby kommt, und *du* Familienkostüme tragen musst", sagt er zu Adam. „Ich bin mir sicher, dass Kayla viele fantastische Ideen für dieses Szenario haben wird."

„Danke, Wyatt", sagt sie strahlend. „Werde ich. Lasst uns alle ein Bild machen."

„Ich mache das", sage ich. „Ihr stellt euch einfach zusammen." Ich finde, ich gehöre nicht wirklich dazu, da ich nur zu Besuch bin.

„Du solltest auch darauf sein", sagt Kayla. „Jenna ist meine Schwägerin, also macht dich das auch zu meiner Schwägerin."

Die anderen bedeuten mir, mich ihnen anzuschließen.

„Okay, okay", sage ich lachend.

Wir alle stellen uns für ein Selfie eng zusammen.

„Nächstes Jahr müssen wir auch Theo mit Paiges und Spencers Baby Finn hierher bekommen", sagt Sydney. „Wir können ein Babygruppenfoto machen, sobald sie alle sitzen können und vollständig immunisiert sind."

„Bis dahin werden sie wahrscheinlich krabbeln", sagt Wyatt. „Quinn hier ist schon unterwegs."

„Es wird sein wie Katzen zu bändigen", sagt Dominic.

„Was macht dein kleines Mädchen heute Abend?", fragt Sydney ihn.

„Sie ist den halben Weg um den See gelaufen für Süßes oder Saures, bevor es dunkel wurde", sagt er.

Ich beiße mir auf die Unterlippe. Ich habe nicht einmal daran gedacht, nach Nora zu fragen, und da hatte ich, nach nur einem Tag zusammen, Hoffnung, Teil ihres Lebens sein zu können. Ich hätte an sie denken sollen. Halloween ist eine große Sache für Kinder, und ich bin sicher, dass sie verstanden hat, was los ist. Sie wird in weniger als zwei Monaten drei.

Sydney lächelt. „Wie war sie verkleidet?"

Er zieht sein Handy heraus, um es ihr zu zeigen. „Als Prinzessin. Sie hatten eine kleine Parade in ihrer Vorschule."

Sydney und Kayla sehen sich das Foto an. „Aww!", rufen sie.

Dominic hat mir dieses Foto nicht gezeigt, obwohl ich heute mit ihm geschrieben habe und er in Jennas Haus war. Man sollte doch wohl meinen, er würde ein Bild teilen. Meine Kehle schnürt sich zu, und ich ringe den Schmerz nieder. Er will sein Handy schon wegstecken.

„Kann ich es sehen?", frage ich.

Er gibt mir sein Handy. Meine Augen stechen. Sie ist wunderschön, natürlich. Ihre Mom hat ihr Haar in Locken gedreht und Glitter darauf gesprüht. Ich wette, Nora hat das gefallen. Sie trägt ein Strass- und Rubin-Diadem, eine Halskette mit einem riesigen Rubin und ein hellblaues Satin- und

Tüllkleid. Sie sieht so glücklich aus, wie sie in die Kamera strahlt.

„Bist du zur Parade gegangen, oder hat Lexi dir das geschickt?", frage ich.

„Ich konnte selbst hingehen", sagt er. „Einer der vielen Vorteile, dass Nora hier wohnt."

„Das ist großartig!", bringe ich über den Kloß in meiner Kehle hervor.

Dominic steckt das Handy in seine Tasche, sein Blick fängt meinen neugierig ein.

„Wer will ein Bier?", fragt Wyatt und öffnet den Kühlschrank.

Die Jungs laufen rüber, um sich ein Bier zu holen.

Ich konzentriere mich auf Baby Quinn und sage mir, dass Dominic mich nicht absichtlich beim Nora-Update ausgelassen hat. Wahrscheinlich ist er danach zurück zur Arbeit gerannt und hat vergessen, es zu erwähnen. Ist ja auch nicht so, dass ich daran gedacht hätte zu fragen.

„Kannst du sie eine Minute halten?", fragt Sydney mich. „Badezimmerpause für Mama Bär."

Ich sehe mich um und stelle fest, dass Kayla rübergewandert ist, um mit einer anderen Frau auf der Party zu sprechen.

„Klar", sage ich, ein wenig überrascht, dass sie mich gefragt hat. Ich habe Quinn noch nie gehalten. Ich nehme sie in meine Arme. Oooh, sie ist viel schwerer als Theo. „Na, du", sage ich zu ihr. „Ich bin Eve. Ich wette, du kannst es kaum erwarten, mit deinem Cousin Theo zu spielen. Gib ihm ein oder zwei Jahre, um interessant zu werden."

Sie starrt mich mit großen Augen an und legt mir dann eine Hand an die Wange. Ich lächle, und sie legt ihre andere Hand an meine andere Wange, also hält sie mein Gesicht in ihren Händen. Dann drückt sie.

Ich ziehe ihre Hand weg und dann die andere. „Vorsicht mit meinem Gesicht. Mal sehen, mit welchen interessanten Sachen du spielen kannst." Ich nehme einen roten Plastikbecher und gebe ihn ihr. Sie wirft ihn durch den Raum. „Bist du aber ein starkes Mädchen! Ich sehe Pitching in deiner

Zukunft, oder vielleicht Football. Mädchen können Football spielen. Mädchen können tun, was sie wollen. Lass dir nicht von der Gesellschaft oder dem ganzen Rosa was anderes einreden."

Im Raum wird es still. Dominic, Adam und Wyatt starren mich an.

„Was? Es ist nie zu früh, ihnen das beizubringen."

Wyatt schüttelt den Kopf. „Du klingst genau wie Sydney. Meine Tochter wird nicht Football spielen. Da müsste ich sie ja in Luftpolsterfolie einwickeln. Ich werde ihr alles beibringen, was ich übers Programmieren weiß. Für mich ist das in Ordnung." Jenna hat mir erzählt, Wyatt sei schon in jungen Jahren Tech-Milliardär geworden. Er ist mit Anfang dreißig in den Ruhestand gegangen.

Ich lehne meine Wange gegen Quinns weiches Bäckchen. „Sie kann beides machen, obwohl Baseball vielleicht sicherer ist, da stimme ich dir zu."

Quinn tätschelt mir den Kopf.

„Siehst du, sie stimmt zu!"

Dominic kommt zu uns, lächelt Quinn an und streichelt sie unterm Kinn. Er dreht sich zu mir um. „Du bist ein Naturtalent mit Kindern."

„Wie kommt's, dass du mir das von Nora nicht erzählt hast?", frage ich leise. „Ich hätte gern ein Bild von ihr im Kostüm gesehen."

„Tut mir leid. Ich wusste nicht, dass dir eine Vorschulparade wichtig wäre."

Ich verlagere Quinn in meinen Armen, damit sie mir nicht die Perücke runterziehen kann. „Nach unserem Besuch habe ich mich ihr nahe gefühlt. Ich würde gerne Dinge wissen, wenn du mich noch in ihrem Leben willst."

„Das tue ich."

Ich schlucke kräftig und konzentriere mich auf Quinns süßes Gesicht. Sie drückt gegen ihre Bärenkapuze. Ich nehme sie ihr ab und glätte ihr die Haare. „Okay, das fände ich auch schön."

„Wir sollten wahrscheinlich bald reden über –"

„Ich weiß. Nicht jetzt, okay?"

Dominic

Ich hätte nie gedacht, dass mein One-Night-Stand die beste Beziehung meines Lebens würde. Es ist fast zu gut, um wahr zu sein. Eve und ich arbeiten einfach, und sie versteht Nora, will sogar mit ihr zusammen sein. Die einzige Frage ist, wie können wir das über die große Entfernung hinbekommen? Irgendwann geht sie zurück nach L.A., und es liegen viele Meilen zwischen uns.

Wir sind gerade im Kellerkino und sehen uns *Nightmare on Elm Street* mit ein paar anderen Horrorfans an. Popcorngeruch liegt in der Luft. Wyatt hat eine dieser altmodischen Popcornmaschinen auf einem Wagen in einem Küchenbereich auf der anderen Seite des Raums.

„Möchtest du Popcorn?", flüstere ich Eve zu.

Sie drückt meinen Arm. „Ja, bitte."

Ich gehe, um uns eine Schüssel zu holen, und nehme mir auch eine Packung Erdnuss-M&M vom Tresen. Wyatt hat gut vorgesorgt mit Filmpopcorn und Süßigkeiten. Eine Frau, die ich nicht kenne, ohne Kostüm, bedient die Popcornmaschine. Personal? Ich danke ihr und kehre zu Eve zurück.

Ich halte die Snacks hoch. „Sollen wir die Süßigkeiten mit dem Popcorn mischen?"

„Das musst du fragen? Natürlich! Ich habe früher auch meine Limonade durch einen Twizzler-Trinkhalm getrunken."

„Denke nicht, dass es mit deinem Wasser dasselbe wäre. Außerdem habe ich keine Twizzler gesehen."

„Schhh!", macht eine Frau mit Hornbrille und Tweedjacke vom Platz an Eves anderer Seite.

„Tut mir leid", sage ich. Sie ist eine ältere Frau, vielleicht Wyatts Mom?

Eve und ich machen uns über unser Popcorn und die Süßigkeiten her. Ich habe diesen Film so oft gesehen, dass ich ihr mehr Aufmerksamkeit schenke als dem Bildschirm. Sie sieht so süß aus mit der brünetten Perücke. Ihre Lippen glänzen von der Butter, und ich will sie nur lecken, ihren Hals und auch tiefer. Es scheint nie weniger zu werden, dieses Bedürfnis, egal, wie oft wir zusammen sind. Vielleicht können wir nach dem Film abhauen und zu mir gehen. Ich habe nicht so viel Zeit mit ihr allein, wie ich gerne hätte. Nur an den Wochenenden, weil sie darauf beharrt, für Jenna und Theo da zu sein. Ich verstehe das. Sie sind eine Familie, und sie ist ihretwegen hergekommen.

Sie sieht mich an. „Gute Kombi."

Das sind wir.

Ich nicke und nehme Popcorn und Süßigkeiten zusammen. Ich habe darüber nachgedacht, Thanksgiving mit ihr zu verbringen. Ich habe mir für das viertägige Wochenende freigenommen, aber es gibt einen Notrufservice für meine Patienten. Ich habe auch ein bisschen Zeit zwischen Weihnachten und Neujahr frei. Das hilft bei der langen Distanz, aber was ist danach? Würde sie jemals in Betracht ziehen, hier zu leben?

Nach dem Ende des Films steht die ältere Frau auf und kündigt an: „Pause! Kommt in fünfzehn Minuten für den zweiten Film zurück!"

Ich gehe mit Eve in den Küchenbereich, und wir stellen unsere leere Schüssel in das Spülbecken und werfen unsere Servietten weg.

„Wollen wir abhauen?", flüstere ich nahe an ihr Ohr. „Wir können zu mir fahren."

„Du siehst so heiß aus mit diesen Schweißbändern", neckt sie. „Wie kann ich da widerstehen?"

Verdammt, ich habe kurz vergessen, dass ich wie Bleeker gekleidet bin. „Und du bist die heißeste Schwangere, die ich je gesehen habe."

„Na, vielen Dank!" Sie nimmt ihr Handy aus der Tasche

ihres Hoodys. „Lass mich kurz hören, wie es Jenna geht und ob sie heute Abend Unterstützung braucht."

Ich warte ungeduldig, obwohl ich weiß, dass Jenna die Stellung ganz gut allein hält mit dem Baby und einer Reihe von Kindern, die Süßigkeiten wollen.

Eve starrt auf ihr Handy, ihre Augenbrauen zusammengezogen. „Der Streik ist vorbei."

Mein Magen zieht sich zusammen. Und wir wissen beide, dass das der Abschied ist.

„Wie bald musst du zurück?", frage ich.

Sie dreht sich langsam zu mir um und sieht ein wenig geschockt aus. „Zurück an die Arbeit am nächsten Montag. Wir haben alles bekommen, was wir wollten. Das ist gut."

„Großartig! Ich freue mich für dich." Ich versuche, meine Stimme begeistert klingen zu lassen, aber es klingt falsch.

„Danke", sagt sie leise. „Ich wusste, dass ich heute Abend was hören würde, aber ich schätze, ich war abgelenkt, und jetzt ist es soweit." Sie liest den Bildschirm noch einmal. „Das sind wirklich erstaunliche Bedingungen. Ich glaube, sie haben viel Geld mit dem Streik verloren und wollten keinen weiteren durchmachen. Wow! Ein Sieg für die Autoren."

„Wir sollten wahrscheinlich reden."

„Lass mich kurz mit Jenna sprechen." Sie geht zu einem anderen Bereich des Kellers, in die Nähe einiger Trainingsgeräte, um Privatsphäre zu haben.

Ich stecke die Hände in meine Shorts-Taschen, ziehe sie dann wieder raus und komme mir lächerlich vor. Ich nehme die Schweißbänder von Kopf und Handgelenken und schiebe meine langen Socken auf ein normales Niveau. Ich bin durch mit den Paarkostümen. Die Spielzeit ist vorbei. Der Mist wurde gerade real.

Ich werde sie verlieren. Das habe ich im Gefühl. Ich hätte nie gedacht, dass ich jemanden wie sie finde, und jetzt geht sie. Wahrscheinlich für immer.

Sie kommt zu mir, ihr Ausdruck verschlossen. Kein strahlendes Lächeln, keine Wärme in diesen blauen Augen. „Jenna braucht mich. Sie wollte uns auf der Party nicht stören, aber sie ist erschöpft, und Theo ist unruhig. Würde es dir was machen, mich da abzusetzen? Du kannst zurück zur Party gehen."

„Nein, ist schon in Ordnung. Ich bringe dich und fahre dann nach Hause."

Sie geht nach oben. „Danke für dein Verständnis", sagt sie über die Schulter.

„Ja."

Eve sucht Sydney, um ihr zu sagen, dass wir gehen, und ich schätze, sie erwähnt, dass sie auch bald wieder nach L.A. fährt, weil Sydney sie kräftig umarmt. Eve winkt allen anderen zu, und ich winke aus der Ferne, nicht in der Stimmung, gesellig zu sein.

Sobald wir draußen sind, sage ich: „Ich kann dich über Thanksgiving besuchen. Das ist schon in drei Wochen. Ist nicht zu lange bis dahin."

„Ich weiß nicht. In der E-Mail hieß es, wir sollten uns darauf gefasst machen, über Thanksgiving was zu Hause schreiben zu müssen. Vielleicht bekomme ich nur einen Tag frei."

„Okay, okay. Ein Tag könnte funktionieren. Wir könnten die Truthahn-und-Beilagen-Sache machen, uns Football ansehen, was immer du willst."

Sie unterbricht mich, eine Hand an meinem Arm. „Dominic."

Mein Herz sackt tiefer. Ich weiß jetzt schon, dass ich danach nichts mehr hören will. Sie unterbricht mich.

„Wir lassen uns was einfallen", platze ich heraus.

„Ich möchte nicht, dass du übers ganze Land fliegst, nur um einen Tag mit mir zu verbringen. Möchtest du nicht Thanksgiving bei Nora sein?"

„Lexi bringt sie zu ihren Großeltern nach Connecticut. Sie hofft, sich mit ihrer Schwester zu versöhnen."

„Die, deren Ex-Mann sie geheiratet hat?"

„Er ist ums Leben gekommen, also hofft sie, dass sie alle weitermachen können."

Eve schüttelt den Kopf. „Das wirkliche Leben ist manchmal besser als Fiktion."

Ich öffne mein Auto, und sie steigt ein, bevor ich ihr die Tür aufhalten kann. Sie will keine Paargesten. Sie zieht sich zurück. Mein Bauch dreht sich langsam. Ich steige auf meiner Seite ein und fahre vorsichtig aus der zugeparkten Einfahrt zurück.

Sobald wir wieder auf der Hauptstraße sind, sage ich: „Das kann nicht das Ende sein."

„Wir bleiben in Kontakt, okay?"

„Was heißt das denn?"

„Ich komme zu Theos erstem Weihnachten zurück. Dann sehe ich dich."

„Und was dann?"

„Vielleicht könnten wir uns sehen, wenn die Show Pause macht. Wegen des Streiks ist die in diesem Jahr später als üblich. Ich bin Ende Januar fertig, und dann starten wir wieder für die nächste Saison im Frühjahr. Sie haben bereits einer weiteren Staffel zugestimmt."

„Also, was, wir bekommen den Februar?"

„Und vielleicht ein paar Wochen im März. Ich weiß, das ist nicht ideal."

Ich fahre schweigend und denke darüber nach. Die harte Wahrheit ist, sie klingt nicht so, als hätte sie auch nur ansatzweise die Absicht, L.A. zu verlassen. Und ich kann nicht aus New York weg. Nora ist hier, und ich will ein großer Teil ihres Lebens sein. Ich könnte meine Praxis verkaufen und an einem anderen Ort arbeiten – obwohl es nicht einfach wäre –, aber ich kann Nora nicht verlassen. Ich verpasse so schon zu viel von ihrem Leben. Lexi würde auch nicht umziehen wollen. Sie liebt es, nah an der City zu sein, und ihre Familie ist nicht weit entfernt.

Als ich in Jennas Auffahrt biege, habe ich das Gefühl, dass es vorbei ist. Trotzdem unternehme ich eine letzte verzweifelte Anstrengung. „Ich schätze, es wäre nicht fair, dich zu bitten, dauerhaft nach Summerdale zu ziehen."

„Ich kann meinen Job nur in L.A. machen. Es hat lange gedauert, bis ich mich in ein Fernsehautorenzimmer raufgearbeitet habe. Das ist eine sehr kollaborative Sache. Wir machen die Geschichte zusammen, entwickeln den Bogen für die Staffel und jede Episode. Und ich stehe kurz vor einer weiteren Beförderung. Im Moment bin ich Story-Editor, als Nächstes könnte ich als Produzentin genannt werden. Ich könnte bald zum Showrunner aufsteigen, der für die gesamte Sache verantwortlich ist."

„Und was, wenn *Irreverent* abgesetzt wird?", frage ich in der kranken Hoffnung, dass sie das zu mir zurückschicken wird.

„Dann bin immer noch in einer guten Position, einige meiner eigenen Ideen für neue Shows zu präsentieren, die ich leite. Vollständige kreative Kontrolle. Das ist die Spitze des Berges für einen Fernsehautor."

„L.A. zu verlassen würde also bedeuten, du müsstest deine Karriere aufgeben. Das könntest du nicht aus der Ferne tun?"

„Alle anderen sind da. Sie würden nicht wollen, dass ich das telefonisch mache."

Ich streiche eine Hand durch mein Haar. „Warum habe ich das Gefühl, als wäre ich der Einzige, die es mitnimmt, dass du gehst? Ist dir das ganz egal? Seit ich dich getroffen habe, bin ich so glücklich wie noch nie. Mir liegt was an dir. Viel. Ich hätte nie gedacht, dass ich wieder so für jemanden empfinden würde."

Ihre Unterlippe zittert, und sie bricht in Tränen aus. „Ich habe nur versucht, ein tapferes Gesicht zu machen. Ich werde nur eine Komplikation für dich und Nora sein, und Fernbeziehungen sind scheiße, und ich wollte nicht, dass du dich so an mich erinnerst, heulend wie ein Baby."

„Schh, du bist keine Komplikation. Lexi ist es, nicht du. Nie du." Ich ziehe sie in meine Arme und küsse ihre Schläfe. „Ich möchte dich nicht verlieren."

„Ich möchte dich auch nicht verlieren." Sie schnieft und zieht sich zurück, wischt sich die Augen ab. „Ich muss jetzt rein."

„Kann ich dich dieses Wochenende sehen?"

Sie küsst meine Wange, ihre Tränen benetzen mein Gesicht. „Ich denke, es ist am besten, jetzt Lebewohl zu sagen." Ihre Stimme erstickt. „Ich weiß nicht, warum ich das mit der Pause gesagt habe. In der Praxis wird es langfristig nicht funktionieren, und ich denke, dass wir beide das wissen. Tränen strömen über ihr Gesicht.

Meine Sicht verschwimmt, als ich meine eigenen Tränen zurückdränge. „Das wissen wir nicht sicher. „Wir haben es noch nicht versucht."

„Bye, Dominic." Sie öffnet eilig die Tür und stolpert aus dem Auto. Ich beobachte, wie ihr falsch schwangeres Ich zur Haustür stürzt, will sie unbedingt zurückreißen und sie küssen, um sie daran zu erinnern, was wir haben.

Aber ich tue es nicht.

Ich sitze da, am Boden zerstört, und sehe ihr hinterher, bis sie hineingeht.

„Bye", sage ich leise im leeren Auto. Ich will heulen, der Schmerz zerreißt mein Inneres, meinen Darm wie Säure.

Die vorderen Vorhänge öffnen sich, und sie sieht mich an. Ich öffne meinen Sicherheitsgurt und will schon zu ihr gehen. Doch sie schließt den Vorhang schnell und wendet sich ab.

Ich atme aus und stecke den Sicherheitsgurt wieder in den Schlitz. Ich lege den Gang ein, fahre rückwärts hinaus und gebe Gas, rase die Straße runter, um schnell Distanz zwischen uns zu bringen.

Am Ende des Blocks werde ich langsamer. Wem mache ich eigentlich was vor? Man kann dieser Art von Schmerz nicht entkommen.

∾

Eve

Tief in mir wusste ich immer, dass es enden würde. Ich wusste nur nicht, dass es so wehtun würde. Ich habe geliebt und so richtig verloren.

Dominic

Drei schmerzhafte Wochen später komme ich gerade von der Arbeit und will für Thanksgiving mit Eve nach L.A. fliegen. Sie weiß nicht, dass ich komme. Jenna hat mir ihre Adresse gegeben mit einem „Schnapp sie dir!" Ich bin mir nicht sicher, ob Jenna mich anfeuert, damit Eve und ich wieder zusammenkommen, oder damit Eve dauerhaft nach Summerdale zieht und die Schwestern wieder vereint werden können. Vermutlich beides.

Ich habe Eve regelmäßig geschrieben, seit sie weg ist, und sie hat mich über ihre Arbeit auf dem Laufenden gehalten, aber sie hat behauptet, sie sei zu beschäftigt, um am Telefon zu reden. Ich kann sie nicht per SMS zurückgewinnen. Keiner von uns will nach unseren schrecklichen Erfahrungen eine Ehe, aber ich möchte sie bitten, mit mir zusammenzuziehen. Jenna sagte, Eves Zeitplan gibt ihr normalerweise drei Monate frei im Jahr. Wir könnten dann zusammenleben. Vielleicht könnte sie, wenn *Irreverent* abgesetzt wird, Filme in Summerdale schreiben. Sie schreibt ohnehin schon nebenher Spielfilme.

Ist es falsch von mir zu hoffen, dass ihre Show scheitert? Ja. Aber ich weiß nicht, was ich sonst noch tun soll. Ich weiß nur, dass wir zusammengehören.

Es ist der Tag vor Thanksgiving, und das Büro ist geschlossen und aufgeräumt. Drew ist im Tierheim hinter der Praxis und übernimmt die Schicht, die ich normalerweise habe.

Ich gehe nach draußen und den kurzen Weg zum Tierheim und finde Drew im Hundebereich, wo er gerade Wassernäpfe auffüllt.

Er dreht sich zu mir um. „Alles gut hier."

„Großartig! Und für Audrey ist es immer noch in Ordnung, am Wochenende die Schichten mit dir zu teilen?"

„Wir haben alles im Griff, sogar an Thanksgiving. Sie liebt diese Katzen. Ich denke, sie würde sie alle mit nach Hause nehmen, wenn sie könnte."

„Danke! Dafür bin ich euch wirklich sehr dankbar. Irgendwelche Fragen? Brauchst du irgendwas von mir, bevor ich gehe?"

„Tatsächlich gibt es da was." Er geht zu einem Regal und zieht einen dicken Umschlag hervor.

„Was ist das?"

Er reicht ihn mir. „Das ist Audreys Buch. Kannst du das Eves Agent geben, wenn du da bist? Vielleicht wollen sie daraus eine Fernsehsendung oder einen Film machen. Es ist gut. Sie hat es mich lesen lassen."

Ich neige den Kopf zur Seite. „Ich dachte, Audrey hat gesagt, es sei noch nicht bereit, rausgeschickt zu werden. Jedes Mal, wenn jemand es erwähnt, sagt sie, es brauche noch einen letzten Schliff."

„Sie hat nur Angst vor Ablehnung. Krieg raus, ob Eves Agent helfen kann."

„Ich kann das aber nicht ohne Audreys Wissen machen."

„Ich habe es bereits letzte Woche an alle Literaturagenten und Verleger geschickt, die ich finden konnte. Das hier ist das letzte Puzzlestück. Sie wird sich freuen, wenn ich ihr gute Neuigkeiten bringen kann."

Ich gebe ihm den Umschlag zurück. „Weißt du denn nichts von Frauen? Mach' nie was hinter dem Rücken einer Frau. Sie wird dich dafür umbringen."

„Sie wird erleichtert sein, wenn sie die gute Nachricht erfährt." Er schiebt den Umschlag wieder in meine Richtung, und ich trete einen Schritt zurück und weigere mich, ihn zu nehmen. „Ich schicke es dir per Mail. Bitte mach' das einfach für sie."

„Drew, ernsthaft, du musst ihr sagen, was du getan hast."

„Werde ich, sobald ich die gute Nachricht bekomme."

„Was, wenn du keine guten Nachrichten bekommst?"

Er geht zurück zu den Hundezwingern. „Ich habe dir doch gesagt, das Buch ist gut. Sie wird die nächste große Sache sein, und sie wird mir am Ende danken."

Ich denke an die süße Bibliothekarin Audrey, die ständig besorgt ist, dass ihr Buch noch nicht gut genug ist. Ich habe es nicht gelesen. Vielleicht hat Drew recht, und sie braucht nur einen Schubs.

Oder es könnte ihm um die Ohren fliegen. Genau wie mein Überraschungsbesuch bei Eve. Zumindest habe ich den Anschein eines Plans.

Oder mache ich mich nur was vor wie Drew hier?

Eve

Im Kühlschrank wartet ein Supermarkt-Thanksgiving auf mich – Grillhähnchen, Füllung und Kürbiskuchen. Das ist meine Belohnung für den Moment, wenn ich heute mit dem Schreiben fertig bin. Ich habe meine eigene Episode, und ich habe vor, sie über das lange Feiertagswochenende fertigzuschreiben. Ich starre ausdruckslos auf den blinkenden Cursor auf meinem Laptop-Bildschirm.

Das Problem ist, dass ich ständig an mein Leben in Summerdale denke, und dann kommen die Tränen, und ich kann mich nicht auf die Arbeit konzentrieren. Ich vermisse Dominic so sehr, dass es wehtut. Und ich vermisse es, Baby Theo zu halten, meine wöchentlichen Mahlzeiten mit Mom, mit Jenna und Eli zu leben, die Familienessen. Ich vermisse die kleine Nora mit ihrem großen Vokabular und all die neuen Freunde, die ich kennengelernt habe. Ich vermisse sogar all meine Hundefreunde – PJ mit seinem hochmütigen Aussehen und die Verrücktheit von Mocha und Lucy. Und die kühlen, frischen Herbsttage. L.A. ist die ganze Zeit sonnig, kein Herbstlaub an Palmen.

Ich seufze. Meine Wohnung scheint so leer und ruhig zu sein.

Ich bin einsam.

Ich lasse den Kopf in meine Hände sinken, Traurigkeit lastet schwer auf mir. Ich gehe jede Nacht früh ins Bett, und wenn ich es tue, träume ich von Dominic mit seinen strahlenden himmelblauen Augen voller Wärme und Zärtlichkeit. Und dann wache ich auf, und es trifft mich wieder von vorn. Ich habe den einzigen Mann, den ich jemals wirklich geliebt habe, verloren. Einen guten Mann, der für mich da war, als es zählte.

Ich richte mich auf und atme tief durch. Arbeit ist das Einzige, was die Tränen in Schach hält.

Es klingelt an der Tür. Merkwürdig. Ich habe gar nichts bestellt. Vielleicht hat Jenna mir was geschickt. Sie ist gut darin, Blumen oder Geschenkboxen für besondere Anlässe zu schicken.

Ich spähe durch den Spion und keuche. Adrenalin feuert durch mich. Dominic steht da, einen Strauß roter Rosen in der Hand, einen Koffer an seiner Seite.

Ich wende mich ab, glätte meine Haare mit zitternden Händen, streiche über meine Klamotten, blicke an mir herunter – Sweatshirt und Jeans. Oh mein Gott, ich kann nicht fassen, dass er hier ist!

Ich öffne die Tür. „Dominic!" Meine Knie geben nach, als ich zurücktrete, das Blut strömt mir in den Kopf.

Starke Arme legen sich um mich. „Geht's dir gut?"

Ich umarme ihn ganz fest und drücke meine Wange gegen seine Brust. „Ich bin nur so überrascht."

Er nimmt mein Gesicht in beide Hände. „Ich habe dich so sehr vermisst."

„Ich habe dich auch vermisst." Ich trete zurück und deute

vage in meine unordentliche Wohnung. Überall sind Papiere, Storyboards und Post-it-Notizen über das ganze Wohnzimmer und den kleinen Essbereich verstreut. „Tut mir leid wegen der Unordnung. Ich habe niemanden erwartet. Ich habe nur Thanksgiving-Essen aus dem Supermarkt."

Er bringt seinen Koffer rein und kehrt zu mir zurück. „Ich möchte nichts anderes, als mit dir zusammen zu sein. Er reicht mir die Rosen, seine Augen auf meine gerichtet, warm und zart. „Eve, ich liebe dich."

Ich höre auf zu atmen, jeder Nerv gereizt. Ich will ihm sagen, dass ich dasselbe fühle, aber was herauskommt, ist „Oh".

„Ich hätte es dir sagen sollen, bevor du gegangen bist. Und ich sage nicht, lass uns heiraten, aber ich hätte gern eine Zukunft mit dir."

Heiße Tränen stechen in meinen Augen, ein Ansturm von Emotionen macht es schwer zu sprechen. Könnte ich einen Platz bei ihm und Nora haben? Ich möchte unbedingt an das Happy End glauben.

„Eve?"

„Das fände ich schön."

Ich lege die Rosen auf den Sofatisch und schlinge meine Arme um seine Mitte. Er hält mich fest und streichelt mir die Haare.

Ich hebe den Kopf, um in seine Augen zu sehen. „Ich liebe dich auch, aber —"

„Lass uns bei *Ich liebe dich* aufhören. Den Rest werden wir schon hinkriegen."

Ich nicke, obwohl mein Bauch mir sagt, dass es nicht so einfach sein wird. Und dann küsst er mich, und es gibt keinen Grund für Worte. Unsere Körper drücken all die Liebe zwischen uns aus.

～

Dominic

Eve und ich liegen nackt im Bett auf unseren Seiten,

verstrickte Gliedmaßen, entspannen nach fantastischem Versöhnungssex. Ich streiche ihr die Haare aus dem Gesicht zurück und wünschte, wir könnten immer so bleiben, glückselig zusammen, weg von der Außenwelt.

Sie seufzt. „Ich weiß, dass ich mit dir zusammenbleiben möchte, aber ich bin mir nicht sicher, ob ich meine Karriere aufgeben kann, die ich mir so hart habe erarbeiten müssen."

„Wir müssen jetzt gar nichts entscheiden. Wenn du an Weihnachten kommst, werden wir einen Kompromiss finden, der für uns beide funktioniert."

„Hast du nicht das Gefühl, damit das Unvermeidliche nur zu verzögern?"

„Das Unvermeidliche ist, dass wir zusammen sind."

Sie kuschelt sich näher an mich.

Ich wechsle das Thema, um es zwischen uns locker zu halten. „Gestern hat Drew versucht, mir Audreys Buch zu geben, um es ohne ihr Wissen an deinen Agenten weiterzugeben. Und das Schlimmste daran ist, dass er es bereits an Literaturagenten und Verleger für sie geschickt hat."

Ihr bleibt der Mund offenstehen. „Nein!"

„Doch."

„Das ist grässlich! Hinter ihrem Rücken! Soll ich es Audrey sagen?"

„Der Schaden ist bereits angerichtet. Drew muss gestehen und sich dafür verantworten."

„Du hast recht."

„Ich habe ihm gesagt, er soll es ihr erzählen. Ich werde ihn weiter drängen, wenn ich wieder da bin."

Sie rollt aus dem Bett. „Lass mich dieses Drehbuch heute fertig machen, damit ich dich in den nächsten Tagen durch die Gegend führen kann. Wann ist dein Rückflug?"

Ich stütze mich auf einen Ellbogen. „Sonntagmorgen."

„Ich kann auch nach dem Flug noch arbeiten."

„Ich lese einfach leise, während du arbeitest. Kann ich deine Drehbücher lesen, die du noch nicht verkauft hast?"

Sie zieht ihr Sweatshirt an, keinen BH. „Solange du

versprichst, keinen Drew abzuziehen und sie ohne mein Wissen rauszuschicken."

Ich werfe ihr einen finsteren Blick zu. „Glaub mir, ich weiß es besser. Sie wird so angepisst sein."

Sie sieht sich nach ihrem Slip um, und ich finde ihn auf dem Nachttisch und gebe ihn ihr. Ich bewundere ihre langen Beine, während sie sich anzieht.

„Er wird Glück haben, wenn sie überhaupt jemals wieder mit ihm spricht", sagt sie.

∾

„Okay, ich schicke sie dir jetzt per Mail", sagt Eve von ihrem Platz an einem runden Bistrotisch im Essbereich. „Hast du dein Laptop mitgebracht?"

„Hab' ich. Lass es mich holen." Ich ziehe es aus meinem kleinen Koffer.

Ein paar Minuten später sitzen wir beide an unseren Laptops. Ich bin auf dem Sofa, sie sitzt mit Kopfhörern am Tisch.

Ich öffne das erste Drehbuch mit dem Titel *Noch einmal mit Gefühl*. Es geht um wiedervereinte Schwestern. Sie hat mir gegenüber mal erwähnt, dass sie diesen Film mit ihrem eigenen Geld gedreht und an Filmfestivals geschickt hat, aber er hat nicht gewonnen. Mir gefällt es. Ich kann ihre Stimme darin hören, genau, wie sie im echten Leben redet.

Sie hebt einen Kopfhörer von ihrem Ohr weg. „Das ist wie unser Drehbuchclub. Ich schreibe sie, du liest sie."

„Die erste Regel des Drehbuchclubs lautet: Man spricht nicht über den Drehbuchclub."

Sie lacht. „*Fight Club*. Schön zu sehen, dass wir gemeinsame Filmreferenzen haben."

Als ich das Drehbuch fertig habe, erstickt meine Kehle vor Emotionen, weil ich ihr Talent erkenne. Ich kann sie nicht bitten, ihre Karriere für mich aufzugeben. Sie muss hier sein, wo alle TV- und Filmgeschäfte stattfinden, wo alles gefilmt wird.

Mit einem unguten Gefühl in meinem Bauch öffne ich das nächste Drehbuch. Eve tippt immer noch glücklich vor sich hin.

Als ich das zweite Drehbuch fertig habe, bin ich überzeugt, dass sie ein großer Erfolg sein wird. Ich kann nicht glauben, dass daraus noch kein Film gemacht wurde. Es ist ein verdrehter Thriller, der in einem postapokalyptischen New York City spielt.

Sie nimmt ihre Kopfhörer ab und streckt sich. „Dinnerpause. Mach dich bereit, von meinen Mikrowellenfähigkeiten umgehauen zu werden."

Ich lächle, und meine Gedanken kreisen darum, wie ich das zum Laufen bringen kann. Harte Entscheidungen müssen getroffen werden.

„Geht's dir gut?", fragt sie.

„Ja. Ich decke den Tisch."

„Was dagegen, wenn wir hier am Frühstückstresen essen?" Sie deutet zum Bistrotisch, der mit Papieren und gekritzelten Notizen bedeckt ist. „Ich habe da drüben so ein System."

„Kein Problem. Eve, ich habe bis jetzt zwei deiner Drehbücher gelesen. Du bist sehr talentiert."

„Das ist die halbe Stadt. Die andere Hälfte sollte einfach nach Hause gehen. Ha!"

Ich finde das schwer zu glauben. Ich weiß nicht, ob sie gerade bescheiden ist oder ob sie wirklich glaubt, dass sie nur eine von vielen ist. Ich konnte sehen, wie sich die Szenen wie ein Film entfalteten, während ich sie las. Nicht einmal war ich gelangweilt, und ich war noch nie ein großer Filmgucker. Oder auch Fernsehgucker, nebenbei bemerkt. Wie ironisch, dass, wenn ich mich endlich wieder verliebe, es in jemanden ist, der so anders ist als ich.

Kurze Zeit später sitzen wir bei unserem Thanksgiving-Dinner Seite an Seite auf Metall-Barhockern.

„Happy Thanksgiving", sage ich.

Sie hält eine Keule hoch, und ich stoße mit meiner gegen ihre. „Happy Thanksgiving! Ganz ehrlich, ich freue mich auf den Kuchen. Und was ich jetzt nicht schaffe, esse ich wahrscheinlich morgen zum Frühstück."

Wir machen uns über das Essen her. Nicht schlecht für Supermarktessen. Normalerweise fahre ich zu Thanksgiving nach Michigan und bin ein bisschen verwöhnt mit Mamas Hausmannskost. Vielleicht kann ich Eve nächstes Jahr an Thanksgiving in Michigan zur Russo-Familie mitnehmen. Ich springe schon wieder in die Zukunft. Das ist einfacher, als sich die Logistik des Hier und Jetzt zu überlegen.

Wir beenden das Abendessen in gemütlicher Stille, wir sind beide hungrig. Ich hatte im Flugzeug nichts zu essen, habe ein paar Stunden in einem Flughafenhotel geschlafen und bin morgens hier aufgetaucht. Eve sagte, sie sei zu beschäftigt, um zu essen.

Sobald der Kuchen serviert wird, sage ich: „Weißt du, Lexi will immer an den Strand in den Urlaub."

„Okay", sagt sie langsam.

„Vielleicht würde es ihr hier gefallen. Du bist nicht allzu weit vom Meer entfernt. Ich könnte versuchen, sie zu überzeugen, mit Nora hierherzuziehen. Du müsstest deine Arbeit nicht aufgeben, und ich könnte hier einen Job finden."

„Aber deine Praxis gehört dir."

„Ich könnte sie verkaufen."

Ihre Augen werden größer. Sie isst ein Stück vom Kuchen und sieht nachdenklich aus. Schließlich sagt sie: „Dann entwurzele ich nicht nur einen, sondern drei Menschen."

„Nehmen wir das einfach als Möglichkeit."

Sie nickt, Tränen steigen in ihre Augen. „Und eine weitere Möglichkeit ist, dass ich den Vertrag für die nächste Staffel im März nicht unterschreibe und nur an meinen Drehbüchern in Summerdale arbeite. Natürlich könnte ich pleite sein."

Ich nehme ihre Hände in meine. „Aber du könntest bei mir leben, also musst du dir keine Sorgen um Miete machen, und ich bin sicher, dass du mehr Optionen oder Verkäufe oder wie auch immer es heißt, erhältst. Eve, deine Drehbücher sind erstaunlich. Das sind Filme, die ich gerne sehe." Jede Menge riskante Action mit humorvollen Momenten. Du hast sogar eine Liebesgeschichte, wo beide am Ende noch leben."

„Ich glaube, ich hatte nicht viel Vertrauen in die Liebe, obwohl ich es versucht habe."

„Wenigstens hattest du genug für eines deiner Drehbücher. Und was ist mit Arbeit in der City? Gibt es in New York nicht einige Fernsehsendungen, in die du reinkommen könntest?"

„Da habe ich keine Kontakte. Ich bin mir auch nicht sicher, ob mein Agent welche hat."

„Es gab einen Film, der vor nicht allzu langer Zeit in Summerdale gedreht wurde, von Claire Jordans Produktionsfirma. Ich erinnere mich, dass alle begeistert waren. Ich wette, wir könnten dir ein paar Kontakte über sie besorgen. Harper Ellis war da und hat die Hauptrolle gespielt. Ist Jenna nicht mit ihr aufgewachsen?"

Sie lächelt. „Das stimmt! Mir war gar nicht klar, dass Claire Jordan ihre eigene Produktionsfirma besitzt."

Wir blicken uns gegenseitig in die Augen, die Spannung von vorhin vergeht, ersetzt durch Hoffnung.

„Claire Jordan arbeitet von Connecticut aus", sage ich. „Es kann nicht weit von der City entfernt sein, was bedeutet, dass man auch von Summerdale aus pendeln kann."

„Cool. Ich sehe es mir mal an."

Ich nehme einen Bissen vom Kuchen. Nicht annähernd so gut wie Moms. Ich lege meine Gabel weg, während Eve ihren Kuchen mit Gusto isst. Sie hatte wahrscheinlich nie hausgemachten Kuchen, da sie bei ihrem Vater aufgewachsen ist.

Als sie ihren Teller leer hat, sagt sie: „Ich werde sehen, ob Jenna mich mit Claire in Verbindung bringen kann, und werde meinen Agenten darüber informieren. Es kommt darauf an, ob sie was für mich haben."

Ich rutsche zu ihr. „Sagst du etwa gerade, was ich denke, dass du sagst? Du denkst ernsthaft über eine gemeinsame Zukunft in Summerdale nach?"

Sie wehrt sich gegen ein Lächeln und verliert. „Ich denke

ernsthaft über eine gemeinsame Zukunft nach. Ort noch festzulegen."

Ich küsse sie überall auf ihr wunderschönes Gesicht. Sie lacht und wirft ihre Arme um meinen Hals. Der Kuss wird sinnlich, die Lust erwacht erneut.

Ich hebe sie hoch, lege sie in meine Arme und gehe zum Schlafzimmer.

„Du bist wie das Geschenk, das immer wieder gibt", sagt sie und lächelt mich an.

„Und du bist das beste Geschenk, das ich je hatte. Und jetzt geht's ans Auspacken."

～

Eve

Ich bin wieder in Summerdale, um Theos ersten Weihnachtsmorgen zu feiern. Der Junge bekommt nichts mit. Er sitzt auf Jennas Schoß auf dem Boden vor dem Weihnachtsbaum, umgeben von Geschenken. Wir sitzen alle in einem Kreis um ihn herum – meine Eltern, ich und Eli – öffnen ihm seine Geschenke und zeigen sie ihm einzeln. Mom geht's wirklich gut, Gott sei Dank! Sie hat ihre Bestrahlung beendet, und die Ärzte sind hoffnungsvoll, was ihre Prognose angeht.

Gerade als wir die langsame Geschenkeparade beenden, klopft es an der Tür. Dominic weiß, dass er die Hunde nicht mit der Türklingel aufregen soll, falls Theo ein Nickerchen macht.

Ich springe auf. „Ich mach' schon." Ich eile zur Tür und reiße sie auf. „Frohe Weihnachten!"

Dominic steht da und hält Noras Hand. „Frohe Weihnachten", sagt Dominic herzlich.

„Frohe Weihnachten", sagt Nora. „Ich bin drei." Sie hält drei Finger hoch.

Ich kauere mich hinab auf ihre Höhe. „Das habe ich gehört. Das ist toll! Happy Birthday!"

„Es war vor vier Tagen. Du hast meine Party verpasst."

Ich sehe zu Dominic auf, Schuldgefühle drehen sich um

mein Herz. Ich konnte wegen der Arbeit nicht rechtzeitig hierherkommen.

„Nächstes Jahr", sagt Dominic.

Ich umarme Nora und dann Dominic noch länger. Nora rennt zum Baum, um Theos Geschenke zu sehen.

Es gibt eine Menge Lärm, als meine Eltern Nora treffen und sie laut begrüßen. Jenna und ich haben Geschenke für sie. Eli reicht sie ihr.

Nora reißt das Geschenkpapier in Stücke und hält ein Kinderkochbuch von Jenna und Eli in der Hand, in dem ihre Lieblings-Cartoon-Prinzessin zu sehen ist. Sie wirft es zur Seite und öffnet mein Geschenk. Jenna sieht zur Decke.

„Ooh", sagt Nora. „Eine Kamera. Ich habe den Werbespot gesehen."

Ich helfe ihr, sie zu halten. „Das stimmt. Du drückst einfach den Knopf hier." Die Kamera ist violett und besteht aus irgendeinem unzerstörbaren Material.

„Was sagt man, Nora?", hakt Dominic nach.

„Vielen Dank für die Geschenke", sagt Nora.

Mom klatscht. „Was für nette Manieren!"

Nora macht sich direkt an die Arbeit und fotografiert jeden. Es ist ein glückliches Chaos, als die Erwachsenen sich über Nora und Baby Theo freuen.

„Ich hole Kaffee für alle", sage ich.

„Wir werden ihn brauchen, um mit den Kleinen mithalten zu können", sagt Mom glücklich.

Ich neige meinen Kopf in Dominics Richtung, damit er mir in die Küche folgt. Sobald ich die Kaffeemaschine in Gang setze, wende ich mich zu ihm, vorbereitet mit meiner großen Rede.

Er küsst mich, bevor ich was sagen kann. Einen Moment lang verliere ich mich darin, lege meine Arme um seinen Hals und schmelze gegen seinen Körper. Der Lärm meiner Familie nebenan erinnert mich daran, dass es hier keine Privatsphäre gibt.

Ich unterbreche den Kuss und lege eine Hand an seine Brust. „Vergiss nicht, was du als Nächstes machen wolltest.

Ich habe mich entschieden. Ich werde meine Staffel von *Irreverent* beenden und dann Vollzeit an meinem Spielfilm schreiben. Vielleicht klappt ja was mit Claire Jordans Firma. Die Wahrheit ist, sosehr ich es liebe, für *Irreverent* zu schreiben, ich habe mich nach mehr Zeit gesehnt, um mich meinen Filmen zu widmen. Und noch mehr als das: Ich habe mich nach dir gesehnt. Ich liebe dich von ganzem Herzen."

Er schlingt seine Arme um mich und flüstert mir nahe an mein Ohr: „Ich liebe dich auch, so verdammt sehr. Ich schwöre, dass ich alles tun werde, um deine Träume zu unterstützen, und wenn das bedeutet, dass du nach L.A. gehst, um hier und da zu arbeiten, ist das okay."

Ich lehne mich zurück, um ihn anzusehen. „Wirklich?"

„Wirklich. Ich hole noch einen Tierarzt in die Praxis. Ich mache Raum in meinem Leben für dich und Nora und alle zukünftigen Pläne, die wir gemeinsam haben."

Ich werfe meine Arme um seinen Hals und küsse ihn leidenschaftlich. Ich hätte nie gedacht, dass ich so eine Liebe haben könnte, die wahre für immer. Aber sie ist hier, und es ist echt, und es ist alles.

„Warum dauert der Kaffee so lange?", fragt Dad und unterbricht den Moment. „Oh! Tut mir leid!"

Ich sehe zur Kaffeemaschine hinüber. Die Kanne ist voll. Wie lange haben wir einander geküsst? „Er ist fertig. Hilf mir doch bitte, ihn ins Wohnzimmer zu bringen."

Ein paar Minuten später haben wir uns alle im Wohnzimmer niedergelassen, trinken Kaffee und beobachten Nora, die versucht, Theo beizubringen, wie man mit seinem Babyspielzeug spielt. Er liegt auf seiner Seite und sieht ihr genau zu.

Eli holt seine Akustikgitarre hervor und spielt ‚I'll Be Home for Christmas'.

Dominic verflicht seine Finger mit meinen. Und während ich mich in diesem goldenen Moment im Raum umsehe, weiß ich, dass ich die richtige Wahl getroffen habe. Ich habe Summerdale aus Liebe und für die Familie gewählt. Für Nora, die ihren Vater in der Nähe braucht.

Und Theo.

Und Jenna.

Und Mom und Dad und Eli.

Mein ganzes Leben lang habe ich mich nach einer Familie gesehnt. Ich habe meine wiederentdeckt, und eines Tages werde ich vielleicht meine eigene haben. Das ist eine Möglichkeit, die ich ernsthaft in Betracht ziehe.

Nach dem Ende des Liedes sagt Dominic: „Ich habe ein Geschenk für Eve."

„Oh! Ich habe auch eins für dich. Es ist in meiner Handtasche, weil es zerbrechlich ist." Ich renne ins Esszimmer, um es zu holen.

„Okay, ich kann warten", sagt er. Meine Familie lacht.

Ich reiche ihm sein Geschenk und beobachte, wie er den kleinen Herzrahmen öffnet. Es ist ein Bild von uns vor dem Griffith Observatory in L.A., als er mich über Thanksgiving besucht hat.

„Danke", sagt er und küsst meine Wange. „Es gefällt mir. Setz dich doch aufs Sofa für dein Geschenk."

Eli steht vom Sofa auf und sagt mir, ich solle seinen Platz neben Jenna einnehmen, die mich aufgeregt ansieht, bevor sie ihr Handy nimmt und durch den Raum läuft. Ich sehe mich um. „Weiß jeder, was mein Geschenk ist?"

Dominic öffnet eine kleine Samtschachtel und zeigt mir einen Verlobungsring, während er vor mir auf ein Knie geht.

Meine Hand fliegt zu meinem Mund. Ich dachte, wir waren uns einig, dass die Ehe nicht das ist, was wir nach unserer Scheidung wollten. Aber dann blicke ich in seine Augen, so voller Liebe, und etwas in mir gibt nach. Die letzte kleine Abwehrmauer fällt.

Er nimmt meine Hand. „Nur die Angst, wieder denselben Fehler zu machen, hat mich von der Ehe abgehalten, aber bei dir könnte eine Verpflichtung für immer niemals ein Fehler sein. Ich liebe dich, Eve. Ich schwöre, ich liebe dich jeden Tag mehr, und das werde ich für den Rest meines Lebens."

Meine Unterlippe zittert, meine Kehle ist zu eng für Worte.

Nora stürmt an seine Seite und starrt mich mit großen hoffnungsvollen Augen an. Ich blinzele Tränen zurück.

Dominic legt einen Arm um sie. „Nora hat mir gesagt, dass sie sich freut, wenn du ihre Stiefmutter bist."

„Ist das wahr?", frage ich.

Sie nickt. „Ich werde das Blumenmädchen sein und Blütenblätter in den Gang streuen."

Ich lächle sie durch einen Tränenschleier an und wende mich zu Dominic. „Ja!", sage ich mit erstickter Stimme. „Ich werde dich heiraten."

Er steckt den Ring an meinen zittrigen Finger und zieht mich in eine Umarmung. Alle klatschen und jubeln.

Sobald der Lärm nachlässt, sagt Nora: „Ich will eine kleine Schwester."

Dominic und ich tauschen einen Blick aus. Er kauert sich auf die Armlehne des Sofas neben Jenna. „Was hältst du von Kindern?"

Ich nicke, Tränen kullern aus meinen Augen. Ich hätte nie gedacht, dass es für mich passieren würde, hätte nie gedacht, dass ich es riskieren könnte, aber nachdem ich Theo so sehr liebe und jetzt Nora, weiß ich, dass ich gern ein eigenes Kind hätte.

„Nun, Nora, hoffentlich wirst du eine große Schwester", sagt Dominic.

„Macht, dass es ein Mädchen wird", sagt sie und wirft Theo einen angewiderten Blick zu. „Jungs sind langweilig."

Ich unterdrücke ein Lachen. „Jungs können auch nett sein. Theo ist ein sehr süßes Baby."

Nora hockt sich vor ihn, wo er gerade auf einer Decke am Boden an seiner Faust lutscht. „Spielst du mit Puppen?"

Er starrt sie an und sieht erschrocken aus.

„Er redet nicht mal", sagt Nora.

„Weil er noch ein Baby ist", sage ich. „Er muss erst ein bisschen wachsen."

„Wie ich?"

„Ja, in zwei Jahren wird er sehr lustig sein."

Nora wirft die Hände in die Luft. „Zwei Jahre!"

Alle lachen.

Dominic nimmt sie und kitzelt sie. Sie kichert wie verrückt. „Ich bin mir sicher, dass du ein neues Baby lieben wirst, genau wie du PJ liebst." Er zieht sie an sich und küsst sie. „Süße Nora."

„Nur Nora", sagt sie.

„Das stimmt. Nur Nora."

Sie spannt ihre Muskeln an. „Starke Nora."

„Starke, kluge, süße Nora", sagt Dominic. Er ist so ein guter Dad. Das liebe ich an ihm.

Jenna bringt einen Teller Weihnachtskekse, und Nora rennt zu ihr.

Dominic nimmt meine Hände und blickt mir in die Augen. „Ich bin so glücklich. Wir können lange verlobt bleiben, wenn du willst. Es genügt, zu wissen, dass wir gemeinsam eine Zukunft haben."

Mein Herz setzt einen Schlag lang aus. „Lass uns heiraten, sobald ich ganz in Summerdale bin."

Eli spielt wieder Weihnachtslieder auf seiner Gitarre, während Nora zwischen den Bissen von ihrem Schneemann-Keks Fotos macht und von einer Person zur nächsten springt. Ein überwältigendes Gefühl des Friedens kommt über mich. Ich habe einen Weg aufgegeben, und ein größerer Weg öffnet sich für mich, voller Familie und meiner wahren Liebe. Fantasien werden wahr. Ich sollte mir mehr tolle Sachen für meine Zukunft erträumen. Denn jetzt glaube ich an ein Happy End.

EPILOG

Zwei Monate später …

Dominic

Eve ist im Februar bei mir eingezogen. Bis zum Valentinstag haben wir einen Termin für die Hochzeit festgelegt. Es wird diesen Juni sein. In der Woche nach dem Valentinstag veranstalten wir eine Einweihungsparty. Lexi und Nora sind vorhin vorbeigekommen. Lexi „entwickelt sich", wie Eve sagt. Nachdem Lexi kurz mit einem Psychiater zusammen war, den sie durch die Arbeit kennengelernt hatte und der sie vom Wert einer Therapie überzeugt und ihr eine Überweisung gegeben hat, ist es viel einfacher, mit ihr umzugehen. Sie hat sich dafür entschuldigt, dass sie mir nichts von Nora erzählt hat, bei Eve für ihren holprigen Start, und sie hat eine Sorgerechtsvereinbarung mit mir ausgearbeitet. Alles ist besser ausgegangen, als ich je gedacht hatte.

Eve und ich haben eine Open House-Party daraus gemacht, da meine Wohnung nicht so groß ist. Die Leute kommen und gehen den ganzen Abend. Jetzt ist es nur noch eine kleine Gruppe: Jenna und Eli mit Theo, der in Elis Armen schläft; Sydney, Wyatt und Baby Quinn, die wach ist und hinter dem armen PJ herkrabbelt, der immer wieder davonläuft. Ich wette, als ich den alten Hund adoptiert habe, hatte er nicht erwartet, mit winzigen Menschen zu tun zu haben. Es ist gut, ihn auf Trab zu halten.

Drew und Audrey sind auch hier, wenn auch nicht zusammen. Audrey hat den ganzen Abend abwechselnd die Babys gehalten. Man merkt, sie will unbedingt ein eigenes. Sie beginnt zu strahlen, wenn sie eins hält.

„Ich habe eine Ankündigung zu machen", sagt Sydney. „Ich bin schwanger und —"

Alle lachen. Es ist offensichtlich, dass sie schwanger ist, obwohl sie in den ersten Monaten versucht hat, es für sich zu behalten.

„Ihr habt mich nicht fertig reden lassen", sagt sie und lächelt breit. „Es sind Zwillinge – Jungs. Eineiige."

Wyatt plustert sich auf. „Zeigt nur, wie männlich ich bin. Pow! Mein Sperma hat das Ei in zwei Teile geteilt."

„Whoa", sagt Jenna.

„Bist du nervös, dass es Zwillinge sind?", fragt Audrey.

„Zuerst war ich geschockt", erwidert Sydney und reibt sich die Hand über den Bauch. „Aber dann dachte ich, wie cool es sein würde. Zwillinge haben mich schon immer fasziniert."

„Wir bekommen Hilfe", sagt Wyatt.

„Das auch", sagt Sydney. „Wyatts Mom zieht das erste Jahr bei uns ein."

„Ihr müsst euch nahestehen", sagt Eve. Sie ist etwas nervös, meine Eltern zu treffen, wenn wir sie nächste Woche in Michigan besuchen.

„Tun wir", sagt Sydney. „Ich habe meine Mom verloren, als ich zwölf war. Cynthia ist wie eine andere Mom für mich."

Eve flüstert mir ins Ohr: „Ich hoffe, deine Eltern mögen mich."

Ich lege einen Arm um ihre Schultern und drücke sie aufmunternd. „Sie werden dich lieben."

Sie lächelt und wendet sich dann der Gruppe zu. „Ich habe auch eine Ankündigung. Claire Jordan will mein Drehbuch über ein Erbe mit magischen Kräften produzieren."

„Das liebe ich!", sagt Jenna. „Da ist diese toughe —"

Ich unterbreche sie. „Nichts verraten! Wir sollen es geheim halten, bis er draußen ist. Es gibt ein verdrehtes Ende, das nicht bekannt werden darf."

Ein Chor von Glückwünschen folgt, bis Sydney sagt: „Und wo sind meine Glückwünsche?"

Und dann gratulieren alle auch ihr, lachen und machen viel Wirbel um sie.

„Weitere gute Nachrichten", sagt Audrey und schaukelt auf den Fußballen, „ich habe endlich den letzten Schliff gemacht und bin bereit, mein Buch an Literaturagenten zu schicken."

„Los, Aud!", sagt Jenna.

„Wahnsinn!", sagt Sydney.

„Nein!", sagt Drew.

Audreys Augenbrauen ziehen sich verwirrt zusammen. „Nein? Aber du hast die endgültige Version noch gar nicht gelesen. Sie ist viel besser."

Drew sieht unbehaglich aus. „Ich weiß nicht. Ich bin kein Buchexperte."

Und dann geht er.

Eve und ich tauschen einen Blick aus. Ich habe das Gefühl, Drew hat Audrey nie erzählt, dass er ihr Buch letzten November verschickt hat. Vielleicht hat er doch nichts Gutes gehört, wie er gedacht hatte.

Audrey ringt sich die Hände. „Vielleicht sollte ich es doch noch nicht verschicken. Egal. Es braucht noch einen letzten Schliff."

„Achte gar nicht auf meinen Bruder", sagt Sydney. „Er liest meistens Sachbücher. Er würde nicht wissen, ob deine Geschichte fertig ist oder nicht. Wenn du glaubst, sie ist fertig, schick sie raus. Du hast lange genug gewartet."

„Ja, du hast wahrscheinlich recht", sagt Audrey, aber sie sieht immer noch unsicher aus.

Kurz danach gehen die Leute, die Eltern sehen müde und Audrey sieht besorgt aus.

Ich schließe die Tür und ziehe Eve in meine Arme. „Endlich habe ich dich ganz für mich."

Sie gibt mir ein sexy Lächeln und fährt ihre Hand über meine Brust. „Was wirst du jetzt mit mir anstellen?"

„Böse, böse Dinge."

Sie löst sich von mir. „Lass mich PJ in seinem Wohnzimmerbett schlafen legen. Wir wollen doch nicht, dass er sieht, was für ein Tier du sein kannst."

„Dann will er bei der Action noch mitmachen."

„Genau."

Ich warte, während sie sich um PJ kümmert, so wie sie sich um ihren Neffen und meine Tochter kümmert und eines Tages, da bin ich mir sicher, um unsere Kinder.

„Okay", sagt sie und geht zum Schlafzimmer. „Mach mit mir, was du willst!"

Ich packe sie von hinten, und sie quietscht. Ich beiße ihr vorsichtig in den Hals. Sie seufzt und dreht sich in meinen Armen um.

Sie blickt tief in meine Augen. „Mein One-Night-Stand wurde zu meiner einzigen wahren Liebe. Ich kann immer noch nicht fassen, dass das passiert ist."

Ich berühre ihre Wange. „Weil ich immer deine einzige wahre Liebe war."

„Und meine Bettgeschichte für jede Nacht."

Sie löst sich von mir und geht ins Schlafzimmer, zieht sich aus und wirft ihre Kleidung im Gehen hinter sich. Das Blut rauscht durch meine Adern, mein Atem beschleunigt sich. Ich ziehe mich in Rekordzeit aus und pralle gegen sie.

Wir fallen ins Bett in einem Gewirr aus Armen und Beinen, angetrieben von unserer Leidenschaft und Liebe.

Verpassen Sie nicht die Drews und Audreys Geschichte *Loving – Deutsche Ausgabe*, wo das Paar, das sich ständig im Kreis dreht, endlich zueinander findet!

Audrey

Als Kind habe ich Drew Robinson angebetet. Aber dann bin ich erwachsen geworden. Das ist meine Geschichte, und ich bleibe dabei.

Er sieht mich als nichts anderes als die beste Freundin seiner kleinen Schwester. Er hat mich ganz sicher nicht ernst genommen, als ich ihm mein Herz ausgeschüttet habe. So demütigend!

Drew Robinson war der Anfang und das Ende meines Glaubens an Seelenverwandte. Ich muss ihn hinter mir lassen.

Drew.

Seelenverwandte. Ewige Liebe. *Ein Märchen.*

Aber jetzt, mit Audrey, möchte ich es glauben. Ich hoffe nur, es ist nicht zu spät.

Erhalten Sie die neuesten Nachrichten zuerst in Kylies Newsletter! https://www.kyliegilmore.com/DEnewsletter

WEITERE BÜCHER VON KYLIE GILMORE

Liebe von der Leine gelassen Serie << Heiße romantische Komödien mit Hunden!

Fetching – Deutsche Ausgabe (Buch 1)

Dashing – Deutsche Ausgabe (Buch 2)

Sporting – Deutsche Ausgabe (Buch 3)

Toying – Deutsche Ausgabe (Buch 4)

Blazing – Deutsche Ausgabe (Buch 5)

Chasing – Deutsche Ausgabe (Buch 6)

Daring – Deutsche Ausgabe (Buch 7)

Leading – Deutsche Ausgabe (Buch 8)

Racing – Deutsche Ausgabe (Buch 9)

Loving – Deutsche Ausgabe (Buch 10)

Die Clover Park Serie << Brüder, für die die Familie an erster Stelle steht!

Clover Park: Die O'Hare-Familie

Das Gegenteil von wild (Buch 1)

Daisy schafft alles (Buch 2)

In den Falschen verguckt (Buch 3)

Ein Weihnachtsmann zum Küssen (Buch 4)

Raus aus der Tretmühle (Die O'Hare-Familie – Wie alles begann)

Clover Park: Die Reynolds-Marino-Familie

Vermieter küsst man nicht (Buch 1)

Nicht mein Romeo (Buch 2)

Bring mich auf Touren (Buch 3)

Clover Park Braut (Buch 4)

Gewagte Verlobung (Buch 5)

Retter in der Not (Buch 6)

Eine verführerische Freundschaft (Buch 7)

Ein Geschenk zum Valentinstag (Buch 8)

Die Happy End Buchclub Serie << Die Campbell Familie und ein Liebesromanbuchclub prallen aufeinander!

Hollywood Inkognito (Buch 1)

Ärger im Anzug (Buch 2)

Gewagtes Spiel (Buch 3)

Förmliche Vereinbarung (Buch 4)

Wenn der Bad Boy keiner ist (Buch 5)

Ein Störenfried zum Verlieben (Buch 6)

Schicksalsbegegnungen (Buch 7)

Eine Romantische Chance (Buch 8)

Ein sündhafter Flirt (Buch 9)

Ein unbequemer Plan (Buch 10)

Eine Happy End Hochzeit (Buch 11)

Die Rourkes aus Villroy << Prinzen, bei denen man ins Schwärmen gerät, und ebenso fantastische Prinzessinnen

Königlicher Fang (Buch 1)

Königlicher Hottie (Buch 2)

Königlicher Darling (Buch 3)

Königlicher Charmeur (Buch 4)

Königlicher Playboy (Buch 5)

Königlicher Spieler (Buch 6)

Die Rourkes aus New York

Abtrünniger Prinz (Buch 1)

Abtrünniger Gentleman (Buch 2)

Abtrünniges Schlitzohr (Buch 3)

Abtrünniger Engel (Buch 4)

Abtrünniger Fratz (Buch 5)

Abtrünniger Beschützer (Buch 6)

Die Clover Park Charmeure Serie << süße und sexy Charmeure!

Beinahe drüber weg (Buch 1)

Beinahe zusammen (Buch 2)

Beinahe Schicksal (Buch 3)

Beinahe verliebt (Buch 4)

Beinahe romantisch (Buch 5)

Beinahe frisch verheiratet (Buch 6)

Sehen Sie sich auf meiner Website die aktuelle Liste meiner Bücher an: https://www.kyliegilmore.com/deutsch/

ÜBER DIE AUTORIN

Kylie Gilmore ist die USA Today Bestsellerautorin der Happy End Buchclub Serie, der Clover Park Serie, der Clover Park Charmeure Serie, der Rourke Serie und Liebe von der Leine gelassen Serie. Sie schreibt unterhaltsame Romanzen, die die LeserInnen zum Lachen und zum Weinen bringen und zu einem Glas Eiswasser greifen lassen.

Kylie lebt mit ihrer Familie, zwei Katzen und einem verrückten Hund in New York. Wenn sie nicht gerade schreibt, Kinder bändigt oder bei Autorenkonferenzen pflichtbewusst Notizen macht, findet man sie beim Stretching – bis ganz nach oben ins oberste Regal, um dort ihren geheimen Schokoladenvorrat zu erreichen.

Melden Sie sich für Kylies Newsletter an, damit Sie keine ihrer Neuerscheinungen verpassen. https://www.kyliegilmore.com/DEnewsletter

Mehr finden Sie auf Kylies Website https://www.kyliegilmore.com/deutsch/